NUI LOA
LA VITA È QUELLA CHE COMANDA

MARTA MARAN

SELF PUBLISHING

CODICE ISBN: 979-12-200-8932-6

Dedico questo libro a tutte le persone che ho conosciuto nei miei viaggi, profeti di storie contaminanti.
Alla mia mamma e al mio papà per essere il miglior esempio di famiglia che potessi sognare.
Alle persone che hanno paura e fuggono.
A tutti quelli che si concedono una seconda occasione.
Agli uomini e alle donne che trovano la forza per perdonare.
A tutti i miei amici e alle persone che amo e in questo momento non posso abbracciare.

I sogni sono necessari alla vita.

Anaïs Nin

Questa storia nasce molti anni fa, poi è stata chiusa in un cassetto e nella mia fantasia fino ad oggi.
Ho ripreso in mano questo libro all'inizio della quarantena Covid-19, che in Italia mi ha rinchiuso in casa come tutti voi, scrivere è stato bellissimo e mi ha aiutata a viaggiare con la fantasia in un momento di grande dolore mondiale.
Fate vostra questa storia e viaggiate con me.

1 - LA FORZA DI MOLLARE TUTTO
La storia di Olivia

Un volo di linea Delta Airlines.

Un viaggio che geograficamente so dove mi porterà perché sono stata io a decidere la destinazione ed è assolutamente quello di cui ho bisogno.

Il Messico è apparso varie volte nella mia vita, ma ancora non mi stavo rendendo conto che non stavo solamente arrivando in una destinazione, ma che avrei raggiunto la parte più nascosta, profonda e sensibile della mia anima.

Viaggio leggera, con me la mia immancabile Rimowa colore iconico silver, da cui non mi separo mai per i miei viaggi. Non sono certo una tipa da zaino in spalla, negli anni ho trovato una divisa perfetta per i miei viaggi aerei, leggings neri, t-shirt bianca scollo a v un po' over, chiodo di pelle nero e le mie immancabili Golden Goose, un misto tra casual e sexy tutto calcolato e voluto. Il look è completato da un foulard grigio di Louis Vuitton con logo tono su tono e una borsa "Galleria" nera di Prada. Questa ormai è diventata la mia divisa, perché girando per il mondo ho capito che non ci si può presentare in aeroporto vestiti a caso, nelle dogane è molto importante la prima impressione, senza considerare che lavoro nella moda e il look è fondamentale per me.

Al controllo passaporti ho capito che è meglio non dare nell'occhio in nessun caso, se ti vesti troppo appariscente penseranno ad una strategia per far colpo e questo al personale non piace, li metti in una situazione di disagio e cercheranno di farti capire che non sono lì per essere abbordati, se al contrario ti vesti in maniera sciatta crederanno che tu abbia qualche scheletro nell'armadio e la tua intervista con la dogana potrebbe durare più del dovuto.

L'abito fa il monaco e l'immagine che vuoi dare di te stessa la decidi tu ogni mattina.

Quindi cercare di vestirsi in modo anonimo, ma ricercato può essere un vantaggio per evitare domande inutili sui tuoi spostamenti.

Sono una persona semplice, attraente, simpatica e furba, va beh un po' stronza a volte, ma nel mondo della moda sono davvero diversa dallo stereotipo della fashion victim tutta firmata e frustrata.

Il mio volo, partito da Milano, prevede uno scalo a Dallas e uno a Cabo San Lucas con destinazione finale Mazatlan.

Il Messico mi ha sempre messo allegria, con i suoi colori, la musica, il cibo, la birra e le onde, ho un mese di ferie e come ogni anno lo dedico ad un viaggio e a una meta nuova.

Il Messico quest'anno è stata una scelta obbligata dal momento che una delle persone più importanti per me si trova lì in transito nel suo giro del mondo.

Mi imbarco elettrizzata all'idea di incontrarla ancora una volta in qualche posto lontano da casa.

Io e Nina siamo rispettivamente nipote e zia, stesso sangue, stessa voglia di viaggiare, stessa curiosità nei confronti della vita e del mondo.

Sono partita perché ho bisogno di ossigeno, non cerco un viaggio da catalogo stile resort all inclusive, anche se a volte penso che quella sarebbe un'alternativa molto più saggia da seguire.

Mi piace muovermi come una viaggiatrice e non come una turista perché sono troppo curiosa e mi sento priva di libertà e di immaginazione tra i giardini fintamente curati e le spiagge attrezzate dei villaggi.

Ai buffet dei vari resort preferisco i bar e i caffè locali dove posso incontrare le persone del posto e al mare cristallino stile piscina, preferisco la forza delle onde. Faccio un lavoro pazzesco, vivo in mezzo ai vestiti, vado alle sfilate e il mio ufficio è un enorme guardaroba open space dove ha sede l'agenzia di consulenza d'immagine per cui lavoro a Milano.

Mi occupo di styling, quindi, quando un cliente arrivava con una foto da realizzare, che sia un redazionale per una rivista di moda o una pubblicità, io sono quella che trova tutte le componenti dette anche "props" che servono per comporre la foto pubblicitaria e il set fotografico. Scelgo i vestiti e gli accessori principalmente, ma la cosa assurda è che molte volte mi capita di passare giornate intere per trovare un particolare tipo di oggetto che l'art director dell'agenzia pubblicitaria decide di inserire nell'immagine: una paperella gialla per esempio a tutti sembrerà banale, ma se deve essere inserita nella campagna pubblicitaria di una grande azienda che ha pianificato un lancio su testate televisive e stampa, non può certo essere una papera presa in un ingrosso di cinesi, deve essere perfetta e sopratutto non potrei mai presentarmi sul set di una campagna o un servizio fotografico con una paperella sola, dovrò avere almeno quattro alternative.

Quindi, il mio lavoro, quando si tratta di campagne pubblicitarie consiste in lunghissime giornate passate avanti e indietro per Milano a cercare come se fosse una caccia al tesoro tutti i componenti da aggiungere alla foto.

I miei titolari sono come una famiglia per me, mi hanno letteralmente presa sotto la loro ala quando mi sono trasferita cinque anni fa, si sono comportati come se fossi una di casa e non li ringrazierò mai abbastanza per il modo in cui mi hanno insegnato il lavoro.

Ci sono vari modi per formare una collaboratrice e loro hanno scelto il migliore, mi hanno introdotta tra i clienti, insegnato la storia della moda, mi hanno insegnato a stirare un pantalone in filo di lana, a scegliere in base al mio gusto e alla mia creatività gli abbinamenti più giusti a seconda delle richieste dei clienti, mi hanno lasciata libera di sbagliare per poi correggermi facendomi vedere l'alternativa.

Sono stati duri e rigidi su tante cose, ma il mio carattere mi ha sempre portata ad apprezzare più le critiche fatte con il cuore e a fin di bene che i complimenti falsi di chi ti teme e non ti apprezza e li ringrazio anche per questo tipo di scuola.

Avevo diciannove anni quando mi sono trasferita cinque anni fa e la testa per aria e loro mi hanno aiutata a sviluppare la mia passione e insieme abbiamo raccolto i successi, senza invidia.

Tuttavia, nonostante io sia riuscita a costruirmi una carriera e una buona reputazione, sento che il mio posto non è più Milano.

Ho deciso di partire perché è come se mi mancasse l'ossigeno, i ritmi frenetici del mio lavoro, i continui viaggi dietro al carrozzone della moda, mi stanno asciugando.

Tutto nella mia vita ora gira intorno al mio lavoro, l'aperitivo al bar si trasforma in un contatto in più o un appuntamento di lavoro, persino in palestra tutti sono preoccupati di far convergere i discorsi sul lavoro, Milano è così, o la ami o la odi, io l'amo per le occasioni che ti presenta, ma la odio perché non ci sono persone accanto a me, ma targhette sulle porte e posizioni lavorative.

Ho tante responsabilità e una vita frenetica, tra telefono, riunioni e servizi fotografici, non c'è, o forse non voglio trovare, il tempo per altro al di fuori della mia carriera, perché l'idea di aprire nuovamente il mio cuore mi angoscia.

Le occasioni non mancano per distrarsi, ma al di là delle serate "senza impegno" con amici e colleghi non mi concedo di più.

Ho passato dei momenti difficili e l'idea di provare ancora a far battere il mio cuore al momento è fuori discussione; troppi impegni, troppi pensieri, voglio concentrarmi sul lavoro, sto arrivando al punto più alto della mia carriera, non c'è spazio e tempo per distrazioni, tra una decina di anni magari mollerò la presa, quando avrò aperto la mia agenzia personale e potrò rilassarmi e guardarmi attorno.

Certo, perderò tanto nel frattempo, ma al momento la situazione è questa e non sempre si può avere la botte piena e la moglie ubriaca come dicono dalle mie parti.

Sto attraversando un periodo molto duro e impegnativo, gli orari serrati, un set dopo l'altro e sono davvero esausta.

Non vedevo l'ora che arrivasse agosto per partire.

Comincio a sentirmi sola in questa città e non è una sensazione che mi piace, le mie amiche importanti vivono lontano e certe sere tornare a casa stufa e non trovare nessuno ad aspettarmi è triste.

Condivido un bellissimo appartamento con Zeno, il miglior coinquilino del mondo, fa il modello ed è gay anche se più di una volta dopo aver affogato i nostri dispiaceri nell'alcool ha espresso il desiderio di scopare e fare un figlio insieme.

«Dai patata, lo sai che saremo perfetti come genitori», mi dice guardandomi come se avesse intenzioni serie.

«Non ci sarebbero complicazioni sentimentali, potremmo avere una famiglia nostra e una vita sessuale ognuno per conto suo», continua lui cercando di convincermi, io scoppio a ridere, lo conosco troppo bene e non avrebbe il coraggio di sfiorarmi.

Non ci penso neanche ad incasinarmi ancora di più la vita, farò un figlio quando avrò trovato un uomo che saprà ricreare con me una famiglia come quella che ho avuto io, non voglio un figlio tanto per placare il desiderio materno che hanno le donne, non potrei mai sopportare di metter al mondo un bambino per egoismo.

Voglio una famiglia, non un erede, ma è ancora presto per me per affrontare certe questioni, devo incontrare qualcuno da amare prima e il fatto che nella mia vita non ci sia nessuno di fisso al momento mi rende terribilmente infelice, sono libera, giovane, bella, spensierata ho un lavoro che è una figata unica, ma la verità è che la sera, quando torno a casa sfinita dai viaggi o dai set fotografici, ad aspettarmi c'è solo Zeno con magari qualche nuova conquista e questo comincia ad essere patetico.

Sono convinta che un nuovo luogo colorato, esotico e suggestivo mi aiuterà per ricaricare le batterie, farà tornare il mio sorriso smagliante e la mia grinta da perfetto ariete anche se ho capito che non importa in quale città o nazione ti trovi, la felicità non è una destinazione, ma un punto di partenza.

Sono una ragazza carismatica e piena di energie, curiosità e domande

Voglio capire, vedere e sapere.

Ho decisamente bisogno di andare via lontano, viaggiare fisicamente con la scusa e la possibilità di cercare nuovi stimoli, qualcosa di vero, di buono.

Devo ritrovare la voglia di combattere nella vita, tirare fuori quel carattere d'acciaio, lo stesso che cinque anni fa mi ha spinto a trasferirmi lontano da casa per provare a realizzare i miei sogni, lavorare nella moda e cavarmela da sola.

Voglio ritrovare la fiducia negli uomini, nell'amore, volare via, alla volta di posti nuovi, sconosciuti, incontrare nuova gente, vedere posti isolati, ma sopratutto ho bisogno di ritrovare lei, stare nuovamente insieme, come sorelle, amiche, anime gemelle.

Quanta voglia di rivederla.

Quante cose da raccontarle.

Abbiamo a disposizione solamente un mese, è poco ma un mese alla fine è meglio di niente.

Nina mi è mancata tantissimo in questi mesi. Sono abituata ai suoi continui viaggi, considerando poi che anche quando entrambe non siamo in giro per lavoro non viviamo comunque nella stessa città.

Non vedo l'ora di arrivare in aeroporto per saltarle al collo come quando avevo tre anni e la vedevo tornare dai suoi lunghi viaggi.

Da cinque mesi lei è in giro per il mondo.

È partita da Venezia alla volta della Thailandia, dopo un mese è andata in Australia per tre mesi e ora la ritrovo in Messico dove è arrivata per fermarsi tre mesi, poi ripartirà per la Costa Rica e la sua ultima tappa sarà in Brasile.

Alla fine di questo giro del mondo penserà ad un posto dove trasferirsi, da quando aveva diciotto anni non ha fatto altro che viaggiare, consumando in ventidue anni quasi due passaporti.

«Nina, quante cose hai vissuto, quante ne hai passate, quante emozioni, quanta felicità e quanto dolore nel tuo cammino. Ora parti per un viaggio tuo, senza nessuno da rincorrere, un viaggio che ti aiuterà a trovare casa», questo le ho detto con le lacrime agli occhi quando l'ho accompagnata con i miei genitori in aeroporto.

So quanto importante sia questo viaggio per lei.

Una cosa è rincorrere fidanzati in paesi diversi oppure spostarsi per le fiere, un'altra è decidere di lasciare tutto e partire da sola per capire dove voler stare nel mondo. Per qualcuno questa libertà è un vero lusso.

In quanti in fin dei conti possono permettersi di decidere dove voler vivere in base alle energie che un posto emana?

Non avere legami, cose o persone da gestire, lavori da organizzare, aziende da gestire o case che in qualche modo possono legarti a un posto. Un libro ancora da scrivere, ecco quello che Nina ha per le mani e una libertà unica da gestire. Certo, avere tutto o avere niente può rivelarsi difficile da gestire in entrambi i casi, ma questo non si può cambiare, si può solo andare avanti trovando la strada e il proprio posto nel mondo.

Trovare casa guardando un mappamondo può rivelarsi complicato, a volte restringere la ricerca ad un paese, città o quartiere semplifica le cose, ma lei non è mai stata semplice e alla fine al quartiere ha sempre preferito il mondo.

Nina ha perso la madre ed a distanza di cinque anni, anche il padre.

La nostra famiglia è piombata nel caos totale, smarrito le coordinate, come se avessimo tutti dimenticato quanto eravamo uniti prima della "catastrofe".

La perdita dei genitori di Nina e l'impossibilità a tutt'oggi di poter diventare madre, sono per lei ferite troppo dolorose da affrontare nel posto dove ha vissuto buona parte della loro "happy family".

Dopo quattro mesi dall'inizio del suo ennesimo viaggio, ci saremmo ritrovate dall'altra parte del mondo.
Pronte a divertirci come solo noi sappiamo fare insieme.

15

2 - LASCIARSI ANDARE

Ci siamo date appuntamento all'aeroporto di Mazatlan il primo agosto. Dopo dodici ore di volo, da Milano a Dallas in cui non sono riuscita a dormire molto, arrivo al desk della Delta Airlines e mi comunicano che la mia coincidenza per Cabo San Lucas partirà con un'ora di ritardo, ho capito immediatamente che avrei perso il volo Cabo-Mazatlan. Da Cabo parte un volo al giorno per Mazatlan quindi improvvisamente la mia stanchezza e il mio carattere da perfetto ariete è esploso contro la povera hostess di terra della Delta.

«Dove pensa di farmi dormire a Cabo visto che mi avete fatto perdere il volo?», chiedo a quella poveretta che già mi guarda con lo sguardo di un cerbiatto che vede i fari dell'auto investirla.

«Signorina si calmi, non è dipeso da noi, tutti i voli oggi sono partiti in ritardo» ha osato dirmi lei.

«Non è un problema mio se il mondo oggi è in ritardo. Le sembro forse una ragazzina in vacanza verso luoghi esotici per la pausa estiva delle vacanze scolastiche?», butto fuori tutto d'un fiato.

«Vede la compagnia prevede il pagamento dell'alloggio solo se il volo riparte dopo ventiquattro ore e il suo partirà da Cabo tra ventitré ore esatte» mi dice, cercando di sembrare autoritaria e saputella. In quel momento faccio un lungo respiro, forse ho emesso anche una sorta di "OMMM" per cercare di calmarmi, poi abbassando sulla punta del naso i miei occhiali da sole di Dior la guardo e le dico:

«Lei ora trova una sistemazione per la mia notte a Cabo e faccia in modo che sia un'esperienza memorabile altrimenti io scriverò nella rivista per cui lavoro che la Delta tratta i suoi passeggeri come bestiame, me ne frego delle regole della compagnia, sono stata chiara?».

Il mio tono è calmo ma deciso, ho gli occhi iniettati di sangue e non ho dovuto aggiungere altro visto che la hostess si è già messa a parlare al telefono con lo stesso tono che ho usato con mia madre quando mi beccò che ero andata a Roma con Bianca, la mia migliore amica, quando in realtà le avevo detto di essere a casa di Bianca a pochi metri da casa per il week end.

È terrorizzata come io fui allora con mia madre.

Neanche il tempo di un caffè veloce al bar di fronte al desk della Delta, che la hostess mi raggiunge e mi dice che la Delta è felice di ospitarmi al "Paradisius Los Cabos Resort" con formula Royal Service Vip.

«Molto bene signorina, la ringrazio, farò in modo che la Delta sia assolutamente consigliata nella mia rivista».

Mi imbarco per ultima, in fondo non mi dispiace l'idea di scroccare una notte in hotel, non che ne abbia bisogno, visto che con quello che guadagno posso pagarmi qualsiasi capriccio, ma questa piccola deviazione mi servirà per ricaricarmi un po' prima di arrivare da Nina.

Sono sempre stata forte con tutti, sono diventata il punto di riferimento per la mia famiglia, sono quella che intrattiene tutti alle cene, sono spiritosa, a volte un po' irriverente e ho sempre il sorriso sulle labbra.

Ultimamente però sono parecchio giù e penso che niente mi aiuterà più di un trattamento Royal Service Vip per una notte tutta per me. Quando arrivo a Cabo, un uomo che ha tutta l'aria di un autista mi intercetta agli arrivi e mi accompagna fuori dove c'è una berlina nera con i finestrini oscurati ad aspettarmi per portarmi alla mia prossima destinazione.

L'hotel dista venticinque minuti di macchina dall'aeroporto e il tragitto è davvero spettacolare, il sole sta tramontando sul Pacifico e mi godo lo spettacolo in silenzio guardando fuori dal finestrino. Alla reception sono tutti molto accomodanti e penso che qualcuno della Delta debba averli avvertiti di non contraddirmi vista la mia reazione a Dallas.

Meglio così, devo ammettere che adoro discutere e mettere le persone in difficoltà, ogni volta sembra più una sfida con me stessa, cerco sempre il punto debole del povero malcapitato per attaccarlo e colpirlo nel segno provando un profondo senso di soddisfazione nel demolire a parole le persone che mi intralciano il cammino o quelle che provano a ferirmi.

Esatto, sono una perfetta stronza, non ce l'ho con il mondo, non mi va giù che le persone mi manchino di rispetto, io sono generosa, solare e disponibile, ma se mi prendi per il culo o ferisci le persone che amo, ti smonto a parole pezzo per pezzo.

Sono però sollevata di non dover discutere anche con l'hotel, mi sono ripromessa di rilassarmi in questo mese e la mia vacanza è appena ufficialmente cominciata.

Ringrazio tutti e lascio generose mance.

La mia Royal Suite dà sul mare e rimango incantata a guardare lo spettacolo del tramonto, per la prima volta respiro profondamente e provo a scacciare dalla mente il mio bagaglio emotivo triste e malinconico.

Voglio davvero divertirmi, dopotutto io sono la regina delle feste. Rientro nella mia stanza, prendo la lista dei trattamenti che mi hanno riservato e programmo le poche ore a disposizione, alzo il telefono e chiamo la reception.

«Reception, sono Isabel, come posso esserle d'aiuto?».

«Vorrei prenotare un massaggio Thai direttamente in camera per le nove domani mattina, una lezione privata di golf per le undici, un tavolo per questa sera al Gastro Bar per le nove e trenta ah, mi prenoti anche un transfer per l'aeroporto domani alle cinque, è tutto grazie Isabel».

«Signorina Alteri il Gastro Bar sfortunatamente non è compreso nel trattamento Royal Service Vip, ma sono sicura che troverà la cucina del Naos all'altezza delle sue richieste».

Ecco che mi sta salendo di nuovo una rabbia incontrollata, respiro profondamente con la mia tecnica Zen.

«Se non vuole che sia il suo ultimo giorno di lavoro in questo posto dimenticato da Dio le conviene farmi parlare con qualcuno qui che conti veramente!».

La signorina della reception mi dice di attendere in linea.

«Signorina Alteri le passo il Signor Torres il direttore del Paradius Los Cabos», penso tra me e me che stiano finalmente cominciando tutti a ragionare, quando dall'altra parte della cornetta sento la voce più sensuale e profonda che io abbia mai sentito, tutte le mie sicurezze e la mia stronzaggine vanno a farsi benedire.

«Signorina Alteri, mi domandavo se lei avanza sempre richieste così sfacciate», il tono della sua voce è così profondo che fatico a sentirlo.

«Non sempre Signor...», oddio non ricordo il suo nome... panico.

«Signor Torres, ma mi chiami pure Sebastian, vede la sua spavalderia mi ha colpito, per cui sarei onorato di ospitarla al mio tavolo personale questa sera al Gastro Bar diciamo per le nove e trenta».

Cosa? dovrei cenare con il vecchio direttore dell'albergo?

Figuriamoci!

«La ringrazio Signor Torres, ma credo che proverò il vostro servizio in camera e poi mi farò una bella dormita», riattacco il telefono, mi sento offesa, non so perché.

Il mio spirito da stronza però non demorde quindi cerco il numero del Gastro Bar e chiamo direttamente il ristorante prenotando a nome Ms Royal e mi assicuro di far addebitare il conto alla Delta che è partner dell'hotel come ho scoperto dalla brochure che ho trovato al mio arrivo in camera.

Bene, ora non mi resta che rilassarmi e prepararmi per la serata.

Decido di andare a fare un giro per il resort, noto che è davvero enorme e lussuoso, ci sono sette bar e sette ristoranti, una spa degna della regina Cleopatra, piscine, campi da golf, oltre a boutique extra lusso e zone relax è un vero paradiso circondato da palme, cactus di tutte le grandezze e fiori di ogni forma e colore.

Dopo essere entrata in quasi tutti i posti dove mi hanno fatta entrare a curiosare, neanche fossi stata mandata dalla DIA a cercare un narcotrafficante messicano, mi sono diretta alle boutique e lì mi sono fatta coccolare delle parole ammiccanti delle venditrici.

Devo dire che agli abiti, specialmente quelli belli e costosi, non resisto alla tentazione e li provo tutti, criticando il modo in cui mi calzano perché dopo aver buttato l'occhio sul cartellino mi rendo conto che anche potendo permettermelo, per il tipo di viaggio che ho appena intrapreso, spendere diciannove mila dollari per un abito lungo in seta nera di Versace non sarebbe appropriato.

Ricordo ancora quando per i vent'anni di mia cugina e miei, Nina ci portò a New York a festeggiare.

Fu un viaggio unico dove ne combinammo di ogni colore compreso andare da Sacks all'ultimo piano, quello riservato agli abiti per eventi esclusivi ed entrando con tono sicuro e deciso Nina si sistemò su un grande divano in pelle bianca candida cominciando una sceneggiata degna degli Oscar, io e mia cugina non ci potevamo credere, aveva attirato l'attenzione di tutti i personal shopper del piano facendo finta di avere una crisi isterica perché dovevamo assolutamente trovare degli abiti per un party nel roof top di un nostro amico gay di New York che doveva presentarci il suo nuovo fidanzato.

Nel giro di pochi minuti siamo state invase da carrelli con la miglior selezione di abiti da sera delle migliori marche e senza battere ciglio ci siamo incamminate in direzioni diverse con i nostri consulenti di immagine al seguito a provare gli abiti.

Il bello di New York, capii quel giorno, è che non puoi mai sapere con chi hai a che fare giudicandolo dal suo aspetto fisico o da come è vestito, perché quello che potrebbe sembrare un clochard che vive per strada in realtà potrebbe essere una rock star, un artista emergente o l'erede di un impero finanziario.

Quel giorno quando alle quattro di pomeriggio entrammo convinte da Sacks e ci dirigemmo direttamente all'ultimo piano, fummo accolte come delle star emergenti.

Provammo cinque vestiti a testa e ogni volta che qualcuna di noi usciva dal camerino con indosso uno di quegli abiti dovevamo sforzarci di non farci cadere la mascella fino al pavimento ammirando la bellezza della creazione che stavamo indossando, cercando piuttosto di valorizzarne i difetti, visto il costo che avevano e visto che non c'era nessuna festa e nessun amico gay a New York; ad ogni modo quando dopo più di due ore uscimmo esauste da lì, eravamo felici come ragazzine che hanno provato per la prima volta il loro vestito per il ballo delle debuttanti.

Ecco, oggi, entrando nelle boutique di quel meraviglioso resort, ho rivissuto quel momento fantastico a New York e ripensato ancora a Nina e ai nostri folli viaggi in giro per il mondo. Finito di sognare, torno nella mia suite per preparami alla cena e quando apro la porta, devo tenermi alla maniglia per non svenire sul pavimento di marmo di Carrara perfettamente lucidato.

Sul mio letto c'è una scatola rettangolare enorme, nera satinata con stampato in lettere dorate il logo Versace, in questo momento sto faticando a respirare quindi mi siedo sul letto e noto un bigliettino all'interno della scatola che sto aprendo come se fosse il sarcofago di Tutankhamon dopo il ritrovamento.

Mi tremano le mani, faccio un bel respiro e alzando la testa dalla scatola mi accorgo che la mia camera è stata allestita con dei fiori freschi, molto strano penso, forse hanno sbagliato il numero della stanza, mi faccio coraggio e leggo il biglietto e le parole scritte mi colpiscono al petto.

"Pensare ci rende sensibili alle sfumature dei sentimenti e alla possibilità dell'immaginazione"
Immanuel Kant.

Oh, mio Dio, chi avrebbe potuto scrivermi delle frasi del genere, nessuno sa che sono qui, oh cazzo avrei dovuto avvertire Nina del mio ritardo e del fatto che non sarò stasera all'aeroporto, ma cosa diavolo ho in mente? cosa sto facendo? devo essere completamente impazzita.

Lentamente apro la scatola di Versace e dentro c'è esattamente l'abito che ho provato poche ore fa in boutique.

Un lunghissimo abito nero di Versace, con una profonda scollatura davanti e uno spacco lungo tutta la gamba sinistra, dall'inguine fino a terra, anche sulla schiena ha una profonda scollatura, il vestito è sapientemente fermato con delle spille da balia dorate con il simbolo della medusa, è un vestito iconico, nell'ultima collezione di Haute Couture dell'Atelier Versace che ha sfilato a Parigi è stato ripresentato, non è semplicemente un vestito, è un pezzo di storia della moda, è diventato famoso per essere stato indossato nel 1994 da una giovane attrice emergente di nome Elizabeth Hurley alla Premiere del film "Quattro matrimoni e un funerale" in cui recitava come protagonista l'allora famosissimo fidanzato Hugh Grant, all'epoca erano la coppia più ammirata al mondo e ora, guardo l'abito che tengo tra le mani e non so cosa stia succedendo.

Penso alla cena che mi attende tra meno di un'ora con un uomo che non ho mai visto in uno dei ristoranti più famosi al mondo, "e se questo vestito l'avesse mandato lui per la cena" penso.

Dovrei indossarlo per quel vecchio bavoso che a dire la verità aveva davvero una voce sensuale. "Oh mio Dio e adesso che faccio" ho già reclinato il suo invito, quindi che senso ha inviarmi questo vestito che fatalità ho provato meno di un'ora fa in boutique. "Che mal di testa, sono venuta qui per rilassarmi" dico massaggiandomi le tempie, complimenti Olivia anche questa volta ti sei incasinata, bene potrei indossare questo vestito per andare a ritirare l'Oscar come cogliona dell'anno.

Chiamerò la mia amica Isabel della concierge per ordinare la mia cena in camera, è questo il mio nuovo programma, non andrò da nessuna parte, le chiederò anche di sbarazzarsi di questo vestito che ormai guardo come se fosse la prova schiacciante di un delitto passionale su cui ancora ci sono tracce ematiche.

«Concierge buonasera sono Isabel come posso aiutarla», ma questa donna è una stacanovista, pare che lavori solo lei in questo resort.

«Buonasera sono la Signorina Alteri, avrei due cose da chiederle, la prima
è di venire a ritirare una cosa che è stata erroneamente portata nella mia
suite e la seconda vorrei ordinare il room service per questa sera», silenzio
dall'altra parte.
«Isabel è ancora lì, mi ha sentito?»
Poi di nuovo dall'altra parte del telefono quella voce sexy.
«Olivia ha quarantacinque minuti per indossare l'abito che ha tra le mani
e presentarsi al Gastro Bar», poi riattacca.
Resto di sasso, ma chi si crede di essere brutto coglione.
Io non andrò a quella cena, sono testarda, lui forse questo non lo sa, ma
se mi dicono di fare una cosa, io non la faccio.
Mi siedo affranta sul letto pensando a cosa mi prende.
Un uomo, o meglio il direttore di questo meraviglioso resort mi regala
l'abito dei miei sogni da diciannove mila dollari, invitandomi a cena nel
miglior ristorante al mondo e io da vera stronza voglio tirargli pacco.
Rileggo il biglietto che mi ha inviato insieme ai fiori e al vestito.

*"Pensare ci rende sensibili alle sfumature dei sentimenti e alla possibilità
dell'immaginazione"*
Immanuel Kant.

Quest'uomo deve essere malato, nonostante non pensi cose positive su di
lui in questo momento, le parole del biglietto mi colpiscono, sarà il jet lag
o la mia disperazione.
Esco dal bagno della mia suite dopo essermi immersa nella vasca
idromassaggio cercando di schiarirmi le idee e sul letto vedo una rosa
bianca con un biglietto.

"L'attesa del piacere è essa stessa un piacere."
Gotthold Ephraim Lessing

Possibile che in questo hotel non ci sia un po' di privacy, perché
continuano ad entrare nella mia stanza, guardo l'ora e sono le nove e
trenta.
Devo essere rimasta in ammollo più a lungo di quanto pensassi, annuso la
rosa e sono agitata, vado in bagno, mi preparo con un trucco leggero,
lascio i capelli sciolti e indosso l'abito che ho sempre sognato. Se devo

dare uno scossone alla mia vita, bene cominciamo ora andando a fare compagnia ad un vecchietto eccitato.

3 - MR CHAMPAGNE

Mi incammino verso il ristorante che da direttamente sulla spiaggia, attraversando tutta la lobby, passo davanti ai negozi di gioielli da sogno e alle varie boutique, sono nervosa, in mano tengo solo la rosa che mi è stata regalata, ho il cuore in agitazione, quando arrivo davanti al desk del ristorante una donna affascinante senza neanche chiedermi il nome mi saluta in modo molto formale e mi accompagna ad un tavolo appartato dove mi dice di accomodarmi.

Comincio a sorridere, sono davvero una stupida, sono stata in paranoia per capire se venire oppure no e ora mi ritrovo da sola, al mio fianco si avvicina una figura che arriva alle mie spalle e io senza pensarci gli chiedo di portarmi una bottiglia di champagne ghiacciato. Sono triste in questo momento, sono in un posto meraviglioso e sono ancora una volta da sola. Alle mie spalle nell'istante in cui faccio questo triste pensiero sento una figura passarmi accanto, alzo gli occhi e quello che vedo è un uomo meraviglioso.

Spalanco gli occhi e non posso credere a quello che ho davanti, lui senza dire nulla sposta la sedia di fronte a me e con grandissima eleganza si siede, indossa un completo sartoriale nero sopra una camicia bianca un po' sbottonata.

Quando si siede sembra che anche l'aria gli appartenga, è potente e sicuro, si slaccia il bottone della giacca, accavalla le gambe, appoggia un gomito allo schienale della sedia e in tutto questo non smette un secondo di perforarmi con lo sguardo più profondo che abbia mai visto.

Mi sento mancare, ho la gola secca, lui mi fissa con quegli occhi scuri così intensi che penso mi stia letteralmente spogliando.

«Delusa?» mi domanda, io sgrano gli occhi e comincio a ridere, lui fa lo stesso, poi torna serio penetrandomi con uno sguardo intenso.

«Non mi piace aspettare», mi dice serio.

«Pensavo che l'attesa del piacere fosse essa stessa un piacere», lui toglie il braccio dallo schienale e appoggia entrambi i gomiti sul tavolo incrociando le mani davanti e risponde:

«Non permetterti mai più di farlo Olivia!» ricomincio a ridere, questo tipo sarà anche la fine del mondo, ma è del tutto suonato, se pensa di affascinarmi con questi modi da egocentrico ha sbagliato persona, senza dire nulla lo guardo negli occhi con il mio sguardo da vera stronza, quello sguardo che è ormai diventato una mia personale firma con i bastardi che mi sono capitati negli ultimi anni.

Lo guardo, mi alzo, mi avvicino a lui che nel frattempo è tornato nella sua posa sicura da padrone del mondo con il braccio appoggiato allo schienale della sedia, il mio sguardo passa sulla camicia fatta su misura che gli mette in risalto i pettorali e mettendo da parte tutte le scene erotiche che mi stanno passando per la testa mi metto dietro di lui e inclinandomi verso il suo orecchio gli dico:

«A me non piace questo tono e non mi piaci tu», lui rimane impassibile, lo sguardo fiero che guarda avanti, la sua mascella però lo tradisce, temo che si possa frantumare i denti da quanto è contratta.

Vedo arrivare il mio cameriere con la bottiglia di champagne e senza che lui dica niente mi avvicino al tavolo prendo la bottiglia e dandogli le spalle mi incammino verso il mare, prima che possa rendermene conto sento uno strattone e la sua mano è stretta sul mio braccio, è come se mi avesse investito una tempesta di fulmini, mi gira di scatto e vado a sbattere contro il suo petto, in un secondo sono tra le sue braccia, mi rendo conto di quanto è alto, perché nonostante le scarpe con il tacco dodici che indosso gli arrivo all'altezza delle spalle, lui mette il dito indice sotto il mio mento facendomi alzare la testa fino ad incontrare il suo sguardo.

I nostri occhi si incastrano come se fosse pezzi di un unico puzzle o tessere magnetiche fatte per comporre qualcosa di unico.

Rimango senza saliva, sento il corpo andare a fuoco, in questo momento tutte le scene erotiche di pochi minuti fa tornano prepotentemente nella mia testa, fisso la sua bocca carnosa e la immagino tra le mie cosce, lui mi guarda e mi dice:

«Peccato perché tu mi piaci Olivia», oh dio mi sento mancare, non ho mai amato tanto il mio nome come in questo momento, sono completamente ipnotizzata da quest'uomo e non riesco a reagire, dovrei saltargli addosso o scappare, non so che fare, all'improvviso come se il mio corpo agisse per conto suo gli accarezzo una guancia con la mano, la sua pelle è morbidissima, "ma che sto facendo?".

Cerco di riconnettere il cervello che a quanto pare è andato a farsi una nuotata nell'oceano e gli dico:

«Non dovevo venire mi dispiace», abbasso lo sguardo, mi giro, faccio un paio di passi, davanti a me ho la spiaggia e l'oceano, gli sto dando le spalle e la sua presenza la sento anche nelle viscere, senza pensarci mi tolgo i tacchi e cammino verso il mare, in una mano tengo la bottiglia di champagne e nell'altra i sandali, non so che mi sia preso, ma io sono così agisco d'impulso e sono orgogliosa difficilmente ritorno sui miei passi anche se so di avere sbagliato.

Gli arieti non si possono comandare vogliono sempre l'ultima parola e sono testardi.

Cammino fino a riva per sentire la temperatura dell'acqua e fisso l'immensità che ho davanti agli occhi. Una malinconia incredibile mi opprime, in questo momento è come se mi fossi completamente svuotata, la mia mente è pesante e il mio cuore batte come un dannato, rivivo il momento di pochi minuti fa con un uomo sconosciuto e mi do della deficiente da sola. Seguo la linea che l'acqua traccia sulla sabbia, non ho una meta, sorseggio scoraggiata il mio champagne e tutta la forza di cui mi riempio la bocca è improvvisamente svanita, decido di tornare nella mia suite dalla spiaggia, quando entro in camera trovo il tavolo della mia sala da pranzo apparecchiato per uno con una cena favolosa imbandita.

Sono senza parole da tanta meraviglia, l'invito a cena, il vestito, i fiori, lui che sembra uscito dall'ultimo numero di Vogue e ora anche la cena.

Trovo un altro biglietto sopra il tavolo.

"Non può comprendere la passione chi non l'ha provata "
Dante Alighieri.

Poso il biglietto sul tavolo, apro la bottiglia di champagne ghiacciata che hanno sistemato sul tavolo e vado verso la mia meravigliosa veranda, non so se sentirmi usata o desiderata, ma chi è quest'uomo cosa vuole da me, perché parla di passione, immaginazione, dovrei trovarlo odioso e sbagliato, ma invece in questo momento vorrei essere tra le sue braccia forti, forse ha ragione in fin dei conti stasera ho provato le emozioni più forti della mia vita.

Povera me, domani riparto per Mazatlan e a questo punto non vedo l'ora di rivedere Nina per distrarmi completamente e iniziare il mio viaggio, pensavo che questa parentesi da sola potesse farmi bene per ricaricarmi e invece ho aggiunto una tacca alla mia frustrazione, almeno ho lo champagne, il mio migliore alleato di sempre, lui non mi delude mai, finisco la bottiglia sulla mia veranda, ridendo da sola e poi scoppiando a piangere senza motivo, come sono patetica.

Ubriaca e desolata rientro nella mia stanza e vado verso il letto enorme e mi ci butto sopra crollando con la faccia sul materasso, tempo dieci secondi e sono già nel mondo dei sogni.

Mi sveglio di soprassalto sentendo il rumore di una porta che si chiude, ho il cuore che pompa a mille "Che cazzo succede?".

Ci metto un po' a capire dove sono, mi guardo attorno e quello che vedo è la mia bellissima suite piena di fiori, i balconi della veranda sono aperti e lasciano entrare la luce debole dell'alba, cerco di capire che ore sono, mi alzo, mi accorgo di indossare ancora il vestito di ieri sera, vado verso il bagno, alzo lo sguardo sullo specchio e quello che vedo è il mio viso deturpato da una nottata di champagne e lacrime, sospiro e vado a fare pipì, mi sciacquo il viso sul lavandino, riguardo il mio riflesso e vedo tanta confusione, ma quando esco dal bagno mi accorgo che c'è un biglietto sul mio cuscino.

"Non esiste notte o problema capace di sconfiggere l'alba o la speranza."
Bernard Arthur Owen Williams

Le parole che lui usa mi colpiscono molto, sono profonde e intense. Indosso ancora il meraviglioso Versace nero, non vorrei più toglierlo, guardo fuori nella veranda e mi accorgo che è l'alba, vado verso la valigia, la apro e prendo un cardigan nero, me lo infilo e senza cambiarmi esco fuori e cammino fino alla spiaggia, la vista che ho davanti è meravigliosa, la luce è stupenda, la sabbia è bianca e il mare sembra abbastanza calmo considerando che è l'Oceano Pacifico e che di Pacifico non ha proprio nulla.

Mi siedo in riva abbraccio le ginocchia e ci poso il mento sopra, guardo davanti a me l'oceano, mi passano davanti tante immagini, ma la più intensa è quella più recente dell'uomo meraviglioso e scorbutico che ieri sera mi ha letteralmente scombussolata.

Sento un rumore in lontananza, mi giro a destra e vedo la sagoma di un cavallo che sta galoppando verso di me, il cuore comincia a martellarmi nel petto, istintivamente mi alzo e quando lo vedo avanzare noto il suo cavaliere, un uomo moro a torso nudo sta cavalcando a pelo l'animale con indosso solo un paio di jeans chiari sbiaditi e stracciati e viene verso di me.

A mano a mano che lo vedo avanzare il mio cuore batte sempre più forte, lo guardo e quasi mi sciolgo sotto l'intensità del suo sguardo, viene sempre più vicino, sento la potenza del cavallo che si sta avvicinando a me e l'uomo statuario che lo sta montando guardandomi negli occhi come per avvertirmi della sua mossa, si piega in basso nella mia direzione e con uno strattone secco mi fa salire davanti a lui.

Mi ritrovo a gambe aperte nella direzione opposta a quella che sta percorrendo il cavallo.

Oh, mio dio ho una paura fottuta, siamo in due su un cavallo e non abbiamo neanche la sella, l'animale sente la mia tensione e inizia a scalpitare, lui con un gesto secco dei talloni lo libera nella sua possanza e il cavallo parte al galoppo.

Istintivamente mi aggrappo al suo petto nudo, nascondo la testa nel suo torace sono davvero spaventata, sento l'odore della sua pelle, odore di sandalo e testosterone mi sembra di essere in paradiso, lui mi sussurra in un orecchio:

«Rilassati Olivia», mi stacco dal petto, alzo la testa e lo guardo, ha i capelli mossi dal vento, gli occhi neri come la pece, sembrano tormentati, i muscoli delle braccia sono contratti e con il bacino segue il galoppo dell'animale, è come se mi stesse montando e mi sembra di essere davvero in una realtà parallela, penso di essere in uno dei miei strani sogni, non riesco a staccare gli occhi da questa visione meravigliosa, lui fa un verso indecifrabile e il cavallo inizia a rallentare e il suo profumo virile e selvatico mi arriva come se fosse la miglior droga del mondo, l'animale si ferma, io guardo negli occhi l'uomo incredibile a cui sono attaccata come se ne andasse della mia salute mentale e fisica e il mio cuore sembra impazzito.

I miei occhi non riescono a staccarsi dai suoi, riesco a far uscire un filo di voce e dire:

«Pensavo che non ti avrei più rivisto», sento l'adrenalina della corsa folle su un cavallo all'alba in spiaggia, il mio corpo trema, lui scende, allunga le braccia in alto verso di me e mi prende delicatamente per i fianchi facendomi scendere.

Scendendo sfioro il suo copro avvertendo ogni centimetro di questa scultura meravigliosa, mi sento imbarazzatissima, divento rossa come un peperone e abbasso istintivamente lo sguardo, lui mi alza il mento con un dito in quel modo dolce che mi fa impazzire e mi dice:

«Non mettere limiti al destino Olivia», poi mi guarda divorandomi con una dolcezza infinita e con una mano mi accarezza i capelli togliendomeli dal viso, poi mi accarezza con il dorso della mano e percorre il mio viso come se lo stesse scoprendo.

È come se ci guardassimo veramente per la prima volta, mi sento vulnerabile e indifesa, la nottata infelice che ho trascorso ha fatto cadere le mie barriere, mi manca il fiato e il suo tocco sulla mia pelle mi fa quasi mancare la terra sotto i piedi.

Devo avere un aspetto tremendo dopo la notte che ho passato e dopo la cavalcata a cavallo, ma lui mi guarda come se fossi un fiore raro e prezioso di cui prendersi cura.

Nessun uomo prima d'ora mi aveva mai fatto sentire così desiderata è come se in questo momento esistessimo solo noi due al mondo.

Vorrei fermare la mia vita in questo istante, rimanere su questa spiaggia per sempre con quest'uomo misterioso che mi sta mangiando con gli occhi, senza pensare alle conseguenze, ma agendo d'istinto come ho sempre fatto nella mia vita, mi alzo in punta di piedi e avvicino le mie labbra alle sue senza staccare gli occhi dai suoi, ci guardiamo e mi sembra di farlo per un tempo infinito, non resisto più, gli metto le braccia dietro alla testa, inizio ad accarezzare i suoi capelli, lui mi parla, le nostre labbra si sfiorano e sento come delle scariche elettriche.

«Non potevo pensare di lasciarti andare senza averti assaggiata», sento il suo profumo che invade la mia bocca e il mio corpo non risponde più, ci baciamo ed è come se ci perdessimo completamente, la sua lingua morbida entra dentro la mia bocca, mi bacia con una tale passione che potrei morire da un momento all'altro, vorrei non si staccasse mai, le sue mani esplorano il mio corpo avvolto nei pochi strati di seta del vestito di Versace che mi ha regalato, abbassa le spalline, l'abito scivola sul mio corpo e io sono completamente nuda sotto.

Questo vestito non lascia la possibilità di indossare nessun tipo di intimo sotto, visti tutti gli spacchi e le scollature e a lui sembra piacere questa sorpresa.

Inizia a sfiorarmi lentamente i seni come se avesse paura di toccarmi veramente, le nostre labbra seguono la loro traiettoria naturale e ci baciamo ancora, io con le mani percorro la sua schiena, sfiorando la sua pelle morbidissima, non ci sono peli né sulle braccia né sul petto e questo mi fa impazzire, si stacca dal bacio, mi guarda in modo lussurioso e mi dice:

«Stanotte sono impazzito pensando a quello che poteva esserci sotto questo vestito, Dio sei ancora più bella di quello che immaginavo», le parole gli muoiono in bocca come se avesse dato fiato ai suoi pensieri. Non rispondo, lo guardo, ho smarrito tutte le lettere dell'alfabeto, spengo il cervello, anche lui sembra perso nel desiderio, mi prende in braccio, le mie gambe si aggrappano a lui, si inginocchia e mi sdraia sulla sabbia, rimane in ginocchio a divorami, chiude un secondo gli occhi facendo un respiro profondo, poi si stende sopra di me appoggiando i suoi gomiti accanto alla mia testa, non ho scampo, il mio cuore non ha scampo e il mio corpo sta già reagendo a quello sguardo. Le sue mani mi prendono il viso, la sua bocca si avvicina lentamente alla mia, i suoi occhi mi chiedono il permesso per andare oltre e io decido di ascoltare il mio corpo che mi implora di essere toccato e divorato dall'ottava meraviglia del mondo.

Inizia a baciarmi prima lentamente e poi con più voracità, sono senza fiato, il cuore batte all'impazzata, rispondo al bacio esaudendo questa voglia che non sapevo di avere.

Continuiamo a divorarci e ad esplorarci, poi le mie mani si infilano nei suoi jeans e inizio a sbottonarli.

Resto scioccata quando mi rendo conto che sotto non porta i boxer e mi ritrovo a sentire la sua enorme erezione tra le mie gambe.

In questo momento mi sento come una gattina in calore, dalla mia bocca esce un sospiro e inarco il corpo per cercare il contatto con più pelle possibile, gli mordo un orecchio dicendogli:

«Assaggiami», non è una richiesta la mia, ma l'ultima richiesta di un condannato a morte, lui reagisce come se avessi liberato una tigre che era rinchiusa nella gabbia da sempre, lo vedo sospirare e socchiudere ancora gli occhi come se si stesse trattenendo dalla voglia di divorarmi.

Infila un dito nella mia intimità, sono vergognosamente bagnata.

«Oh Olivia!» mi ansima con un filo di voce guardandomi negli occhi, continua a muovere le sue dita dentro di me, sento che sto impazzendo di un piacere che mi divorerà se non lo avrò immediatamente dentro di me.

«Finisci quello che hai cominciato», la mia voce è un sussurro, lui continua a fissare i miei occhi e le mie labbra e questo rende tutto terribilmente intimo ed erotico.

Non mi riconosco più, sono completamente persa nel mio desiderio, il mio cervello è fottuto, ma io mi sento potente e affamata.

Un istante dopo siamo una cosa sola, liberi selvaggi e disinibiti, chiusi in una bolla di sospiri e spinte, seguo i desideri di questa donna che non riconosco e a quest'uomo che mi fa sentire una regina dono tutta la mia essenza.

Siamo nudi sulla sabbia, soli in questa follia, i nostri corpi continuano a muoversi come se fossero sincronizzati, un'intesa perfetta, sono quasi al limite e anche lui, non riesco più a trattenermi.

«Lasciati andare Olivia» mi dice e in quel momento è come se esplodessi in mille pezzi sotto di lui, è un orgasmo talmente intenso che mi sento viva per la prima volta, lui mi segue nella nostra nuova dimensione e dopo avermi raggiunta in paradiso crolla sul mio petto, la sua testa nel mio collo, lo sento ansimare sul mio collo e dopo qualche secondo mi dice:

«Non ti lascerò partire oggi», si stacca da me, mi guarda con gli occhi pieni di aspettative, sta osservando la mia reazione e in questo momento mi rendo conto che non sappiamo nulla l'uno dell'altro, improvvisamente è come se la nostra bolla fosse scoppiata e lo guardo stranita.

«Devo partire mi dispiace», lui mi guarda serio, il suo volto è indescrivibile, ha lo stesso sguardo di ieri sera, non è più l'uomo sensuale e focoso di poco fa, ma è tornato l'uomo egocentrico di ieri sera.

Si alza si rimette i jeans e va verso il suo cavallo, rimane di spalle, non riesco ad interpretare la sua reazione, lo sento distante e questo mi fa sentire sporca, sono ancora nuda, mi alzo anch'io e mi rimetto il vestito, sono scioccata.

Ha le braccia sul garrese del cavallo, si gira mi guarda ed è come se mi stesse giudicando.

«Chi cazzo ti credi di essere è?» gli urlo addosso rimanendo quasi senza fiato.

«Mi lasci qui come se fossi una puttana!» mi guardo attorno come per analizzare quello che abbiamo fatto, non so dove mi trovo, non so quanto sia distante il resort e come fare per ritornarci.

Seguo il suo sguardo dietro di me e noto che da una strada sterrata alle mie spalle sta arrivando una jeep, mi rigiro verso di lui, mi sta tendendo una mano, mi guarda come se in me riponesse tutte le sue speranze e dice.

«Non partire rimani qui un altro paio di giorni come mia ospite».

Continuo a girare di scatto la testa, non capisco, da una parte sta arrivando una jeep e dall'altra c'è lui che nel frattempo è rimontato a cavallo.

«Ho perso il volo è per questo che sono qui, mi stanno aspettando in Messico, non posso restare», cerco di giustificarmi, ma non riesco a sostenere il suo sguardo.

«Possiamo sempre scegliere», le sue parole sono spine sul mio corpo, vorrei dirgli tante cose, vorrei che sapesse quanto sono sconvolta, quanto freddo sento ora che lui non mi tocca più, ma sono sicura che queste sensazioni le sta provando anche lui.

Mi avvicino al cavallo quasi a volerlo toccare un'ultima volta.

Nel suo viso compare un'ombra triste, abbassa la mano, io sono sotto di lui, allungo la mano e alla fine accarezzo il muso dell'animale, lui stringe le redini, le sue nocche sono bianche, gira il cavallo che si impenna per l'irruenza del comando, lui lo tiene a freno e prima di liberare la furia dell'animale gira la testa e mi dice

«Addio Olivia», poi parte al galoppo sparendo all'orizzonte.

Io rimango sola, svuotata, mi sento come in mezzo ad un deserto senza più nulla di cui nutrirmi.

Mi faccio forza e mi avvio verso la jeep, l'autista scende, mi apre la portiera, salgo ed è come se mi mancasse l'aria, apro il finestrino e lascio che l'aria disperda le mie lacrime.

Il sole ormai è alto e stiamo rientrando al resort.

Quando arrivo entro nella mia stanza che nel frattempo è stata sistemata e ripulita anche dalla cena della sera precedente, mi aspetto di trovare un biglietto, ma invece nulla, il letto è immacolato, come il bagno e la sala da pranzo, raccolgo le mie cose dal bagno, vago come uno zombie persa nei miei pensieri, un'ora fa mi sentivo viva come mai prima e ora mi sento di nuovo sola, come quando la sera torno a casa a Milano e non c'è nessuno con cui condividere la mia vita.

Giro per la camera, inizio a preparare il bagaglio, mi tolgo il vestito, lo distendo sul letto per piegarlo, lo accarezzo con cura come se volessi rassicurarlo che non si è sgualcito, che tornerà ad essere bello come prima, mi sento come questo abito, mi faccio una doccia, poi quando ho finito di sistemare le mie cose mi sdraio nella veranda, rimango ore lì ad osservare il mare, chiudo gli occhi cercando di riordinare i sentimenti, non dimenticherò mai questo giorno folle.

All'ora che avevo concordato con la reception dell'albergo bussano alla porta e vado ad aprire all'autista che mi accompagnerà all'aeroporto.
Arrivati alla macchina l'autista carica il mio bagaglio su una berlina nera molto elegante, mi apre la portiera, salgo e mi accorgo che sul sedile accanto a me c'è una rosa bianca con un biglietto.

"Ciò che è destinato a te troverà il modo di raggiungerti "
Hester Browne.

Mi accarezzo il viso con la rosa e una lacrima mi scende sulla guancia. Questa frase dovrebbe confortarmi e invece ho la sensazione che non lo rivedrò più, che non sentirò più quel profumo afrodisiaco, che nessuno mi bacerà più in quel modo unico, guardo fuori dal finestrino e mi rendo conto che l'auto non è partita e non so che fare, poi penso a tutte le volte che sono stata usata e ferita dagli uomini, a tutte le volte che ci sono cascata perché un ragazzo baciava bene e mi faceva un po' di moine e mi sento una stupida illusa.
Chiedo all'autista di partire, ingoio le lacrime e guardo fuori dal finestrino.
Saluto mentalmente questo posto meraviglioso e dico addio all'uomo che ho lasciato su quella spiaggia e alla donna che mi ha fatto sentire.

4 - SENTIRSI A CASA

Il tragitto per arrivare all'aeroporto sembra non finire mai, mi sento persa, vuota e sola, è come se non riuscissi a trovare le coordinate giuste per far viaggiare il mio cuore sui giusti binari.

Quando arrivo al gate dell'aeroporto sembro un automa, salgo in aereo e mi dico che devo farmi forza, darmi una sistemata e presentarmi in maniera decente a mia zia, non voglio che mi veda così a terra, farò come ho sempre fatto, mi stamperò un bel sorriso sulla faccia, dimenticherò tutto quello che mi è successo in queste ventitré ore e tornerò ad essere la solita spensierata e divertente ragazza italiana.

Non vedo l'ora di atterrare, fiondarmi tra le sue braccia e sentire la sua energia.

Quando esco dall'area arrivi, la vedo subito, ha il suo solito sorriso smagliante a trentadue denti, corro ad abbracciarla e mi sento di nuovo a casa.

«Ninaaaaaaa», tutta l'area degli arrivi si blocca per assistere alla nostra scena, stiamo saltando, ridendo e abbracciandoci, in fin dei conti siamo italiane e noi ci salutiamo in modo animato, mi stacco da quella morsa e osservandola e le dico:

«Nina questo viaggio ti ha ridato dieci anni di vita, i tuoi occhi trasmettono finalmente pace».

Mi aiuta con il mio trolley, insieme per mano usciamo dall'aeroporto e vicino ad un pick up rosso vedo tre ragazzi giovani uno con una chitarra, uno con delle maracas e uno con un tamburo che appena ci vedono cominciano a suonare una canzone, Nina mi lascia la mano e comincia a cantare con loro una canzone.

Desde veinticinco años, hasta que tu naciste, no tenía tan gana de verte, como ahora que soy tu tía...
Porque sí porque sí porque sí porque tu ahora estás aquí...

Tutti scoppiano a ridere e nel parcheggio c'è aria di festa, io sono immobile con un sorriso stampato e una lacrima che mi riga la guancia.
«Nina, ma questa canzone è per me!» domando emozionata.

«Si tata è per te» e torniamo ad abbracciarci.

«Grazie Nina non finisci mai di stupirmi».

In dieci minuti vengo catapultata in una nuova dimensione, mi presenta i suoi amici Pepe il ragazzo alla chitarra, Jose quello al tamburo e James alle maracas, sono ragazzi giovani che come Nina stanno girando il mondo, saliamo sul pick-up e ci dirigiamo verso il nostro hotel a Mazatlan.

La loro energia è contagiosa, mi raccontano del Messico, del posto dove andremo domani, ridono, si scambiano battute e sorrisi e penso a quanto bene mi faccia tutta questa allegria in questo momento.

Durante il tragitto decidono di fermarsi in un internet caffè, ogni volta che mi arrivava una mail di Nina mi domandavo da dove mi scrivesse, per chi gira il mondo le e-mail sono quasi esclusivamente l'unico mezzo di comunicazione.

Mi sono sempre immaginata caffè carini, delle vetrate che danno su strade colorate, banconi appoggiati ai vetri con dei laptop a disposizione dei clienti invece Nina mi ha spiegato che la maggior parte delle volte mi scrive da posti freddi e vuoti, dove nonostante quello che citi l'insegna fuori dal negozio, il caffè non esiste proprio.

Sono per lo più negozi, con luci al neon di un bianco accecante con una serie di computer uno accanto all'altro.

Controlliamo le nostre mail in velocità, io ne trovo una decina di lavoro e una che mi colpisce per il suo oggetto.

```
Oggetto: Paradisius Los Cabos

"Pensa a dove l'hai vista l'ultima volta.
Guarda se è ancora lì. Se non c'è, chiediti perché se n'è
andata.
Se c'è, chiediti perché non sei rimasto."
Eric Jarosinski
```

Ancora un messaggio forte e chiaro che mi legge dentro, non so come sentirmi e cosa provare, sono amareggiata per non aver avuto il tempo di scoprire quell'uomo meraviglioso, ma sono sollevata perché è come se lui non volesse lasciarmi andare.

Vorrei capire come ha avuto la mia mail personale, sicuramente avrà chiesto ad Isabel la ragazza della reception, d'altronde lui è il direttore dell'albergo.

Mi sembra una via di mezzo tra uno stalker e un principe azzurro bastardo moderno, guardo Nina e la mia faccia deve raccontare tutto perché lei non dice una parola e mi porta fuori dal caffè a respirare.

Decidiamo di andare direttamente in hotel, salutiamo Pepe, Jose e James ed entriamo nella nostra stanza. Una volta sole Nina comincia a raccontarmi subito di Philip trentacinque anni francese, istruttore di diving, hanno vissuto insieme tre mesi in Thailandia dove si sono conosciuti e poi lasciati.

Nina voleva fermarsi ma ha deciso di ripartire per il suo giro del mondo nonostante una parte di lei volesse rimanere lì accanto a quell'uomo che l'aveva fatta sentire al centro del mondo. Non si vedono da sei mesi e Nina non riesce più a stargli lontana per questo non vede l'ora che lui la raggiunga lì dove potranno riprendere la loro storia.

«Olivia come credi andrà a finire questa storia tra me e Philip?» mi domanda

«Oh tesoro!!! ed io come faccio a saperlo, non so nemmeno perché è cominciata!».

«Si, ma come devo fare, sono perdutamente innamorata di un uomo che vuole, ama e odia le stesse identiche cose che sto cercando io, vive nel mio stesso modo, ma vive dall'altra parte del mondo».

«Beh, direi che questo effettivamente può diventare un ostacolo, ma non demordere, non smettere di desiderarlo, lui arriverà, te l'ha promesso».

«È amore secondo te? Tu mi conosci tanto quanto mi conosco io, arriverà? Devo aspettarlo?» la guardo e le dico:

«Sai cosa penso tesoro, penso che tu debba continuare il tuo viaggio, segui il tragitto che ti sei prefissata, continua per la tua strada e vedrai che se lui è quello giusto, arriverà da solo, ricordi, un giorno mi hai raccontato che ogni volta che programmi qualcosa per gli altri o in base agli altri, alla fine queste non accadono oppure sono diverse e non sono comunque come tu te le eri immaginate».

«Mi dici di continuare dunque, la verità è che io ho bisogno di averlo qui, lo voglio attorno capisci, lo voglio vedere muoversi in casa, lo voglio abbracciare, guardare, baciare, voglio il suo respiro sul mio collo, voglio svegliarmi accanto a lui la mattina e prendermi cura di lui durante tutto il giorno, sono stufa di andare in posti meravigliosi, vedere tramonti strepitosi circondata da persone e pensare dentro di me perché ancora una volta non c'è lui al mio fianco,» mentre mi parla ha lo sguardo affranto.

«Allora dagli il tempo di organizzarsi la vita, quando sarà pronto, arriverà, e lo farà perché l'avrà scelto lui. Lascia che decida di raggiungerti perché vuole continuare al tuo fianco, le persone non buttano all'aria la propria vita in due secondi per seguire qualcuno in giro per il mondo», non deve sentirsi in colpa se lui non è qui.

Come al solito parliamo quasi tutta la notte delle nostre vite, nonostante io sia esausta dal viaggio, per la prima volta decido di non raccontarle tutto, ho tralasciato la parte della sosta a Cabo San Lucas, le ho raccontato dello scalo, ma dello svolgimento, non so esattamente cosa dirle, non voglio che lei mi dica di prendere il primo aereo e di tornare dall'uomo che mi ha lasciato tendendomi una mano su una spiaggia a Cabo. So che sarebbe questo il consiglio, e forse sarebbe quello che realmente vorrei fare io, per questo non le racconto niente. Il giorno seguente dopo aver fatto colazione in un graziosissimo caffè vicino all'hotel decido di fare un giro da sola per Mazatlan, voglio vedere Plaza Machado, la piazza più importante della città in stile coloniale francese e spagnolo, è una delle più belle piazze di Mazatlan circondata da palme e filari di alberi di arancio.

Cammino in mezzo alla piazza ammirando la bellezza dei palazzi coloniali dai colori pastello con arcate e terrazzi in stile parigino, voglio riempirmi gli occhi di questa bellezza, raggiungo il Portales de Canobbio un'antica farmacia del 1880 chiamata "La Italiana" dove si racconta che il proprietario farmacista italiano ideò una pozione chiamata "Dios a Venus" ovvero una pozione dell'eterna giovinezza che si dice fece ringiovanire uomini e donne, ora dopo essere stata sede di banche è diventata un ristorante con galleria d'arte e un palazzo storico da visitare, trovo una targa in un giardino interno con scritto:

La vita è troppo breve per sprecarla a realizzare i sogni degli altri.

Ancora una volta sono davanti ad un messaggio che tocca la mia vita, sorrido a questa frase perché è sempre stato il mio mantra, i miei viaggi, la mia idea di lavoro, il mio modo di affrontare la vita è scritto esattamente davanti a me e forse non sto andando nella direzione sbagliata se per sbaglio mi imbatto in simili messaggi.

A volte le persone che cercano le coordinate o stanno affrontando dei cambiamenti, vedono i segni come questo come fossero il faro di un porto per un marinaio in cerca della rotta.

Decido di tornare in albergo cambiando strada, ho voglia di perdermi in questa città colorata mi sento più leggera e spensierata e mentre cammino osservo la gente che parla e immagino le loro storie fantasticando sulle loro vite.

Ad aspettarmi fuori dall'albergo ci sono Nina, James, Pepe e Jose. Sullo stesso pick-up rosso con cui sono venuti a prendermi in aeroporto ci dirigiamo fuori da Mazatlan verso sud lungo la costa centrale seguendo l'autostrada 15 che dagli Stati Uniti porta fino a Città del Messico.

Quattrocento chilometri immersi nella foresta pluviale messicana tra la Sierra Madre e le coste dell'Oceano Pacifico.

Sognavo il surf, l'ossigeno, il verde a vista d'occhio, il Pacifico, con le sue onde e i suoi tramonti, la provvidenza ha fatto in modo che il dito di Nina cadesse sulla cartina proprio sopra questo posto quasi perfetto. Da qui comincia il nostro viaggio insieme, tra risate, ottimo cibo, in un posto che si è fermato nel tempo perché forse ha trovato una situazione quasi ottimale di vita.

Un paesino molto semplice affacciato sull'oceano, circondato di verde, inzuppato nella pura foresta. Pochi residenti e molta gente di passaggio, persone che viaggiando si fermano da queste parti chi per le onde e chi per l'atmosfera di casa che si avverte.

Quattro strade sterrate, una piccola piazza al centro con una chiesa piccolissima dove la domenica mattina come in qualsiasi parte del mondo si tiene la messa e fuori un mercatino dove i locali portano le loro creazioni artigianali e i piatti tipici cucinati nelle prime ore del mattino dalle mogli.

Per il resto questo posto non offre molte altre attrattive, sulla piazza sono affacciati un piccolo supermercato, il negozio di liquori e un hotel molto carino.

Quando arriviamo in questo angolo di paradiso di nome Sayulita, è l'ora del tramonto e ci dirigiamo subito in spiaggia, quasi fossimo richiamati da una forza incontrollabile più grande di noi. Dopo aver bevuto una birra guardando il tramonto e la gente fare surf i ragazzi ci portarono subito nella casa che Nina ha affittato per tre mesi.

La casa è semplice e bellissima, non posso credere ai miei occhi, si trova in cima ad una collina e dal nostro patio possiamo vedere l'oceano, l'entrata dà sul terrazzo, aperto su un giardino verdissimo, nel patio c'è un divano a L tipico messicano fatto in muratura con dei cuscini sopra e poi c'è la cucina, anche questa all'aperto con bancone e sgabelli a vista sul terrazzo, quindi metà casa è all'aperto e poi nella parte interna ci sono due camere matrimoniali, un bagno e un guardaroba.

Ho meno di un mese da vivere in questa casa con i miei nuovi amici e mi sento davvero elettrizzata. Nina mi porta a vedere questo paesino, in spiaggia e nei pochi negozietti che incontriamo e ci comportiamo come se vivessimo qui da sempre.

Ogni due passi spuntano fuori persone nuove, amici di amici, Tommy, Alexis, Jackie, Wendy, anche loro sono lontani da casa e stanno cercando di riordinare la propria vita.

Si è creata una situazione di famiglia, un piccolo clan che ogni giorno si ritrova davanti ad una tazza di caffè e ad un muffin al caffè di Pepe, per poi partire insieme a cercare spiagge e posti dove potersi abbronzare o dove fare surf.

Il surf è ovunque da queste parti, è nell'aria, nell'acqua, nei discorsi, nelle televisioni appese nei negozi, nei capelli dorati di chi è venuto qui apposta per loro, onde meravigliose sugli schermi delle tv e onde semplici, ma spettacolari in acqua.

Il surf è nelle parole, negli occhi e nel cuore delle persone che passano di qui, è adrenalina, sogno, sfida.

Non avevo dubbi sul fatto che Nina si fosse fatta degli amici, lei è la classica persona che attacca bottone anche con i sassi, ovunque sia andata nel mondo ha trovato nuovi amici e questa cosa ti fa legare di più al posto dove sei.

È bello lasciare una scia di amici dove si è stati, ritrovarli poi nel tuo mondo o in un altro luogo ancora, io sono abituata a prendere aerei per ritrovare chi ho conosciuto. Adoro tornare a casa da un viaggio e fiondarmi a stampare le foto dall'ottico, ho una parete in camera mia a Milano dove ci sono attaccate tutte le polaroid dei miei viaggi. Sono cresciuta venerando la cartina del mondo appesa allo studio di mio nonno dove erano segnate con delle puntine rosse tutti i posti che insieme alla nonna avevano visitato, e credetemi era pieno di pallini rossi.

Nella mia famiglia viaggiare è sempre stato molto naturale, ho passato tante vacanze in campeggio con tutta la mia famiglia al completo e parliamo di circa venti persone insieme.

Siamo italiani, amiamo la compagnia e la famiglia. Scegliamo hotel non resort, campeggi e appartamenti, un must quando c'erano i miei nonni erano le vacanze scolastiche di Pasqua in Costa Azzurra, loro si trasferivano lì per tre mesi, poi ne passavano altri quattro in Costa Brava in Spagna e il resto dell'anno facevano altri viaggi oppure organizzavano cene da trenta persone con gli amici al ritorno dai viaggi. Sono sempre stata abituata ad avere tante persone per casa, cugini e zii, poi amici di amici, mio nonno è stato per tanti anni il farmacista di un piccolo paesino in Veneto ed era un punto di riferimento per tutti, famosi erano i suoi spiedi di uccelli, lo gnocco fritto, le tigelle, la bourguignon, la raclette, si mangiavano anche a casa le cose che provavamo in giro per il mondo.

Le persone che frequentiamo qui sembrano apprezzare l'accoglienza italiana e in pochi giorni dal mio arrivo mi sono inserita in questo gruppo. Quando sei all'estero e ci rimani per mesi è inevitabile condividere con i nuovi amici venture e sventure, gioie e dolori, loro ti vivono in quel momento e si legano a te in modo unico e poi al di là di quello che succederà alla fine della permanenza loro potranno continuare a fare parte del tuo percorso o lasciare al ricordo del viaggio l'amicizia.

Inizio subito a conoscerli, Pepe, Jose e Tommy sono molti legati, si conoscono da un po', Jose è messicano, Sayulita la conosce bene perché ci veniva in vacanza da ragazzino, ora è qui di passaggio, i suoi genitori vogliono che finisca il college negli Stati Uniti e diventi diplomatico come loro, a fine mese ad Acapulco ci sarà una mega festa per i suoi venticinque anni e ci ha invitato alla festa.

Pepe invece ha trentadue anni, ha venduto l'azienda di suo padre quattro anni fa in Spagna, e da allora gira per il mondo in solitaria, credo che a Nina non sia del tutto indifferente e viceversa e questo mi fa sorridere.

Tommy invece è nato vicino a Biarritz, ma da quello che ho capito ha trascorso tutta la vita a Thaiti, dà lezioni in surf e sembra uscito dal film Laguna Blu.

Mentre gli altri raccontano tranquillamente della loro vita, quando il discorso riguarda Tommy i racconti sono essenziali, in pochi lo conoscono veramente anche se per tutti è un punto di riferimento locale.

Questo alone di mistero sulla sua vita lo rende ancora più affascinante ovviamente.

5 - PERDERSI IN PARADISO

Decido di noleggiare una tavola da surf per tutto il giorno, ovviamente Nina mi porta nel negozio dove lavora Tommy e così dopo aver ascoltato per circa due ore Juan, il suo collega, che mi spiega le nozioni base del surf decido tanto per cambiare di fare di testa mia e imparare da sola.
Lascio Nina al negozio e mi incammino verso la spiaggia, con la mia tavola sottobraccio. Vado verso nord e arrivo fino a Playa Malpaso appena fuori da Sayulita, è una lunga striscia di sabbia bianca, isolata, le onde oggi sono piccole quindi non dovrebbe essere difficile provare a cavarmela da sola. Inizio a correre verso l'acqua saltando le prime ondine, mi tuffo di petto sulla tavola e inizio a remare con le mani, ho visto molti film e molte persone fare surf nella mia vita quindi indicativamente si può dire che so come si fa, chiaro poi che tra il dire e il fare ci sia di mezzo il cominciare come mi ripete sempre Nina.
Ed eccomi qui a cavalcioni sulla tavola lontano dalla riva sulla line up ad aspettare, forse l'onda giusta, forse il coraggio per prendere la prima onda. Cullata dall'oceano, guardo poco lontano da me un ragazzo sulla tavola che deve essere piuttosto esperto, ne approfitto per prendere un po' di sole e aspetto. Il surfista in lontananza nuota verso di me e decido di ricompormi per assumere meno la posizione della turista sul lettino da sole e più quella della surfista navigata.
Quando lo vedo avvicinarsi mi accorgo che si tratta di Tommy, la sorpresa nel vederlo in questo contesto lontano da tutti mi mette un po' in soggezione, devo ammettere che dei ragazzi del gruppo lui ha decisamente attirato la mia attenzione: fisico scolpito dal mare, abbronzatura dorata, capelli schiariti dal sole e dalla salsedine e tutta una serie di tatuaggi che incorniciano il suo corpo e lo rendono quasi proibito. Sexy, misterioso e schivo, le poche informazioni che so di lui è che dà lezioni di surf è introverso, parla con poche persone, non ama raccontare di sé, vive in questo posto da tre anni in una casa che si è costruito sulla spiaggia.
Tutti lo conoscono e lo rispettano quasi fosse una guida spirituale, è davvero bravo sulla tavola, però in pochissimi sanno qualcosa riguardo la sua vita, pochi amici, tanti conoscenti.

Si avvicina sempre di più e io vorrei buttarmi sott'acqua perché mi sento impedita e vulnerabile.

Comincio a pentirmi di non aver voluto prendere qualche lezione di surf, il mare inizia ad ingrossarsi e io non ho la più pallida idea di come e quando potrò ritornare a riva, se prima il mare sembrava cullarmi ora direi che mi sta schakerando per bene e inizia a salirmi il panico. Vi chiederete il perché della mia stupida decisione e la risposta è una e semplice, io sono abituata a fare ed imparare tutto da sola, è come se avessi la percezione di poter fare quasi tutto discretamente, cosa che in questo contesto si sta rivelando una vera cazzata.

Ma ecco che arriva il mio marinaio a salvarmi, si mette accanto a me seduto sulla sua tavola e mi guarda con uno sguardo da mattacchione che non dimenticherò mai.

Io sono sorpresa e spaventata, non avevo pensato di doverlo vedere in questo contesto anche se a dire la verità quella fuori dal suo habitat naturale sono io.

«Sto cercando di capire se sei coraggiosa o folle?» mi dice avvicinandosi sempre di più, i capelli ribelli gli cadono sul viso e lui immergendo la testa in acqua, con una mossa riemerge dall'acqua come se fosse Poseidone e io rimango immobile con le mani attaccate ai bordi della tavola cercando di non scomparire nell'abisso dell'oceano.

«Forse entrambi», rispondo, lui sorride e mi dice:

«Non ti preoccupare, ci penso io a te» e in quel momento prende un'onda e se ne va lasciandomi lì.

Io rimango immobile, quasi pietrificata, quando torna nuotando da me lo guardo negli occhi imbambolata e avverto un senso piacevole di sicurezza e pace, torna vicino a me.

«Non devi guardare la tavola quando provi ad alzarti in piedi, ma fissare un punto fisso sulla spiaggia, poi lasciati spingere dalla forza dell'onda, solo così il tuo corpo troverà un equilibrio» e senza dire altro se ne va, come se mi avesse rivelato il segreto con cui è stato creato l'universo.

Non mi piace questa tecnica di insegnamento, speravo mi facesse sedere sulla sua tavola e che mi avrebbe dato un passaggio fino a riva, risolvendo insieme questo casino enorme in cui mi sono cacciata.

Lo vedo arrivare a riva, uscire dall'acqua, posare la tavola sulla sabbia e incrociare le mani sui pettorali scolpiti guardando verso di me, e io rimango in ammollo pronta a fare la figura di merda più colossale di tutta la mia vita. Bene "Olivia faccio tutto da sola" e ora come cazzo ci esco da questa situazione ridicola e imbarazzante?

Lo guardo da lontano ed è come se i suoi occhi mi stessero indicando il momento in cui prendere coraggio è come se mi stesse guidando e incoraggiando ed io per orgoglio non voglio deluderlo, così prendo coraggio, guardo verso l'orizzonte dietro di me le onde che arrivano, respiro profondamente e quando vedo l'onda che mi sembra giusta arrivare faccio come ha detto lui, comincio a nuotare velocemente verso la spiaggia senza staccargli gli occhi di dosso.

Quando sento sotto di me l'onda che si sta formando, spingo sulle braccia e faccio un piccolo balzo sulla tavola tenendo le ginocchia piegate come mi ha spiegato il ragazzo del surf shop e senza rendermene subito conto mi trovo quasi in piedi, in quel momento mi ricordo le sue parole, individuo un punto fisso sulla spiaggia e quel punto sono i suoi occhi e senza accorgermene sono quasi arrivata a riva con un sorriso da paralisi sulle labbra.

Esco dall'acqua e ci guardiamo a lungo senza dire nulla, lui sorride potrei dire quasi orgoglioso e io ho ancora la mia paralisi facciale, vorrei ringraziarlo, anzi la verità è che vorrei saltargli addosso e mangiarmelo vivo di baci.

«Il mare ha il potere di far accadere le cose» mi dice con uno sguardo sincero e preoccupato

«Pensavo invece che il mare mi avrebbe inghiottito per sempre».

Lui si avvicina, mi toglie una ciocca di capelli da viso e mi dice:

«Sottovaluti la tua forza sirenetta».

Sta succedendo ora, qui in questa spiaggia, lontano da tutti, il mare ci sta unendo.

Io arrivo da una vita che ormai è diventata piatta, senza più stimoli, delusa, amareggiata ed arrabbiata con gli uomini che sembravano cercare in me solamente un amante, lui vuole isolarsi dal mondo nel suo mondo eppure in questo momento è come se ci stessimo ritrovando dopo un'eternità.

Le uniche cose che mi hanno raccontato di lui sono che la madre lo portò via dalla Francia dove nacque quando aveva solamente un anno, si trasferirono in Polinesia a Tahiti, dove ha vissuto per ventidue anni. È stato in molti posti, Australia, Brasile, Messico, Indonesia e tanti altri. Ha trascorso tutta la sua vita di fronte al mare e non ha intenzione di cambiare piani.

La prima settimana trascorre praticamente a mollo nell'acqua, la mattina mi sveglio, prendo la bici che ci ha lasciato il padrone di casa e dopo la colazione al Cafè di Pepe vado al surf shop a noleggiare la tavola. In mare incontro sempre Tommy che ormai sembra che mi abbia preso come allieva fissa, trascorriamo ore in acqua a ridere e scherzare su questo posto dimenticato da Dio e il mio stile in acqua.

Si può dire che da quando ci siamo incontrati in mare non ci siamo più separati, di giorno lui lavora nel surf shop dove noleggia tavole e dà lezioni di surf a turisti che secondo lui non rispettano il mare e vedono il surf come una "cosa" da provare in vacanza.

In pochi sentono il surf come stile di vita.

Il resto del tempo, lo trascorriamo insieme agli altri, ma ritagliandoci sempre un posticino per noi, mi racconta di come ha vissuto la sua vita, di come vive in simbiosi con la natura, del suo rispetto ed onore per questa.

Ascolta i suoi messaggi e vive nei suoi silenzi, lui ha vissuto il Polinesia dove la natura scandisce la vita le tradizioni e qualsiasi aspetto della vita, non capisce che le persone normali, che vivono lontano dal mare non sentono questa potenza.

Mi prende in giro per il fatto che viva a Milano e non si capacita di ciò.

Ogni giorno che passa noi lo viviamo insieme, lui parla poco e quello che dice sembrano più profezie provenire dal profondo della terra piuttosto che discorsi sulla vita, ma ogni giorno scopro qualcosa in più su di lui e ogni giorno che passa sono sempre più inebriata dai suoi racconti.

Passiamo ore in acqua a parlare e ridere della vita, io lo prendo in giro per questo suo modo di essere più una divinità che un essere umano e lui, che all'inizio mi trattava come la solita turista viziata, sta iniziando a togliere strati dalla mia anima arrivando a toccare i punti più profondi del mio essere.

La sera ceniamo a casa nostra tutti insieme e anche in quei momenti non riusciamo a staccarci gli occhi di dosso.

Viviamo così, ore su una tavola in mezzo al mare poi la sera ci sfioriamo appena in mezzo agli altri, ci siamo accorti del fuoco che c'è tra di noi e anche i nostri amici, ma le cicatrici e le ferite delle nostre vite ci impediscono di toccarci veramente.

Sebastian ha tolto uno strato alla mia corazza e ora vivo in balia degli eventi.

Alla fine della prima settimana dopo il nostro incontro in acqua Tommy è partito per un paio di giorni senza avvisare nessuno, ho chiesto a tutti che fine abbia fatto, non mi aspettavo che mi avvertisse di questo spostamento, ma sono rimasta sorpresa quando la sola risposta che gli altri mi hanno dato è di non chiedergli niente quando tornerà.

Non stiamo insieme, non ci siamo neanche baciati anche se, a dire la verità, il nostro legame sembra molto più intenso, però tutto questo mistero e tutti questi silenzi sono come benzina sul fuoco per me, non reagisco bene quando mi sento ignorata e usata ed è proprio così che mi sento ora che lui mi ha piantato qui interrompendo il nostro flusso magico. Come tutti i giorni la mia routine è sempre la solita, vado a bere il caffè da Pepe e leggo le mail per diverse ore, poi vado in spiaggia faccio un paio di ore di surf, mangio e vado a casa a rilassarmi sull'amaca fino al tramonto quando ci riuniamo tutti insieme per cena o in spiaggia a bere birra al tramonto.

Il giorno dopo la sua partenza trovo una sua mail.

```
Oggetto: Tommy

Scusami se sono partito senza dire niente, non avresti
capito, ma vorrei spiegarti.
Ci vediamo a casa mia domani sera.
Casa Atea, Playa San Pancho, puoi arrivarci dalla
spiaggia.
Tommy
```

Certo per chi vive di sogni e speranze questo è un buon segno, ma io non sono così e in questo momento vorrei prendermi a sberle per essere arrivata a questo punto e trovarmi in questa situazione, certo che mi dovrà spiegare tutto, io vivo nel mondo vero dove quando mi lego ad una persona voglio fare parte del suo mondo e coinvolgerlo nel mio, lui invece a quanto pare il suo mondo lo tiene per se, come se nessuno fosse degno di farne parte e questo mi manda su tutte le furie e il mio istinto, quello che seguo sempre nel bene e nel male, mi porta a volte a fare cose senza pensare.

Così rispondo subito alla mail.

Spengo il computer, vado a casa da Nina che nel frattempo è con gli altri ragazzi e stanno organizzando il week end a Puerto Escondido partendo il giorno dopo. Bene, proprio quello di cui ho bisogno penso. Detto fatto la mattina dopo io, Nina, Pepe e James partiamo alla volta dell'aeroporto di Guadalajara dove ci imbarchiamo sul volo per Puerto Escondido.

Quando arriviamo sono sbalordita, Puerto è completamente diverso dalla piccola cittadina in cui ci siamo rifugiati, molto più grande, caotica e turistica. Facciamo un giro per le spiagge insieme ad un amico di Pepe di nome Pepito che è venuto a prenderci all'aeroporto, poi dopo un breve tour tra la baia e le sette spiagge ci porta a casa sua, una bellissima villa in stile coloniale appena fuori da Puerto, la villa sembra uscita da un film, un grande patio tutto adornato di colonnati, a sfioro sulla collina c'è una piscina che si affaccia su una costiera selvaggia che porta direttamente alla spiaggia, penso proprio che non mi dispiacerebbe passare qui il resto della mia vacanza anche se la nostra casetta a Sayulita sembra fatta apposta per noi.

Decidiamo di buttarci subito in piscina e farci una nuotata, la musica nel frattempo si diffonde per la casa, mi sento felice e spensierata come una bambina, Pepito arriva con le birre ghiacciate, giochiamo alla lotta sulle spalle, io salgo su quelle di Pepe e Nina su quelle di James, iniziamo prima a spingerci e poi piantando le mani ferme sugli avambracci degli altri iniziamo la sfida vera e propria, tra una risata e l'altra la lotta finisce con la vittoria schiacciante mia e di Pepe che per festeggiare mi butta per aria facendomi fare un triplo carpiato di schiena.

Diciamo che ho rischiato l'annegamento e visto la variabile che sta prendendo la mia vita, mi sarebbe dispiaciuto non godermi il finale di questa intricata situazione che si sta sviluppando qui in Messico.

Dopo la lotta ci disperdiamo per questa casa enorme, la musica continua a seguirci in stereo diffusione, Nina è sul divano a chiacchierare con Pepito, io decido di rilassarmi con una birra su un'amaca in fondo al patio e di lasciarmi cullare da questa pace effimera che sento non durerà a lungo.

«Un pesos per ogni tuo pensiero sirenetta», dice qualcuno venendo a sedersi di fianco a me, mi scappa una risatina perché sirenetta è come mi chiama Tommy.

«Beh una sirenetta non avrebbe rischiato quasi di affogare» guardo Pepe, si fa serio.

«Sai prima di partire mi ha chiamato Tommy, sta tornando a casa e mi ha chiesto di prendermi cura di te», mi dice lasciando intendere molte cose.

«Pensiero carino Pepe, ma io non ho bisogno della balia, posso cavarmela da sola».

«Sai Tommy ha una storia molto complicata, voleva parlare con te in questi giorni, ma tu sei partita con noi», non ci siamo mai parlati così io e Pepe, sembra serio e preoccupato.

«A me sembra che sia stato lui quello che è partito senza avvertire nessuno, cosa dovevo fare Pepe?».

«Tu puoi aiutarlo Olivia, ho conosciuto Tommy tre anni fa quando è arrivato a Sayulita, da allora siamo inseparabili e per me è come un fratello, non lo vedevo guardare una donna così da tempo e mi dispiacerebbe se tu non provassi neanche ad aprire uno spiraglio in lui».

«Pepe, ognuno di noi ha le proprie cicatrici».

«Le sue Olivia sono tatuate sulla sua pelle. Ora scusami, ma faremo meglio a prepararci, Pepito ci porta da Espadin a cena, vedrai ne rimarrai incantata».

«Bene bene devo farmi carina a quanto pare, non chiedevo di meglio dopo dieci giorni di infradito,» gli dico cercando di alleggerire la conversazione.

«Attenta sirenetta che non ti perdo d'occhio» mi risponde.

«Questo vuol dire che questa sera mi potrò lasciare andare visto che un cavaliere si prenderà cura di me».

«Olivia ti prego fa in modo che non me ne penta».

«Vedrai che potrai raccontare solo cose belle sul mio conto» gli faccio l'occhiolino, mi alzo e mi incammino verso casa lasciandolo lì a pensare.

Decido di andare in camera mia dove, nel frattempo Nina si sta già preparando per la serata, a quanto pare questo Espadin deve essere davvero carino visto che era dalla mia comunione che non vedevo Nina vestita decentemente.

Diciamo che io e lei siamo sempre state agli antipodi in fatto di gusti e non solo di moda, lei è un vero spirito libero e selvaggio, io invece sono selvaggia dentro, ma esternamente mi piace non sembrare trascurata, non dico io che sia una ragazza impettita che va in spiaggia con la zeppa, ma adoro trovare il giusto abbigliamento per le occasioni e stasera opterò per un vestito morbido a fiori in georgette di seta di Blumarine corto fino a metà coscia, scollato davanti, ma con le maniche lunghe in chiffon, è un vestito perfetto sia per una cena in un bel ristorante che per un dopocena in qualche club, raccolgo i capelli in uno chignon alto, mi trucco leggermente gli occhi con un po' di ombretto marrone e via, wild chic come piace a me e come mi sento a mio agio.

Mi piace questa deviazione a Puerto e non voglio farmi intristire da quello che potrà succedere una volta tornati a Sayulita. Stasera conosceranno la vera me, la regina delle serate e delle feste.

Pepito deve essere una sorta di celebrità da queste parti visto il modo reverenziale che hanno tutti quando si rivolgono a lui, Pepe mi ha raccontato che è il primogenito di una famiglia che produce la migliore tequila di tutto il Messico, lui però segue la sua passione e viaggia per il mondo a caccia di onde e donne bellissime. Guardo i miei amici e resto colpita, gli uomini sono davvero dei gran bei bocconcini e io e Nina siamo la ciliegina sulla torta.

Il ristorante che ha scelto Pepito per la serata è situato sulla costiera della baia di Playa Carrizalillo una delle più belle di Puerto Escondido, l'atmosfera di questa sera non si può descrivere, i ragazzi sono euforici, merito anche della selezione di Mezcal con cui abbiamo cenato, il nostro tavolo, ovviamente il migliore di tutto il ristornate, è proprio sulla terrazza che dà sulla baia e la vista è a dir poco unica.

Per tutta la sera parliamo e ridiamo delle nostre avventure in giro per il mondo poi ad un tratto Pepito chiede a Pepe che fine ha fatto Tommy e improvvisamente cala un silenzio tombale che Pepe taglia dicendo:

«Aveva delle commissioni da fare altrimenti sai che sarebbe venuto qui a surfare con noi, non si perderebbe per niente al mondo le onde di Puerto».

«Spero che non corra ancora dietro a quella pazza altrimenti non vedo speranza per la sua anima», risponde Pepito in modo sincero e il silenzio di prima si trasforma in gelo, allora io, per tagliare l'aria, domando ai ragazzi delle onde di Puerto e mi raccontano di Playa Zicatela che è la spiaggia più larga di Puerto è considerata una delle dieci onde più pazzesche al mondo, i surfisti arrivano da ogni parte e la chiamano la Mexican Pipeline cioè la versione messicana della mitica onda hawaiana di Oahu.

Dai racconti credo che non affronterò mai la versione messicana visto che generalmente quando il mare è quasi a riposo l'onda misura quasi due metri e che si estende sia verso sinistra che verso destra e questo per un'onda è una cosa quasi rara perché generalmente le onde vanno solo in una direzione e cioè o destra o sinistra.

Qui non solo il mare è perennemente incazzato, ma è quasi praticamente impossibile per i bagnanti o chi non pratica surf con dimestichezza entrarci perché rischi di uscirne tritato.
Bene penso che domani mi godrò un bel po' di sole e mi concederò un bel tuffo nella nostra lussuosa piscina, a Playa Zigote non si scherza dicono i ragazzi se sai fare surf entra e mettiti alla prova con il mostro sacro, altrimenti porta rispetto al mare e a te stesso, fatti un favore e beviti una birra ghiacciata nei tanti chioschi sulla spiaggia.
Credo che sarà proprio il mio programma qui a Puerto.
Devo dire che in questo momento sentendo tutti questi racconti il testosterone lo si sente anche dalla luna, i ragazzi raccontano delle loro avventure con la mitica onda e non mancano di menzionare il più esperto tra loro ossia Tommy, ogni volta il mio cuore perde un battito al solo sentire il suo nome.
Decido di andare al bagno, darmi una bella rinfrescata, sarà per il clima ancora estivo o per il Mezcal, ma mi sento veramente annebbiata. Arrivo in bagno e mi accorgo che Nina mi ha seguito, ci guardiamo dallo specchio e mi dice
«Tata stai bene? Non abbiamo avuto tanto tempo di parlare io te anche se viviamo da dieci giorni nella stessa casa, volevo però sapere se stai bene e sei felice».
«Oh Nina, quante volte nella mia vita mi avrai fatto questa domanda, certo che sono felice me lo chiedi continuamente, sono in un posto meraviglioso e i ragazzi sono adorabili».
«Tommy è più che adorabile, è una perla rara e mi sono accorta del vostro legame, sai prima che arrivassi tu io e lui abbiamo parlato tantissimo ed è veramente una persona eccezionale», vuole capire a che punto siamo arrivati io e Tommy.
«Bene sono contenta che si sia confidato con te, stai tranquilla a me non ha detto nulla, a quanto pare non sembro alla sua altezza», si avvicina a me, mi prende le mani
«Ma cosa stai dicendo? Secondo Pepe lui è pazzo di te, ma credimi è terrorizzato, non è facile per lui aprirsi ancora ad una donna».
«Certo dopo la pazza non deve essere facile» alzo il tono della voce, basta mi sono stufata, perché deve esser sempre tutto complicato e ingarbugliato.
Possibile che a me non capitino mai le cose semplici.

«Olivia credimi, lei era davvero pazza» mi risponde.

«Senti non mi importa, abbiamo tutti le nostre brutte esperienze passate, guarda me, guarda come gli uomini mi hanno trattata, cosa dovrei fare, chiudermi in un monastero, no non lo faccio, voglio continuare a vivere e non chiudere il mio cuore in un guscio solo per paura di soffrire ancora, a volte si incontrano delle persone nei posti più impensati al mondo e queste possono amarti in modo totale e unico, ma se non ti lasci andare non potrai mai scoprirlo», mi dirigo verso la porta, mi è passata l'euforia.

«Tu non hai vissuto quello che ha passato lui, credimi non è stato facile e non è così semplice seguire il cuore quando il tuo mondo è crollato in mille pezzi ed è sottosopra, incontrerai un uomo Olivia che ti amerà in modo totale e ti auguro che questa persona non ti distrugga la vita», il suo sguardo finché mi parla è quasi accusatorio e questo mi fa imbestialire, lei sa che cosa ho passato io, allora perché è come se stesse difendendo lui e non me.

«Devo ricordarti Nina che questo a me è già capitato, ora se la seduta di psicanalisi è finita sono tentata di buttarmi tra le fauci dell'onda più pericolosa del Messico per lenire il mio stato d'animo oppure scolarmi ancora litri di Mezcal, dai andiamo si staranno chiedendo dove siamo finite».

Usciamo dal bagno e quando torniamo le luci sono soffuse e la musica messicana invade qualsiasi cosa, decido che per questa notte non voglio pensare a chi e cosa mi fa battere il cuore o me lo distruggerà per sempre, stasera voglio essere spensierata e felice, così cominciamo a ballare fino a perdere il senso del tempo, tra un bicchiere e l'altro dimenticandoci del dove e godendoci l'ora.

Mi sveglio il giorno seguente nel mio letto a baldacchino coloniale, le finestre sono aperte, le serrande pure e la brezza del mare mi lascia dei brividi sulla pelle.

Mi alzo, indosso una vestaglia e vado nel patio dove stanno tutti facendo colazione o meglio pranzo visto che sono le due del pomeriggio, scopro dai racconti che i ragazzi stamattina sono andati a fare surf e che nel pomeriggio vogliono andare a Playa Zigote, così li imploro di andarci subito e come se avessero avuto il permesso dalla mamma, cominciano a caricare le tavole sul pick up di e partiamo.

Pepito parcheggia proprio di fronte alla spiaggia e dalla macchina restiamo tutti senza fiato nel vedere il mostro in azione, e come se i miei pensieri prendessero forma, i ragazzi mi dicono che è meglio che io me ne rimanga sul bagnasciuga onde evitare di tornare a casa in una cassa di legno o con qualche osso spezzata e credo che la sola affermazione basti per far tornare i pensieri da dove sono venuti.

Scendiamo dal pick up, i ragazzi cominciano a passare la paraffina sulle tavole, devo dire che quel semplice gesto è sexy e mistico allo stesso tempo, trattano le loro tavole come se fossero le cose più preziose del mondo, quei semplici gesti che ho visto fare anche a Tommy sembrano più dei rituali sacri che movimenti senza senso.

Io e Nina andiamo ad aspettarli sul bagnasciuga e loro si fiondano in acqua come se quello fosse il loro ambiente naturale, nuotano fino alla line up, salutano i surfisti che incontrano, si girano verso l'oceano dando le spalle alla spiaggia e aspettano, sarebbero capaci di aspettare lì per ore, ma nel giro di poco Pepito parte, prende l'onda per primo e noi rimaniamo con il fiato sospeso per tutto il tempo. Dopo un paio di ore io e Nina andiamo a prenderci un paio di birre in un chiosco, per tutto il tempo commentiamo lo spettacolo che abbiamo davanti come se fossimo i giudici di una gara, ridendo e bevendo birra fino a che non cala il sole e i ragazzi escono dall'acqua come degli eroi quasi al rallentatore lasciandoci godere appieno dello spettacolo di muscoli e testosterone. Dopo una doccia sulla spiaggia e un paio di birre con loro decidiamo di tornare a casa di Pepito e preparare tutti insieme la cena.

Sul patio che ormai ho capito essere il fulcro delle case messicane ceniamo e beviamo poi dopo aver sistemato la cucina torniamo a rilassarci, chi sull'amaca, chi su uno dei grandi divani a cantare e ballare come quasi tutte le sere da quando sono qui in Messico.

Ecco questo senso di comunità, le cene e la goliardia tutti insieme mi mancheranno tantissimo quando tornerò nel mio appartamento a Milano, ma per ora voglio godermi questo senso di fratellanza e non smettere di ridere.

La mattina seguente dopo la colazione sul patio, Pepe ci avverte che dobbiamo andare in aeroporto a prendere l'aereo, così salutiamo Pepito al gate e ci rilassiamo sulle poltroncine dell'aeroporto un po' spoglio di Puerto Escondido aspettando l'imbarco per il nostro volo, Pepe legge, James gioca con la Nintendo e io e Nina approfittiamo dei computer dell'aeroporto per leggere le mail.

Trovo subito la risposta che mi ha inviato Tommy stamattina.

Chiudo il pc e decido di non rispondere, non che non sappia cosa dire o come sentirmi, semplicemente vorrei farlo avendolo di fronte a me. Ho imparato a non nascondermi, ad affrontare le sfide, i dibattiti e le questioni di cuore in maniera adulta, non me la sento di glissare su cose che mi toccano e questa certo mi tocca eccome, a questo punto non vedo l'ora di incontrarlo per capire e ascoltarlo come mi stanno consigliando Pepe e Nina.

Così dopo averci accompagnato a casa i ragazzi decidono di andare ognuno a casa loro e tornare per cena, io semplicemente guardo Nina che da quando ci siamo seduti al pc in aeroporto deve aver capito cosa bolle in pentola, non mi fa domande, quando sto per uscire di casa, mi augura solamente di godermi la serata.

Prendo la mia inseparabile bici e raggiungo Playa San Pancho, una volta arrivata guardo il mare e vorrei davvero poter avere una tavola da surf anche solo per andare ad immergermi, per riordinare le idee, a quanto pare, qualcuno deve aver avuto il mio stesso pensiero perché in acqua vedo un ragazzo a cavalcioni della tavola guardare l'orizzonte e sembrare tutt'uno con il mare.

Mi siedo sulla sabbia e guardo immersa nei miei pensieri l'orizzonte quando dall'acqua il surfista prende l'onda e torna verso riva.

Quando lo vedo il mio cuore perde un battito, la vista mozzafiato di quel corpo scolpito dall'acqua e dal sale e sapientemente ricoperto di tatuaggi mistici e sensuali, avanza verso di me e mi si scioglie un nodo in gola, vorrei piangere per la gioia di essere di nuovo sola con lui, vorrei correre e abbracciarlo, ma ho paura che toccandolo svanisca nel nulla.

Lui si avvicina, il suo sorriso sembra quello di un ragazzino spensierato.

«Bentornata sirenetta, ti stavo aspettando» e io ora mi sciolgo come neve al sole.

Rimango immobile come imbambolata con un sorriso ebete sulle labbra, lui si siede accanto a me e rimaniamo in silenzio a guardare uno dei tramonti più incredibili che l'oceano Pacifico abbia mai sfoggiato in tutta la sua esistenza.

Dopo un tempo infinito in silenzio lui si gira verso di me, mi guarda come se non dovesse vedermi mai più per il resto della sua vita e questo mi mette tristezza e malinconia e mi dice.

«Cosa vorresti fare adesso Olivia», se mi avessero chiesto la formula chimica del cromo credo che avrei saputo rispondere senza pensarci due volte pur avendo sempre avuto gravemente insufficiente in chimica al liceo.

Quel suo sguardo però mi riporta alla realtà, alla sensazione che non siamo da nessuna parte, ma siamo insieme e non voglio chiudermi in me stessa come ho fatto tante volte in passato così rispondo sinceramente

«Portami nel tuo mondo Tommy» e lui come se avessi svelato il mistero dell'universo, si alza prende la sua tavola, mi porge la mano per alzarmi e tirarmi vicino a sé, siamo a pochi centimetri l'uno dall'altra, i nostri occhi sono incatenati, mi sfiora il viso con una mano e mi dice

«Non speravo altro» e con una dolcezza infinita mi sfiora il braccio per accompagnarmi attraverso la foresta dietro la spiaggia.

Camminiamo su un sentiero in mezzo a palme e piante da frutto, lungo il cammino uno steccato di legno delimita il percorso, mi sembra di entrare in paradiso, il profumo e la bellezza dei fiori mi invade come una scossa, non riesco a capire dove siamo e così gli chiedo

«Dove stiamo andando?» e lui mi risponde:

«Questo è il mio mondo Olivia, questa è casa mia» e mi rendo conto che il paradiso ora ha un'infinità di colori che neanche conoscevo.

Siamo immersi nella foresta, lui tenendomi per mano, mi racconta di come è riuscito a ricreare con i fiori e gli alberi della Polinesia, il giardino dove è cresciuto su quell'isola.

È come stare dentro una fiaba, il verde e i colori sembrano finti, ci sono alberi di gardenia e fiori di tiare, alberi di banano, di mango, fiori di ylang ylang, frangipane, ibisco, gelsomino buganvillee e tantissime altre varietà, sono inebriata dalle sue parole e dai profumi che sento.

Arriviamo in una casa immersa nel verde sospesa su questo mare di colori, è tutta in legno, il tetto sembra un grande cappello di paglia, scopro poi che la casa è una vera palafitta polinesiana, che il tetto è stato intrecciato secondo la tecnica Tahitiana con foglie di canna da zucchero e di palma, è una casa grande su due livelli con una parte aperta su un patio e una parte interna con una cucina, un'enorme libreria che copre quasi tutta l'altezza piena di libri e ornamenti scolpiti con il legno, un bagno paradisiaco con una vasca di pietra e una doccia all'aperto e il resto del necessario è all'interno, mi balena l'idea di immaginarmi immersa in quella vasca a guardare le stelle e respingo subito il pensiero perché alzando la testa vedo il pezzo forte della casa ovvero il soppalco con la camera da letto composta da un letto enorme ricoperto da una zanzariera. È una casa essenziale, ma meravigliosa dal punto di vista architettonico perché forte, tanto da resistere a due uragani, ma più della casa è il modo in cui lui la vive ad affascinarmi, è il suo nido, la sua tana è qui che cerca di ritrovare il suo mondo.

«Si chiama casa Atea», mi dice guardando anche lui verso la camera da letto.

«Cosa significa?» domando, questa volta guardandolo negli occhi.

«Atea è il dio primordiale polinesiano, si è diviso in due parti, una è diventata il dio Rangi, mentre l'altra la dea Papa, insieme divennero i genitori di tutti gli altri dèi. Atea emerse una mattina dal caos e liberandosi costruì una camera per poter vivere insieme alla moglie Atanua con la quale generò un figlio, Tu Mea, il primo uomo», me lo racconta come se fosse una cosa importante per lui, ma io non capisco il motivo di dover trovare un significato tanto mistico per una casa.

«E perché hai dato il nome di una divinità alla tua casa?» sono curiosa.

«Perché questa casa è stata costruita per un figlio Olivia», ed ecco che la magia, il misticismo e la polvere di fata si dissolvono immediatamente portandomi nelle tenebre.

Vado verso il patio e mi appoggio al balcone che dà sul giardino, fino a pochi secondi fa era cosparso di polvere fatata, mi manca il respiro, come se tutta l'aria e l'ossigeno generato da queste piante non fosse sufficiente a farmi respirare, mi sento fuori posto come se stessi violando un luogo sacro che non è mio e lui mi raggiunge rimanendo in piedi dietro di me.

«Volevi conoscere il mio mondo, immagino per capire qualcosa di me, io sono questo posto, l'ho costruito con le mie mani, centimetro dopo centimetro, un tempo in questa casa ha vissuto una donna che pensavo fosse la mia dea, ma ora qui ci sono solo io e ogni giorno vivo pensando a quel figlio che non c'è più e alla donna che me lo ha portato via, non provo rabbia, ma solo rancore, lei voleva entrare nel mio mondo e io mi sono lasciato incantare dalla sue stregonerie forgiando questo posto per noi, ora io non vedo l'ora di andare via di qui e tornare nella mia casa a Tahiti».

Non so che dire, poi continua.

«Io non ho più portato nessuno qui, solo Pepe che è diventato come un fratello per me aiutandomi quando pensavo di annegare».

«Perché hai portato me allora?» mi volto, lui è dietro di me e ha lo sguardo basso, posso respirare il suo smarrimento, ma mi sento impotente, non capisco, io percepisco la nostra forza e la nostra sintonia, ma mi sento piccola e indifesa davanti al racconto di tanta sofferenza e malvagità, aveva ragione Nina.

«Olivia ti ho portato qui perché tu sei Hina che nella leggenda polinesiana rappresenta la forza femminile che ogni donna deve trovare nelle difficoltà, la forza di rialzarsi e di combattere per sé stessi e gli altri».

Mi scende una lacrima.

«Io non so che dire Tommy, io non ti conosco eppure è come se finalmente ti stessi ritrovando», mi prende il viso tra le mani, mi guarda come un cacciatore affamato, appoggia la sua fronte sulla mia e lo sento inspirare profondamente, poi si stacca e mi sussurra:

«Ora lasciati portare in paradiso sirenetta».

Quelle poche parole danno la scintilla a un fuoco che travolge entrambi.

Ci baciamo selvaggiamente, la sua lingua esplora la mia bocca e io mi sciolgo nella mia estasi, infilo le mani tra i suoi capelli che hanno il colore dei raggi del sole, sono lunghi fino a sotto le orecchie, perennemente tirati indietro con le mani, devo dire che è il gesto che gli ho visto fare di più da quando l'ho incontrato la prima volta in spiaggia.

È un bacio difficile, è un bacio che scioglie la paura e apre alla speranza, è un bacio che scalda il cuore e apre la mente a mille fantasie, la sua lingua incantata è piena e calda e fa crollare le mie barriere.

Mi prende per mano e in questo momento la paura di sfiorarlo, sembra lasciare il posto ad una passione primordiale, come se il dio e la dea fossero finalmente tornati sulla terra per unirsi in un corpo solo e dare vita all'universo.

Attraversiamo il verde infinito che circonda questa casa, lui mi tiene per mano e mi accompagna lungo un sentiero illuminato di candele e dietro ad una staccionata intravedo due cavalli, arriviamo nella zona dove lui ha piantato i fiori più delicati, le sue orchidee, e le tiare.

Il posto è semplice, quattro tronchi con sopra il tetto di paglia, nell'angolo un letto di bambù bianco.

Mi stringe a sé abbracciandomi da dietro, sento la sua eccitazione sul mio corpo, le nostre mani si intrecciano, mi volto e i nostri occhi si fondono insieme, e in questo azzurro decido di perdermi, mi sfila il caftano dalla testa e rimango in reggiseno e slip che dopo due secondi finiscono a terra.

«Non sai quante volte ho sognato questo momento», mi dice quasi senza fiato

«Sono qui e non vorrei essere da nessun'altra parte» gli sussurro.

«Lasciati andare Olivia, lascia che io ti ami come meriti mia dolce e forte ragazza».

Continuiamo a baciarci senza darci la possibilità di respirare, mi sdraio sul letto bianco candido che sembra il paradiso, le sue mani sono ovunque e le mie esplorano quel fisico che sembra stato scolpito dalla forza della natura, comincia la perlustrazione del mio punto più estremo, la sua bocca lì mi fa contorcere dal desiderio di sentirlo finalmente mio, le sue mani sembrano volermi stritolare il culo e io inclino la testa all'indietro supplicando parole senza senso, il piacere aumenta.

La sua bocca continua a torturarmi di piacere, sono al limite della mia sopportazione, ma a quanto pare ha deciso di prendersi tutto il tempo del mondo ad assaporarmi e farmi godere fino a farmi perdere i sensi, è una tortura lenta e possente, sento l'orgasmo montare e quando arriva penso di non aver mai goduto in quel modo in tutta la mia vita, non stiamo solo facendo l'amore è come se ci stessimo donando l'uno all'altro per l'eternità.

La sua bocca sul mio scrigno e i suoi occhi sui miei, si sdraia sopra di me e mi chiede:

«Non sono abituato a fare queste domande, ma sappi che ho i preservativi in casa».

Gli metto un dito davanti alla bocca.

«Non perdere tempo, non servono».

Non mi lascia il tempo di finire la frase che il mio dio del mare è dentro di me insieme alla tempesta che si sta portando dietro.

Mi abbandono al suo movimento lento e ritmato, come se seguisse il ritmo di una melodia, ogni affondo è deciso e forte e io devo aggrapparmi alle lenzuola di lino di questo letto per non impazzire, dopo un tempo infinito mi abbandono alla tempesta e mollo qualsiasi ormeggio. Lui sembra che stia combattendo un'altra battaglia, si morde le labbra e capisco che anche lui vorrebbe lasciarsi andare.

«Non sai quanto sia folle per me tentare di resisterti, ma voglio che questo sia un inizio unico per noi», a quanto pare è anche veggente penso.

Così mi prende le gambe e se le mette sopra le spalle, io le incrocio e mi preparo all'ennesimo assalto del fuoco amico, inizia a cavalcarmi con una forza selvaggia, non ho più energia, ma solo desiderio e il modo in cui ci stiamo donando mi fa urlare il mio piacere per quest'uomo che sembra uscito da un libro di leggende.

Bello, forte, selvaggio, sexy, vigoroso e mio, penso nella mia testa, mio come non lo è mai stato nessuno e anche se in lontananza i campanelli e i lampeggianti cominciano a farsi notare decido di ignorarli perché questa notte siamo anime libere e selvagge che non si lasceranno mai, quando raggiungiamo l'orgasmo insieme, i nostri gemiti soddisfatti penso che li abbiano sentiti anche nella costa est del Messico.

Lui crolla su di me, siamo sudati ed esausti, il suo respiro è accelerato e posso sentire il suo cuore che gli sta esplodendo nel petto.

Gli accarezzo i capelli, poi lo stringo come se fosse la mia ancora di salvezza, fino a quando dopo qualche istante lui mi distoglie dai miei pensieri dicendomi.

«Non avere paura di questo, ci siamo solo noi e nessuno potrà farci del male» cerco di capire a cosa si riferisca, forse ai racconti della strega di prima, credo che stia parlando per sé, che sia lui quello che ha paura, lo capisco da come mi guarda e dalla dolcezza dei suoi baci.

«Io non ho paura di quello che provo», lo dico e sono sincera, da quando è cominciato questo viaggio ho mollato la presa, cerco di lasciarmi andare, negli ultimi anni ho vissuto con il freno tirato, guardandomi sempre le spalle per paura che la persona che ha distrutto quello che ero potesse ritornare.

«Vieni creatura divina avrai fame, ti preparo la cena», mi tende la mano facendomi alzare mi bacia, raccoglie da terra i vestiti e ancora nudi ripercorriamo all'indietro il percorso che ci ha portati in paradiso fino ad arrivare alla casa, mi sento come Adamo ed Eva nel paradiso perduto, passando nuovamente davanti ai cavalli, mi fermo ad ammirarli, lui si gira e quando viene verso di me mi dice:
«Sono cavalli liberi non sono miei, loro possono andare dove vogliono, non ci sono recinti, ma hanno deciso di vivere qui con me».
Quest'uomo è un vero richiamo per la natura.
«Nella mitologia il cavallo nero» e indica uno dei cavalli «è legato al significato di morte e quello bianco» indicando l'altro esemplare «rappresenta l'istinto domato, li ho trovati un anno e mezzo fa fuori dalla mia casa, avevo appena perso tutto quello che amavo, per cui avevo creduto e lavorato.
Da allora non si sono mai mossi, hanno tanto spazio e io mi prendo cura di loro, ma nessuno li trattiene qui, ogni tanto li trovo in spiaggia a galoppare quando vado a fare surf, ma poi quando esco dall'acqua tornano a casa con me, vieni ora andiamo a mangiare qualcosa».
Arrivati a casa lui va verso la cucina, mi siedo al bancone, apre il frigo e inizia ad assemblare la cena e io gli chiedo se posso usare il bagno. Il bagno è davvero surreale, la parte della vasca e della doccia sono completamente all'aperto, alzo la testa al cielo e la luna piena illumina le fronde delle palme, non ho mai visto niente di simile è tutto così semplice e ricercato che mi chiedo davvero dove abbia imparato a lavorare il legno così bene.
Mi sciacquo il viso, e guardandomi allo specchio la mia pelle e i miei occhi hanno una luce nuova, sorrido a questo attimo di estasi, a questo viaggio che mi sta regalando momenti magici, torno in cucina e lui ha acceso un numero infinito di candele, apparecchiato il tavolo che sembra imbandito per decine di persone.
Mi illustra orgoglioso la cena e capisco che deve averci lavorato molto.
«Accomodati sirenetta, ti illustro il menu, questi - indica il primo piatto - sono Fafaru, si ottengono macerando i pesci interi in acqua di mare, sono serviti con latte di cocco e lime. La Kokoda, un'insalata gustosissima di pesce di varie specie tagliato a cubetti, servita con fette di cocomero, carote e cipolle tagliate alla julienne, il tutto bagnato con latte di cocco e

la mia specialissima aragosta Vahiné che si prepara con polpa marinata con succo di lime e aromatizzata con erbe».

Mi racconta che la cucina tradizionale tahitiana è composta essenzialmente da ingredienti semplici e naturali: pesce fresco, carne di maiale e di pollo, e naturalmente frutta esotica poi noci di cocco, mango, banane e ananas.

«Mio dio Tommy, ma quanto hai cucinato» sono sbalordita, pensavo più ad una grigliata, non pensavo che fosse così abile in cucina.

«Le mie "nonne" mi hanno insegnato a cucinare sin da quando ero bambino, mi hanno cresciuto insegnandomi a muovermi nella natura, a rispettarla e ad amarla, la cucina è parte della natura, si cucina per sopravvivenza, ma nella cultura polinesiana tutto quello che si prende dalla natura va valorizzato e rispettato».

«Come sei arrivato in Polinesia», glielo chiedo perché sono davvero curiosa.

«Mio padre lavorava in Francia per una società petrolifera e dopo molti anni in quella società decisero di mandarlo in mezzo all'oceano Indiano in una piattaforma per tremila dollari al mese. Senza pensarci due volte accettò e partì lasciando mia madre incinta a Biarritz dove io sono nato.

Fu difficilissimo per entrambi staccarsi l'uno dall'altra, ma non c'erano alternative, i soldi non bastavano mai e così lui partì, promettendo di tornare dopo un anno, lei provò ad aspettarlo, dopodiché, quando io compii un anno partimmo per la Polinesia con i soldi che mio padre le inviava da chissà dove. Quando arrivammo a Tahiti andammo a vivere a casa di Itia un'amica di mia madre che viveva con le sue quattro sorelle e da lì mia madre giurò a me e a sé stessa che non si sarebbe mai più mossa», siamo seduti a tavola e abbiamo cominciato a cenare, l'atmosfera è talmente rilassata che mi sento leggerissima.

«Cosa significa Itia, mi sembra che nel linguaggio polinesiano tutte le parole abbiano un significato».

«Itia significa piccola messaggera bianca, lei e le sue sorelle sono nate da un bianco, un marinaio che di tanto in tanto durante i suoi viaggi si fermava per poco tempo sull'isola e poi riprendeva il mare. Itia è stata cresciuta da una sacerdotessa e quando noi arrivammo sull'isola lei lo vide come un segno, non ha mai avuto figli, ma nei suoi sogni vedeva sempre un ragazzino arrivare dal cielo e quando atterrammo e ci stabilimmo nella loro grande casa lei credette che quello fosse segno del destino. Nella cultura polinesiana, la famiglia o Ohana è composta non solo dai parenti, ma anche dagli amici che possono anche educare i bambini».

«Wow che storia affascinante devono amarti molto e a giudicare dalla cena devo dire che hanno fatto un ottimo lavoro».

«Anche questo è un modo per me per sentirle vicine».

Dopo cena ci sdraiamo sui divani e continuiamo a parlare, lui mi racconta della sua vita a Tahiti, poi non resistendo più alla tentazione gli chiedo dei suoi tatuaggi.

«Raccontami di questi» e con le dita sfioro le linee nere che gli attraversano il torace.

«Sono tatuaggi "Moko" nella civiltà Maori il tatuaggio segna il passaggio dall'adolescenza all'età adulta, nella nostra cultura un tatuaggio non è mai finito, si inizia da ragazzi e si finisce con la morte».

«Cosa si intende con tatuaggi moko?»

«I tatuaggi sono di due categorie, quelli Moko sono ad esclusivo appannaggio di chi appartiene alle tribù e si è distinto per meriti di guerra o sociali, indica lo status di chi lo porta, nessun maori si offrirà mai di tatuare un non maori e poi ci sono i tatuaggi "kirituhi" una categoria riservata ai guerrieri», mi sembra di essere dentro ad un documentario.

«Ho letto che la tecnica originale per fare i tatuaggi è molto dolorosa» e con la mano percorro le linee colorate che arrivano fino al pube seguendo il muscolo iliaco, dio quando prima si è spogliato totalmente sono rimasta incantata a guardare il mio guerriero Tahitiano e a momenti mi prende la sindrome di Stendhal.

«Il dolore è parte fondamentale del tatuaggio».

Ricomincia a baciarmi con quella fame che sembra non saziarsi mai, credo di aver perso uno strato di pelle a furia di baci e di aver tolto uno strato di pietra dal mio cuore.

Non parliamo di quello che succederà tra di noi, non abbiamo aspettative, ci usiamo per il momento come cura l'uno per l'altro, sappiamo entrambi che tutto quello che ci sta succedendo è giusto e bello e anche se il tempo e il luogo ci separeranno, abbiamo ancora energie per scoprirci e curarci.

Il suo sguardo perso quando mi guarda sembra quello di un cieco che non vede, ma con il tatto e l'olfatto riconosce tutto, è come se conoscesse il mio corpo da sempre, le sue mani cominciano ad accarezzarmi i seni e poi scendono verso l'ombelico fino giù nel mio punto più sensibile, mi sfiora, mi tocca e i brividi che mi percuotono il corpo sono come scosse elettriche, ad un certo punto lui si stacca, si alza e va ad appoggiarsi al balcone che dà sul giardino, rimango interdetta, è come se mi avesse staccato la spina, mi alzo e lo raggiungo, lui ha le mani appoggiate al bordo, io mi metto dietro di lui, comincio a baciarlo ed accarezzarlo sulla schiena, non capisco la sua reazione e gli domando:

«Cosa ti turba guerriero?» lui abbassa la testa e sospira, non mi piace questa reazione, mi sembra di essere nella terapia intensiva dei sentimenti e io non ho i mezzi per affrontare i suoi traumi e le sue paure, lui alza lo sguardo verso la distesa verde che ha davanti agli occhi e mi dice:

«Mi turba tutto», la sua voce è tremante.

«Anche io Tommy sono terrorizzata, ma mi domando se ha senso pensarci ora», si gira e mi guarda.

«E quando dovremmo pensarci Olivia?» non mi piace il suo sguardo gli occhi sono semichiusi e non credo che si aspetti una vera risposta da me, penso che il suo sia più un pensiero detto a voce alta.

«Guardami Tommy» gli prendo con le mani il viso.

«E' difficile anche per me, ma non conosco cura migliore per i nostri mali», mi stacco da lui e con i suoi occhi piantati addosso mi sfilo il caftano dalla testa, sotto sono nuda e già pronta per lui, lui mi divora con lo sguardo, poi mi imprigiona in una morsa di passione, mi prende in braccio mettendo le mie gambe a cavalcioni dietro la schiena e mi porta sul divano, si inginocchia davanti a me e con la bocca comincia a divorarmi, io impazzisco, mi manca il fiato, le sue dita e la sua lingua disegnano il mio piacere estremo, poi lui si sfila i boxer e si ricongiunge a me come se fosse l'ultima cosa in grado di fare al mondo.

Si muove con passione e disperazione tra il selvaggio, il poetico e l'eterno. Quando ci siamo toccati la prima volta è stato qualcosa di unico per entrambi, lui mi ha portato nel suo mondo, dove mi ha raccontato della sua vita, della natura, delle leggende polinesiane e dell'universo dal suo punto di vista, io incantata, mi sono fatta trasportare in qualcosa che tanto sapevo non avrei potuto controllare.

Abbiamo fatto l'amore quasi in ogni angolo della casa, ci siamo fatti trasportare dalla lussuria più animalesca ci siamo scoperti l'uno con l'altro, anche se ancora non sono riuscita a capire cosa sia successo un anno e mezzo fa.

8 - LA VERITÀ CI PUÒ DISTRUGGERE

Mi sveglio all'alba, la nottata è stata lunga e movimentata e i miei muscoli indolenziti mi riportano alla mente le gesta del mio guerriero. Apro gli occhi e mi stiracchio tra queste lenzuola morbide e profumate, ma al mio fianco non trovo il soggetto dei miei desideri.
Mi infilo il mio caftano e scendo di sotto, anche lì non c'è nessuno, lo chiamo, ma non ricevo risposta, esco fuori sul patio, scendo in giardino e mi accorgo che nemmeno i cavalli sono dove li avevo visti la sera prima così seguo il sentiero e vado verso la spiaggia, mi rendo conto che sta albeggiando, l'aria è fresca e la spiaggia è deserta, ma in acqua scorgo una sagoma a cavalcioni su una tavola che sta guardando verso l'orizzonte, mi siedo sulla sabbia, mi rannicchio sulle ginocchia e lo guardo sognante da lontano.
Dopo poco, vedo delle onde che si formano in lontananza, lui si gira e comincia a remare per prendere l'onda che sta arrivando.
Si alza sulla tavola e viene verso riva, mi alzo in piedi e ancora una volta rimango affascinata dalla figura che cammina verso di me.
«Sei mattiniero guerriero».
«Spero di non averti svegliato sirenetta».
«Tranquillo avevo sete e mi sono accorta che tu non c'eri, stai bene?».
«Mai stato meglio», si avvicina e mi dà un bacio a stampo sulle labbra, poi prende sottobraccio la tavola e si incammina verso la casa prendendomi per mano.
«Vieni Olivia andiamo a fare colazione, sarai affamata» si gira e mi fa l'occhiolino.
Quando arriviamo a casa, lui prepara caffè e frutta fresca.
Mangiamo in silenzio e mi domando se siano ancora i suoi demoni ad allontanarlo da me.
«Posso farti una domanda Tommy?» gioco con la frutta che ho nel piatto, non riesco a guardarlo negli occhi e non sono sicura di voler dire a voce alta la domanda che mi rimbomba nella testa da quando mi hanno parlato della sua vita.
«Se vuoi sapere il segreto della mia aragosta alla Vahiné mi dispiace, ma la risposta è no».

«Voglio che mi racconti di Atanua la donna che ti ha portato via tuo figlio», lui è di fronte al frigo, mi dà le spalle e non si volta, temo di aver passato il segno e vorrei non avergli fatto quella domanda, siamo stati insieme una notte sola, come mi è venuto in mente di chiedergli del suo inferno.

«Ti avrei rivelato la ricetta segreta se me l'avessi chiesto».

«Scusa, non avrei dovuto», lui fa il giro del bancone della cucina e viene a sedersi accanto a me su uno sgabello, lo guardo e lui si è nuovamente perso, mi guarda, ma è come se non mi vedesse e inizia a raccontarmi la loro storia.

«Si chiama Isabel» e lo sento ancora più distante «ci siamo conosciuti tre anni fa, io ero appena arrivato a Sayulita, ero venuto a trovare un amico che era qui di passaggio, volevo visitare il Messico e andare a surfare la mitica onda di Puerto Vallarta così ho preso un volo da Tahiti e sono andato a stare da lui, lei era qui perché i suoi genitori hanno una villa da queste parti, stava passando l'estate con suo fratello e Jose, suo padre è un senatore e lei all'epoca studiava negli Stati Uniti.

È la classica bellezza magnetica messicana, focosa e passionale, ci siamo intesi subito. Dopo un paio di mesi scoprii che il proprietario di questo terreno, un amico di Pepe voleva vendere la terra, ho pensato fosse un affare, così ho comprato la proprietà e cominciato a costruire questa casa, lei dopo tre mesi è dovuta ripartire per gli States, le ho proposto di venire a vivere qui quando avesse terminato gli studi. Lei è tornata dopo quattro mesi stabilendosi qui con me perché aveva deciso di lasciare l'università».

«Come presero i suoi genitori il fatto che lei avesse lasciato gli studi per venire a stare con te?».

«Ovviamente male, suo padre è un uomo autoritario, lei è l'unica figlia femmina, voleva una buona istruzione all'estero e che tornasse in Messico per sposarsi con qualche figlio benestante della loro élite, quindi per rispondere alla tua domanda, suo padre la picchiò e le disse che se non fosse tornata a studiare avrebbe potuto anche dimenticarsi di loro. Lei non si fece intimidire dalle sue minacce e si trasferì da me, Dio avrei dovuto picchiarlo allora quel bastardo figlio di puttana, invece lasciai stare perché era quello che mi chiese Isabel», continua a tenermi la mano finché mi parla, ma è come se me la volesse stritolare, avverto la sua rabbia.

«La madre come reagì?» gli domando togliendo la mano e prendendo la tazza di caffè che è sul bancone.

«Le donne come la madre di Isabel non prendono parte alle decisioni familiari, sono sottomesse al marito e specialmente in un paese come il Messico quando ti sposi un senatore ti conviene stare buona se non vuoi finire in una cantina buia e rinunciare a vedere i tuoi figli».

«Hai detto che aveva un fratello, anche lui non fece niente per aiutarla?».

«Sì, uno, ma non seppe nulla di quella faccenda, lui gestisce resort da sogno in giro per il mondo, non vuole avere molto a che fare con la sua famiglia, ha fatto i soldi investendo nei fondi giusti che i suoi amici di Harvard gli hanno consigliato. Non vuole avere contatti con suo padre al di fuori di quelli ufficiali, ad ogni modo, la donna forte e coraggiosa che io avevo conosciuto era altrettanto fragile e psicopatica, quando davo lezioni di surf alle turiste lei cominciava a dare di matto, se all'inizio era passionale e sensuale con il tempo si trasformò in una sorta di strega, malediceva tutti, stava giorni interi a letto e vivere con lei diventò sempre più difficile. Un giorno la madre la venne a trovare, Isabel dormiva, così andammo in spiaggia e mi raccontò la vera storia della donna che avevo accanto, pensando che io potessi guarirla e aiutarla, la madre l'amava molto ma non fu mai in grado di proteggerla dal marito aggressivo.

Il padre di Isabel cominciò a violentarla da bambina, le domestiche sentivano e vedevano le violenze e cominciava a girare la voce che lui fosse aggressivo con la moglie e la figlia, così per salvare la faccia la mandò a studiare negli Stati Uniti».

«Povera ragazza deve aver vissuto un inferno in quella casa».

«La madre mi aprì gli occhi su tanti atteggiamenti che lei aveva anche con me, ma non sapevo davvero come aiutarla, una volta andai con Pepe a Puerto Vallarta, stava arrivando una mareggiata incredibile e decidemmo di andare a surfare lì, stetti via due giorni e quando tornai lei aveva tentato di togliersi la vita con delle pasticche.

La portai all'ospedale e i medici la ricoverarono in psichiatria, chiesi alle dottoresse che non avvertissero la famiglia, il secondo giorno un'infermiera mi chiese se fossi il marito della ragazza perché aveva bisogno di parlare con me, Isabel era incinta di due mesi, lei mangiava poco in quel periodo, ma io non pensavo che fosse dovuto alle nausee. Quando si riprese la riportai a casa e mi presi cura di lei, sembrava una bambina spaventata e triste, non era più la mia Isabel e quella debolezza mi spaventava, non volevo che facesse del male al bambino, così cercai di amarla totalmente, lasciai il lavoro e mi dedicai solamente a noi.

Quando il bambino nacque ero al settimo cielo, il giorno dopo la sua nascita ci fu una complicazione cardiaca, lo operarono e durante l'operazione vollero prendere il nostro sangue per le trasfusioni di cui il bambino aveva bisogno, Isabel era disperata, piangeva e si graffiava in tutto il corpo.

La strega era tornata da lei. I medici non volevano lasciarla da sola con il bambino perché pensavano che potesse fare del male anche a lui. La mattina dopo l'intervento una dottoressa mi chiamò nel suo studio per parlarmi e fu allora che il mio mondo si sgretolò, il mio gruppo sanguigno non era compatibile con quello di mio figlio, quel bambino che stava lottando tra la vita e la morte non era mio e io non potevo essere suo padre».

Mi metto le mani davanti alla bocca dallo shock, sono senza parole, lui mi guarda e i suoi occhi sono lucidi.

«Mio dio Tommy mi dispiace tantissimo deve essere stato un inferno!».

«L'inferno era entrato nella mia casa, la donna a cui stavo dedicando la mia vita era una vera incantatrice, mi dispiaceva per lei, ma quello che mi aveva nascosto andava oltre ogni limite, la lasciai in ospedale alle cure di cui aveva bisogno, tornai a casa e mi chiusi nel mio mondo, chiamai sua madre che riuscì a portarla in un centro di salute mentale a Guadalajara. Il bambino morì dopo un paio di giorni, sai Olivia, lo avrei cresciuto ugualmente come se fosse mio figlio, ma non sarei mai riuscito a perdonare sua madre», lo vedo completamente svuotato, deve essergli costato molto raccontarmi la sua storia.

«Dov'è lei ora?».

«È ancora a Guadalajara, la settimana scorsa quando siete andati a Puerto Escondido la madre di Isabel mi ha chiamato perché i medici sostengono che lei abbia bisogno di me nella sua terapia di guarigione, io sono l'unica persona che l'ha amata e che si è presa cura di lei e vogliono parlare con me per interpretare i suoi comportamenti».

«L'hai rivista quindi?».

«No, ho solo parlato con i medici e sua madre, non la vedo da un anno e mezzo e sinceramente non credo che la rivedrò più» il suo tono è secco.

«Come fai ad esserne sicuro, lei guarirà e ti verrà a cercare?».

«Non c'è guarigione per lei» mi dice e mi prende lei mani, sfiorandomi i dorsi, è un gesto tenero, sono davvero sconvolta da quello che mi ha appena raccontato e non so come reagire.

«Che effetto ti fa vivere in questa casa ora?».

«Questa casa mi ha dato uno scopo, quando l'ho costruita visualizzavo un futuro con mio figlio qui, anche se in cuor mio sapevo che l'avrei portato presto a vivere a Tahiti con mia madre, Itia e le sue sorelle».

«Grazie per aver condiviso questo dolore con me».

«Devo andare a lavorare stamattina, puoi stare qui oppure se vuoi ti accompagno da Nina».

«Portami da lei, si starà chiedendo dove sia finita».

«Prima però vieni a lavarti con me», mi prende per mano e mi porta in bagno, guardo la vasca e ripenso a ieri sera quando abbiamo fatto l'amore in acqua sotto un cielo stellato immersi nella foresta, apre l'acqua della doccia e una volta dentro inizia ad insaponarmi e lavarmi come se fossi una bambina e inevitabilmente la mia mente penso a quante volte lui possa aver fatto gli stessi gesti con Isabel quando si prendeva cura di lei, mi bacia delicatamente e mi dice:

«Niente di te mi ricorda lei» e mi sommerge di baci urgenti e focosi, la sua lingua mi mangia viva e io mi lascio andare a questa passione unica.

Finita la doccia raccolgo le mie cose, usciamo e mi accompagna a casa da Nina, prima di scendere dalla macchina mi dice:

«Ci vediamo dopo in acqua, hai voglia di fare surf oggi?» e mi strizza l'occhiolino prima di divorarmi di baci caldi e intensi.

«Certamente, ci vediamo a San Pancho», chiudo la portiera e quando vedo la sua auto sparire in fondo al vialetto crollo sulle ginocchia in un pianto senza fine.

Sono seduta sui gradini fuori casa di Nina, ho la testa tra le gambe, sono rannicchiata come una bambina e sto piangendo, è uno sfogo totale, piango per Tommy, piango per Isabel, per quello che le hanno fatto, piango per quella piccola creatura che non ce l'ha fatta e che avrebbe avuto il padre migliore del mondo, ad un tratto Nina apre la porta e si accorge di me, corre ad abbracciarmi e inizia a tempestarmi di domande per sapere come mai sto piangendo in questo modo, la rassicuro subito dicendole che sto bene, che ho dormito da Tommy e che è stato fantastico poi le dico:

«Nina mi ha raccontato cosa è successo con Isabel».

«Oh tata lo so è una storia orribile, vieni dentro facciamo colazione ho fatto i pancake c'è anche Pepe», mi prende sottobraccio e mi porta in casa. Una volta in casa Pepe viene ad abbracciarmi.

«Scusate non so cosa mi sia preso», cerco di ricompormi e vado a sedermi nel divano.

«Tata calmati ora va tutto bene, dimmi cosa è successo?».

«Ho passato la notte più bella della mia vita in realtà, sto solo cercando di metabolizzare tutte le storie che mi ha raccontato e le emozioni che ho provato».

Pepe si siede a fianco a me, mi prende la mano e mi spiega.

«Vedi Olivia, lui vive tutto in modo totale e sono sicuro conoscendolo che anche lui sia sconvolto quanto te ora, è combattuto da quando ti ha incontrato in acqua, non sapeva come aprirti il suo cuore, aveva paura che una volta saputa la sua storia saresti scappata».

«Pepe è proprio questo il punto, io non potrò mai vivere qui, io ho un lavoro che amo e per cui ho lavorato sodo, ho dei progetti, degli obiettivi molto alti, io alla fine di questo mese prenderò un aereo e tornerò alla mia vita, gli spezzerò ancora il cuore e questo non è giusto, se lui fosse diverso, meno profondo, sarebbe molto più facile, sarebbe una bella storia da vivere in un posto esotico, un amore da ricordare, ma non potrà mai essere così perché lui merita l'eternità da una donna».

Ricomincio a piangere perché mi sento diversa da lui, mi sento superficiale e ridicola, ma in realtà quello che faccio nel mio lavoro è molto importante per me.

«Tata una cosa per volta direi, parlatene insieme magari lui ha altri progetti, non puoi saperlo» Nina cerca di farmi ragionare.

«Certo Nina, te lo vedi a Milano in mezzo al traffico del lunedì mattina, si seria, la sua perfezione sta nel fatto che abbia trascorso la vita nell'isola più meravigliosa al mondo, questo non fa di lui un selvaggio anzi, è una creatura unica, lui vuole tornare a Tahiti e per quanto darei un polmone per vedere quell'isola tu sai quanto sia stata dura per me all'inizio a Milano, dovrei lasciare tutto per seguire un uomo in giro per il mondo, io ora non posso».

«Ci sono un milione di cose che puoi fare nella tua vita, guarda me» mi dice Pepe.

«Pensavo che il mio mondo in Francia fosse perfetto, invece mi sono messo in gioco, ho lasciato tutto e sono venuto qui, non l'ho fatto perché era un capriccio, l'ho fatto perché avevo bisogno di respirare tutto questo» e con una mano indica la distesa verde che abbiamo davanti.

«È quello che ho fatto io trasferendomi a Milano, cinque anni fa, lasciando i miei amici e la mia famiglia per realizzare il sogno che avevo da quando ero bambina, volevo lavorare nella moda, ai massimi livelli, ho investito forze e denaro e sono assolutamente soddisfatta e orgogliosa di quello che faccio.

Forse in questo mondo fatto di miti e leggende, lavorare nella moda potrà sembrare futile, ma è quello che ho sempre sognato di fare e ci sono riuscita, con degli sforzi enormi».

«Tu sei una donna forte e tenace Olivia, questo Tommy l'ha capito subito, sei una che non molla e non pensare che lui non sappia quanto vali e quanto importante sia il tuo lavoro per te».

«Non lo so Pepe, non voglio deluderlo e farlo soffrire ancora, non se lo merita, e mi domando se alimentare la connessione che c'è tra di noi potrà farci bene o male».

«Lui ti aspetterebbe Olivia», mi dice Pepe come se stesse riportando parole non sue, ma di Tommy.

«Lui magari, ma io non posso fare promesse».

«Mi è venuta un'idea per distrarci e rilassarci» dice Nina per tagliare l'aria.

«Domani potremmo andare tutti insieme a fare una gita alle cascate di Yelapa che ne dite?».

«Ottima idea», risponde Pepe con entusiasmo «potrei chiedere in prestito la barca a Fernando, sentite ragazze voi state qui e cercate di rilassarvi, io vado a cercare gli altri, lasciate fare a me e vi organizzo una giornata perfetta credo che farà bene a tutti» prende le chiavi del suo pick-up pronto per uscire di casa.

«Va bene» dico a Pepe «dopo mi vedo con Tommy e glielo propongo».

Pepe se ne va e rimaniamo sole io e Nina, continuiamo a chiacchierare sul nostro divano del patio.

«Tata voglio molto bene a Tommy, ma a te molto di più, sei una sorella minore e come una figlia per me, ti difenderei dal mondo, per questo ti dico di seguire i tuoi ritmi, lui è una persona straordinaria, ma conoscendoti non vorrei che lui ti spingesse oltre, ci siamo già passate e capisco come tu possa esserti sentita ascoltando la storia di Isabel, tu hai reagito a quello che ti è accaduto e sei andata oltre concentrandoti sul tuo lavoro, per questo so quanto conti per te, a volte però dobbiamo lasciarci trasportare dalla corrente per tornare a riva e salvarci capisci cosa intendo».

«Certo che lo comprendo, pensi che Tommy possa guarire le mie ferite, il punto è che non so se io sono in grado di guarire le sue».

Lei mi abbraccia e come sempre mi sento a casa.

«Grazie Nina per esserci sempre, ora vado a farmi una doccia, poi potremmo andare a pranzo che dici?».

«Ottima idea, ti porto in un posticino nuovo dove fanno il miglior chevice e burritos della costa un vero risveglio dei sensi».

«Lo credo, anche se nessun piatto potrà superare quelli che mi ha cucinato Tommy ieri sera, cose da non credere».

Mi alzo, lasciandola sognante nel divano, credo che anche a Nina il fascino di Tommy non sia indifferente, d'altronde, le donne sembrano avere occhi solo per lui, anche se sono sicura che per Nina sia a tutti gli effetti un vero amico.

La doccia mi rimette al mondo, finché mi lavo ripenso alla doccia di stamattina con Tommy e il mio corpo si risveglia immediatamente. Non so cosa gli dirò quando lo vedrò tra un paio di ore, ma per il momento mi godo il pranzo con Nina in questo ristorantino super carino sul mare.

La giornata scorre veloce, andiamo a leggere le mail da Pepe, trovo solo mail di lavoro, poi come ogni giorno all'ora del tramonto vado a piedi a San Pancho dove ho appuntamento con Tommy.

Quando arrivo lui è seduto sulla spiaggia, sta guardando il mare e mi chiedo a cosa stia pensando, mi guarda come se stesse esaminandomi, non mi bacia, mi dice semplicemente

«Decidi, vuoi andare a fare surf oppure vuoi tornare in paradiso?», il mio corpo freme dal piacere, ma forse è meglio farsi una bella nuotata e schiarirsi le idee, penso veramente quello che ho detto a Nina e Pepe, lui merita una donna che lo ami completamente e che lo segua nel suo percorso di vita meraviglioso.

Sulla sabbia vedo appoggiate due tavole e in quella che presumo sia la mia, leggo ad alta voce le parole NUI LOA così gli chiedo cosa signifìchi e lui guardandomi dritto negli occhi mi risponde:

«Grande passione», mi sorride e inizia a correre con la tavola sottobraccio verso l'acqua scavalcando le onde come un ragazzino felice, rimango scioccata dalla risposta e mi lancio all'inseguimento inseguimento.

Nuoto fino alla line up e lui è lì con il suo sorriso che sembra quello di un bambino la mattina di Natale davanti ai suoi regali.

Comincia a spruzzarmi con l'acqua e io faccio altrettanto con lui, iniziamo questa lotta e dopo poco, lui si avvicina mi tende la mano per farmi salire sulla sua tavola, mi siedo davanti a lui, mi stringe a sé come se fossi qualcosa da proteggere, mi viene una morsa al cuore, poi lui inizia a raccontarmi del giorno in cui Pita un caro amico della famiglia di Itia gli ha insegnato a surfare a Tahiti.

«Avevo sei anni, all'alba passò a prendermi a casa e senza avvisarmi mi portò a Papara Beach, io la conoscevo già, era abbastanza vicina a casa e spesso dopo la scuola andavo a tuffarmi tra le onde, siamo scesi dalla macchina e lui mi ha regalato una tavola che aveva preparato per me. Nella cultura polinesiana, il surf è legato a qualsiasi questione della vita quotidiana, lavoro, famiglia, guerra, religione, surfano tutti anche le donne, per questo a sei anni Pita decise che ero pronto per affrontare seriamente il culto del surf, ero per tutti un ragazzino polinesiano e io non vedevo l'ora».

«Come è stata la tua prima onda?».

«Meglio di come me l'ero immaginata» mi risponde mettendomi il suo mento sulla mia spalla, stiamo guardando il tramonto, io e lui, tutt'uno con il cielo e l'oceano.

È una sensazione meravigliosa, mi dà un morsetto sulla spalla e mi dice:

«Forza sirenetta stanno arrivando delle onde perfette per te, te la senti, purtroppo non posso farti da taxi con la mia tavola», fa sbilanciare la tavola e mi fa cadere in acqua.

«Che altro dovremmo fare in mezzo al mare?».

«Oh, ragazza un giorno ti racconterò che cosa si potrebbe fare in mare. Forza le tue onde stanno arrivando, ricorda di guardare un punto sulla spiaggia e lasciati cullare».

«Ok guerriero», nuoto fino alla mia tavola che grazie al leasch è rimasta vicina invece che andare alla deriva.

Salgo sulla tavola e aspetto il suo segnale, lo guardo, ha lo sguardo concentrato verso l'orizzonte ad un tratto mi dice

«Tieniti pronta, non questa che sta arrivando, ma quella subito dopo».

Faccio come mi dice e quando vedo arrivare l'onda lui spinge la mia tavola con le braccia e io comincio a remare più forte che posso, quando sento di essere sopra l'onda mi do la spinta e come per magia mi alzo per metà tenendo le gambe piegate per trovare l'equilibrio e sentire l'onda, poi dopo poco, mi lascio andare ed ecco che sono in piedi e sorrido come una ragazzina che impara ad andare in bicicletta senza rotelle da sola, arrivo verso riva e mi rimetto a nuotare per tornare verso il mio mentore.

Quando arrivo lui batte i palmi delle mani sull'acqua e mi dice:

«Dannazione sei stata fantastica!».

«Ho il miglior maestro della costa» gli rispondo strizzandogli l'occhiolino.

Trascorriamo credo un'ora e mezza in acqua, devo essere onesta non ho preso tutte le mie onde, ma mi sono divertita e sono orgogliosa del mio risultato.

Finita la sessione è quasi buio e torniamo verso riva, ci prendiamo per mano e camminiamo verso il suo paradiso.

Arrivati a casa ci facciamo la doccia, lavandoci l'un l'altro, un gesto semplice e intimo che mi fa sentire a mio agio, poi ci rilassiamo sul patio con un paio di birre e della buona musica in sottofondo. Ad un tratto mi dice:

«La tavola l'ho presa per te, portala nel tuo mondo, ti aiuterà a sentirti meno lontana dal mare», siamo persi nei nostri pensieri e guardiamo entrambi il giardino.

Nel tono della sua voce capisco già che mi lascerà andare e questo mi fa sentire meno preziosa, meno importante della persona a cui tempo fa chiese di rimanere.

«Chissà quando potrò usarla ancora», rispondo senza pesare le parole. Mi chiede di me della mia vita, di raccontargli il mio mondo e io decido di aprirmi totalmente come ha fatto lui.

«Lavoro a Milano sono una stylist, mi occupo dell'organizzazione dei servizi fotografici, decido gli abiti da far indossare ai modelli, è un lavoro molto creativo, adoro quello che faccio, lavoro con i migliori fotografi del mondo, è un ambiente difficile e chiuso dove se non arrivi ad un certo livello diciamo che fai la fame.

Lavoro per un'agenzia, ma il mio sogno è di aprirne un giorno una tutta mia, diciamo che ci sono quasi, mi sono trasferita a Milano cinque anni fa, all'inizio è stato durissimo, non conoscevo nessuno e nessuno mi considerava poi ho incontrato una coppia che mi ha aperto gli occhi e mi ha fatto crescere, ero una ragazzina in una vasca di squali e loro mi hanno aiutato a mostrare i denti e ad essere spietata nelle decisioni».

«Wow si vede che sei una tosta».

«Già ora posso dire di sì, ma ero un'ingenua e la gente se ne approfittava, così dopo essermi fatta le ossa e aver imparato i trucchi mi sono fatta un nome».

«C'è un uomo nella tua vita?» quasi mi soffoco con la birra, ma che razza di domanda è?

«Non ti sembra un po' tardi per fare questa domanda?» rispondo ridendo per l'imbarazzo.

«L'altra sera non ne ho avuto il tempo ad ogni modo non hai risposto».

«No che non c'è un uomo a Milano».

«Come mai una donna come te non ha un uomo al suo fianco?».

«Diciamo che nessuno si è ancora meritato l'onore, tu ti sei aperto completamente con me e voglio fare altrettanto, c'è stato un uomo un paio di anni fa che credevo mi amasse, in realtà mi ha solo usata, mi ha profondamente ferito, il suo amore non era sincero, sembravamo una coppia, ma poi scoprii che lui aveva una famiglia e quando io gliene parlai lui minacciò di troncare la mia carriera se avessi detto qualcosa in giro di noi, era il proprietario della più grossa agenzia di comunicazione della città, aveva i migliori clienti, io dovevo farmi le ossa, io non stavo con lui per avere un tornaconto, ogni volta che lui mi offriva un incarico per i suoi clienti io rifiutavo, sono sempre stata testarda e orgogliosa volevo farcela da sola, così quando scoprii della sua famiglia gli dissi che tra noi era finita .

Cominciò a minacciarmi pesantemente, mi seguiva ovunque, interferiva con il mio lavoro e ad un certo punto una sera fuori da una festa mi aggredì fisicamente, sono finita in ospedale.

Decisi di tornare a casa dai miei genitori per un po' anche se non era giusto, io non avevo fatto niente di male, non sapevo che lui fosse sposato, ma ormai mi aveva fatto terra bruciata, così i miei agenti mi mandarono a New York per dei lavori, pensavano che io dovessi solo cambiare aria non lavoro, una volta lì ripresi in mano la mia carriera e la mia vita.

Un anno dopo tornai a Milano, decisi che ero io quella che ora poteva minacciarlo e far crollare il suo meraviglioso mondo di bugie.

Lo incontrai casualmente fuori da un ristorante dove era con sua moglie e gli dissi semplicemente che a Milano c'era spazio per entrambi, e che se lui lo avesse rispettato non gli avrei creato problemi, dopo un paio di mesi una modella a cui era andata peggio che a me lo denunciò per violenza sessuale e a questa seguirono altre denunce. Lui ora è in galera. Ci fu un processo, io dovetti testimoniare, fu un periodo angosciante».

Lui mi ascolta, ma non dice nulla.

«Sai non è stato facile vivere sotto minaccia, rinunciare a quello per cui avevo lavorato tanto, non uscivo più di casa se non per andare lavorare, io sono stata fortunata, ho avuto una famiglia e degli amici che mi hanno sempre supportato e protetta, quando l'altra sera mi parlavi di Isabel pensavo a quanto difficile deve essere per lei essere sola al mondo» sono sincera, io senza le persone che avevo attorno non so cosa avrei fatto.

«Lei si è creata il vuoto che ha intorno, credimi, è una persona cattiva, una mistificatrice» mi dice con disgusto.

«Guarda come si è comportata la sua famiglia - gli dico - quello che siamo arriva da lì, tu sei una persona speciale perché sei stato cresciuto ed educato da persone fantastiche che ti hanno amato e rispettato, lei no, come puoi essere una persona buona quando nessuno ti ha mai amato» mi guarda con uno sguardo pieno di rabbia.

«Io l'amavo Olivia, io mi sono dedicato totalmente a lei e in cambio lei mi ha ingannato nel modo più crudele, capisci, ha avuto un altro uomo finché noi stavamo insieme, sai chi era quell'uomo, suo padreeeeee» mi urla in faccia.

«E non è stata violentata quella volta, è stata lei a dirmelo, il loro è un rapporto morboso».

«Non può essere vero Tommy, lei non può amare quell'uomo!».

«Oh, sii cara Olivia è lui che glielo ha insegnato, i medici mi hanno detto che lui la va a trovare quasi ogni mese e che ogni volta hanno rapporti sessuali, secondo te è normale, quando lei gli disse che veniva a vivere da me, lui si comportò come un fidanzato geloso».

«Perché continui a darle il tuo aiuto allora se la odi?».

«Perché io non sono come lei, io non tradisco le persone, le ho giurato un giorno che per lei ci sarei sempre stato, sono un uomo d'onore, l'aiuto, ma non voglio vederla, non riuscirei a non provare compassione per lei».

«È una donna malata lo capisci?».

«Esatto e sta ricevendo le migliori cure, se vorrà guarire sarà solo per sua volontà», si alza va verso il frigo, prende altre due bottiglie di birra poi torna, io guardo la parete che ho di fronte ci sono tavole da surf appese e sculture in legno, lui torna con le birre, me ne offre una e mi dice:

«Senti non voglio più parlare di Isabel, è strano per me avere un'altra persona in questa casa, ho provato ad avere altre storie dopo di lei, ma ero completamente bloccato, scopavo con loro, ma non riuscivo a portarle qui, quando ti ho vista in mezzo all'acqua e mi sono avvicinato ho capito che tu qui potevi starci, che tu potevi affrontare anche questo, ho sempre mantenuto le barriere alte, ma con te è crollato tutto e poi ti avevo trovato in mezzo al mare e Itia me lo diceva sempre che la donna giusta per me sarebbe arrivata dal mare», ci sediamo nel divano, lui mi porta una ciocca di capelli dietro l'orecchio, mi guarda sognante.

«Io sono solo di passaggio qui Tommy, vorrei poter cambiare le cose, ma non posso, a fine mese tornerò alle mie battaglie a casa».

«Non partire, concediti ancora tempo».

«Non posso, una settimana non cambierebbe le cose», ho un nodo in gola, ma è la verità.

«Abbiamo ancora tempo, non sprechiamolo in chiacchiere inutili, sappiamo cosa è stato ieri, cosa è oggi, ma non cosa sarà domani» e comincia a darmi dei piccoli baci attorno alla bocca.

«A proposito di domani, Pepe e Nina hanno organizzato una gita tutti insieme a Yelapa, partiamo alle sette e trenta con la barca di Fernando», quasi mi stavo dimenticando.
«Ok allora non abbiamo tempo da perdere vieni qui meravigliosa Olivia» si avvicina, mi sposta i capelli dietro il collo e comincia a tempestarmi di baci, si stacca e mi guarda con aria sicura e magnetica.
«Questo sguardo mi conquista» gli dico.
«Attenta sirenetta potresti non poterne più fare a meno di questo sguardo e di questi» mi bacia ancora sempre intensamente «e di questo» e la sua mano va sotto i miei slip, la mia eccitazione è qualcosa che non riesco a gestire.
Mi sdraia sul divano e come sempre si dedica al mio punto caldo con una passione travolgente, facendomi sentire la donna più desiderata della terra, le sue labbra mi spremono e mi abbandono al calore e all'intensità di noi due insieme, i nostri occhi non si staccano mai e questo rende tutto ancora più potente.
Mi porta in camera dove ci abbandoniamo al nostro piacere e ci addormentiamo consumati l'uno dell'altro, vivendo gli attimi che abbiamo e immaginando quelli che non avremmo mai.

La mattina ci svegliamo prestissimo e dopo un caffè veloce raggiungiamo i ragazzi al caffè di Pepe dove ci stanno aspettando, saliamo in due pick-up e andiamo a Puerto Vallarta da dove prendiamo la barca di Fernando che ci porterà a Yelapa.

Quando arriviamo al molo Fernando saluta i ragazzi con pacche sulle spalle e affetto. Saliamo sulla barca e quando Tommy allunga la mano per aiutarmi a salire in barca Pepe non perde l'occasione per fare una battuta che fa scoppiare tutti a ridere.

«Ben arrivati piccioni sono il vostro capitano, la Love Boat vi dà il benvenuto a bordo».

«Parla per te amico mio, ciao Nina ti trovo in forma» e guarda verso mia zia che arrossisce al volo e poi Tommy continua a dirgli.

«Spero che tu guidi questa barca meglio di come vai sulla tavola altrimenti mi conviene andare a nuoto» gli dice.

«Possiamo sempre vedere chi arriverebbe prima?» risponde Pepe.

«Allora risparmia il fiato e metti in moto questa bagnarola» gli ribatte Tommy.

«Vuoi farmi da mozzo per caso?» chiede Pepe.

«No amico penso che mi godrò la crociera con la mia ragazza» e mi raggiunge a prua dove io sono sdraiata al sole con Nina e gli altri.

Si siede dietro di me, apre le gambe e io mi appoggio al suo petto, lui è a torso nudo e io in costume, sentire la sua pelle addosso alla mia e stare in mezzo ad altre persone è una cosa nuova per noi, lui guarda Jose che in questo momento ci sta guardando con un sorriso e gli chiede.

«Invidioso amico mio?»

«Felice per voi direi, pensavo ti fossi trasformato nell'uomo delle caverne» Tommy ride, io mi giro per vedere la sua faccia e lui mi bacia come un demone.

«Dai ragazzi prendetevi una stanza abbiate pietà per un povero uomo disperso nel mondo da troppo tempo» dice James dandogli una pacca sulla schiena e venendo a sedersi vicino a noi.

«Forse sei tu che ti stai trasformando nell'uomo delle caverne, non ti sei neanche accorto di come ti guarda la barista di Pepe, mi sa che ti sei un po' arrugginito»

«Ma di chi parli di Alma?» chiede James stupito, dal suo posto di comando Pepe che nel frattempo ci sta portando al largo li avverte.

«Lasciate stare le mie dipendenti siete dei selvaggi, non ve le meritate, scusa Olivia», ridiamo tutti e tra una risata e l'altra vediamo in lontananza la spiaggia di Yelapa così quando siamo circa a un miglio di distanza Tommy si alza in piedi e andando verso il bordo della barca dice:

«L'ultimo che arriva a riva paga il pranzo a tutti!» e si tuffa in acqua seguito dagli altri, io guardo Nina, ci prendiamo la mano e ci tuffiamo in acqua.

Quando riemergo sento Pepe gridare:

«Grazie, non preoccupatevi ci penso io alla barca»

Accelera e lo vedo sfrecciare verso riva.

Tommy arriva per primo e non per il piccolo vantaggio della partenza, distanzia tutti di un bel po', l'acqua e il suo ambiente naturale e l'ultimo ad arrivare è Jose, lui non è un gran nuotatore, è l'unico del gruppo che non è appassionato di surf pur venendo in vacanza qui da quando era piccolo.

Quando arrivo a riva sono terza e Tommy mi guarda con sorpresa e stupore, mi allunga la mano e mi dice

«Vedi che arrivi sempre dal mare!» gli do una pacca sulla schiena e tiro dritta, ho capito il senso della battuta, lui continua a far allusioni alle premonizioni di Itia, ma sorvolo ogni volta elegantemente.

Arrivo in spiaggia e mi siedo a riprendere fiato, in sottofondo, sento la canzone Cielito Lindo arrivare da un chiostro poco distante, più Messico di così non si può, questa musica è stata scritta per questa terra, melodie cantate malinconiche, ma sempre vibranti, mi alzo per raggiungere gli altri che sono al bar della spiaggia a bere una cerveza ghiacciata e Tommy è accanto a me, mi mette un braccio attorno al collo, lo guardo e lo bacio perché è una giornata bellissima e accanto a me ho delle persone fantastiche e un uomo super affascinante.

Siamo passati da un paradiso a un latro, la baia di Yelapa è qualcosa di indescrivibile, il blu dell'acqua sfuma in tutte le tonalità chiare dell'azzurro, la sabbia è chiarissima e tutto attorno c'è una foresta lussureggiante di tutte le sfumature del verde.

Guardo Tommy e arrivando al bar gli dico.

«Ma in questo posto le case sono costruite tutte come la tua?» lui sorride e mi dice.

«Certo, questo è un posto di uragani, senza contare che ben due fiumi confluiscono in mare quindi quando piove e ti assicuro che in inverno qui piove tantissimo, i fiumi si riempiono e le palafitte sono l'unica soluzione possibile».

«Potresti costruire case in giro per il mondo?».

«Tranquilla le idee non mancano, vieni raggiungiamo gli altri stai cominciando a fare troppe domande», mi dà un pizzicotto e comincia a correre verso il bar.

Quando arrivo i miei amici mi guardano e scoppiano a ridere.

«A quanto pare la bella Olivia offrirà il pranzo a tutti!» io li guardo sgranando gli occhi e rispondo indispettita.

«Non vale io sono arrivata terza sulla spiaggia, Jose è arrivato per ultimo» lo indico e lui ridendo dice:

«Mi dispiace, ma nessuno ha specificato che il traguardo sarebbe stata la spiaggia» alzo le mani, odio perdere, ma mi servirà di lezione per il futuro, guardo i miei amici e dico:

«Vi odio» e Nina aggiunge, «Detesta perdere ed è anche parecchio permalosa» alzano le bottiglie di birra in aria e brindano a me, io mi arrendo e brindo con loro, me la pagheranno tutti penso tra me e me che se è per questo sono anche parecchio vendicativa.

Sfoggio un sorriso a cinquantadue denti e dico:

«Salute amici».

Pepe si alza in piedi, lascia i soldi delle birre sul tavolo e ci dice:

«Allora giovani marmotte, il programma se siete tutti d'accordo è questo, andiamo alla cascata che è a circa quindici minuti di cammino da qui, poi riprendiamo la barca e per le tre ho prenotato in un nuovo ristorante di un mio amico a Playa Los Comitos che è sulla rotta per tornare a Puerto Vallarta che ne dite?».

«Chiediamo a Olivia è lei che dovrà pagare il pranzo» dice Jose.

«Nessun problema spero almeno che questo posto ne valga la pena».

«Non preoccuparti bellezza, nessun posto è come l'Ocean Grill».

Seguiamo le indicazioni per la cascata, attraversiamo il piccolo paesino colorato e vivace, iniziamo un cammino nella fitta foresta e devo dire che è davvero impressionante, dopo quindici minuti di cammino come aveva detto Pepe arriviamo alle cascate, lo spettacolo è pazzesco l'acqua si getta da un'altezza di trenta metri e sotto c'è una pozza di acqua verde smeraldo incontaminata, ci buttiamo tutti in acqua euforici, nuotiamo e ci tuffiamo da una piccola sporgenza a circa un paio di metri dall'acqua, facciamo la gara di tuffi e il vincitore a sorpresa è James che con un tuffo all'indietro ha spiazzato tutti.

Dopo un paio di ore in ammollo decidiamo di tornare, abbiamo un programma da seguire e Pepe in questo è un ottimo capitano anche solo per il fatto di tenerci a bada tutti.

Tommy in tutto questo non mi perde d'occhio un istante e ogni occasione è buona per saltarmi addosso e baciarmi, cosa che io ricambio ben volentieri, ci sentiamo liberi e selvaggi, siamo nel suo mondo e vederlo così spensierato mi riempie il cuore.

Quando arriviamo alla baia raggiungiamo a nuoto la barca, saliamo e ci dirigiamo a nord seguendo la costa verso Playa Los Colomitos, mi immaginavo questa parte di Messico più brulla e secca invece è esattamente l'opposto, la costa è immersa nella natura, l'acqua è verde smeraldo, ogni tanto vediamo delle piccole insenature di sabbia o delle grotte, ma il verde che scende fino a toccare l'acqua è la vera scoperta. Dopo trenta minuti di navigazione arriviamo in un vero paradiso, Pepe ci ha raccontato di questo posto, il proprietario Ernesto un suo vecchio amico conosciuto a Puerto Vallarta qualche anno prima, ha appena aperto un piccolo ristorante sull'acqua e quando diceva sull'acqua non pensavo intendesse letteralmente sopra l'acqua.

Attracchiamo la barca al piccolo molo del ristorante, in mezzo a questa baia verde, c'è una piccola zattera con della sabbia e sopra un'amaca, beh non avevo mai visto niente di così incredibile e bizzarro, saliamo la scalinata che ci porta al ristorante.

È costruito sopra la scogliera, anche qui il tetto è a capanna e il locale è completamente aperto, non ci sono pareti, solo un tetto in paglia molto alto e delle balconate con dei divani dove bere l'aperitivo e guardare il tramonto, arriviamo puntuali ed Ernesto ci ha riservato il tavolo migliore.

«Benvenuti ragazzi, Pepe amico mio quanto tempo, rilassatevi e provate la nostra selezione di cocktail», ci consiglia e senza farci pregare ordiniamo Mezcal e altri cocktail coloratissimi, brindiamo alla nostra gita e alla vita come sempre.

Ci tuffiamo ancora in acqua, il sole è ancora cocente nonostante stia per prepararsi al tramonto, ma la temperatura e l'umidità si fanno sentire.

Raggiungo a nuoto la piccola spiaggia sospesa sull'acqua per rilassarmi sull'amaca, Tommy mi raggiunge e ci ritagliamo un momento magico per noi.

«A che pensi sirenetta?».

«Al fatto che vorrei che questi giorni non finissero così presto».

«Anch' io vorrei che questi giorni durassero per sempre» ci guardiamo e ci baciamo dolcemente e senza fretta.

«Era da tanto tempo che non mi sentivo così felice» mi dice lui, accarezzandomi il corpo.

«Cosa ti manca Tommy, guarda dove vivi, sei in paradiso!».

«Se questo per te è il paradiso vuol dire che non hai mai visto la Polinesia certo qui è meraviglioso ed è per questo che mi ci sono trasferito, ma Tahiti e le sue isole sono qualcosa di speciale, la loro bellezza è unica», lo guardo negli occhi e gli chiedo.

«Cosa aspetti a tornare lì?», lui mi guarda a lungo, sembra stia cercando la risposta giusta o pensando al reale motivo per cui non è ancora tornato nella sua terra.

«Aspetto la fine della tempesta».

«Non facciamoci prendere dalla nostalgia e godiamoci questo spettacolo» dico:

«Voglio godermi questa vista da qui ancora per un po', ne avrò bisogno quando tornerò nella grigia Milano, mi ricorderò anche di questa giornata e penserò a quello che ho lasciato qui».

«Pensa anche a chi lascerai qui».

«Tommy sei così dolce!» rimaniamo abbracciati su questa amaca sospesa nell'acqua che rappresenta esattamente la nostra situazione, siamo sospesi nel tempo in attesa che si compia il nostro destino e nonostante entrambi siamo coscienti di quello che ci aspetterà non riusciamo a starci lontani e questi momenti con quest'uomo mi stanno aprendo gli occhi sulla vita.

«Promettimi una cosa Olivia?» mi dice sfiorandomi la guancia con delicatezza e guardandomi con uno sguardo pieno di aspettativa

«Cosa vuoi che ti prometta Tommy?».

«Che in qualsiasi posto sarai tra quindici giorni, non mi dimenticherai» i miei occhi si bagnano di lacrime, pensare a quello che succederà tra quindici giorni mi riempie il cuore di tristezza, certo che non lo dimenticherò come potrei, lui mi ha ridato la forza di amare e di credere che gli uomini non sono tutti falsi e manipolatori.

«Tu promettimi che qualsiasi cosa accadrà tra quindici giorni non chiuderai mai più il tuo cuore?» lui mi guarda.

«Il mio cuore ora appartiene solo a te» mi prende la mano e se la porta insieme alla sua sul cuore, poi mi bacia in quel modo talmente intenso da sembrare ogni volta l'ultimo.

Abbandoniamo la nostra zattera e a nuoto torniamo dai nostri amici al ristorante, rimarrei tutto il tempo da sola con lui, ma sarebbe veramente da maleducati, quando arriviamo ci guardano tutti e cominciano con le solite battute.

«Ragazzi che onore anche voi da queste parti?» dice James.

«Mi stanno venendo le carie in bocca e non per lo zucchero del mio mojito», risponde Pepe alzando il bicchiere in segno di brindisi, Tommy lo guarda storto e lui capisce che può anche scherzare, ma che tra quindici giorni Pepe dovrà nuovamente raccogliere con il cucchiaino il suo amico, Pepe capisce al volo e dice:

«Brindo a questa fase della nostra vita, all'amore, all'amicizia, al rispetto, alla speranza e al domani».

Cin cin diciamo in coro.

«Io brindo a questa donna che mi ha aperto il cuore, mi ha regalato una nuova visione sull'amore» dice Tommy guardandomi, e penso che nessuno mi abbia mai amato in questo modo mistico.

«Io brindo agli amici, quelli che sanno ascoltarti senza giudicarti, aiutandoti a tirare fuori il meglio di te» dice Nina emozionat.a

«Io brindo al Messico e a chi ha la forza per cambiare vita» dice Jackie.

«Io brindo a questo tramonto meraviglioso e a tutti voi amici, mi state regalando il miglior periodo della mia vita» dice Jose.

Ora si girano tutti verso di me e io sono nel panico, non so che dire, ho mille pensieri che mi frullano in testa e non so cosa dire.

«Salute amici, che voi possiate essere liberi e felici come lo sono io ora» e per l'ennesima volta brindiamo tutti insieme.

«Ragazzi manca poco alla mia festa ad Acapulco, vorrei tanto che ci foste tutti, sarà la solita pomposa solfa organizzata da mia madre con tutti i loro amici, ma mi piacerebbe ci foste anche voi, la mia famiglia sta organizzando i voli e gli hotel quindi fatemi sapere che vi sistemo nel miglior hotel di Acapulco» ci comunica Jose.

«Io non mancherei per niente al mondo amico mio, anche solo per vedere la faccia di tua madre quando mi presenterò in costume e infradito in mezzo a tutti i loro amici pinguini» dice Tommy.
Jose è troppo educato per dirgli che la cosa provocherà a sua madre un infarto e a lui settimane di telefonate isteriche.
«Tranquillo Jose, Tommy scherza ovviamente» mi giro verso di lui, sgrano gli occhi come a dirgli "ti è dato di volta il cervello?".
«Anche perché rischieresti di perdere il tuo visto messicano temporaneo e saresti espatriato all'istante» dice Jose serio.
«Se voi pensate che io mi vestirò come un becchino beh allora non mi conoscete affatto» continua Tommy.
Interviene Pepe dicendo.
«Ti presterò qualcosa io».
«Non se ne parla proprio» ribatte Tommy e io con occhi sognanti gli dico:
«Fatti bello per me guerriero!» Tommy mi guarda scioccato e risponde.
«Non puoi chiedermi questo?».
«Oh sì invece e lo farai te lo posso garantire, ho un nome da difendere» rispondo ironica.
Lui annuisce, bene pericolo diplomatico evitato penso e continuiamo a guardare il tramonto in silenzio.
Quando il sole arriva a sfiorare l'acqua sembra quasi che si possa toccare e lo spettacolo dei colori è bellissimo, le poche nuvole che ci sono in cielo, disegnano sfumature dal rosa, arancio e lilla fino al rosso acceso e come per magia in quel momento Ernesto arriva e ci avvisa che la cena è pronta.
In questo momento dell'anno non ci sono molti turisti, nonostante faccia ancora caldo e le giornate siano ancora lunghe.
La musica messicana in sottofondo ci fa venire voglia di ballare e il mare che si infrange sulla scogliera sotto di noi crea un'atmosfera unica.
Questo posto incredibile e il cibo squisito mi fanno pensare davvero al momento meraviglioso di pace che sto vivendo. Finito di cenare dobbiamo riprendere la navigazione, siamo abbastanza vicini a Puerto Vallarta, ma abbiamo comunque ancora un viaggio da fare prima di arrivare a casa, saliamo sulla barca, noi ci rilassiamo sulla prua e Pepe sempre in compagnia di Nina ci guida in porto, credo che tra quei due ci sia una complicità speciale, e mi riprometto di indagare sulla cosa nei giorni prossimi.

Riprendiamo le macchine, io salgo con Tommy e ci dirigiamo direttamente nella nostra oasi personale, durante il tragitto lui è silenzioso e penso che dipenda da uno stato di beatitudine, ma quando arriviamo a casa sua ed entriamo il suo silenzio acquista uno scopo.

«Mi vuoi davvero tirare a lucido per quella stupida festa, pensavo di piacerti per quello che sono!» ecco svelato il mistero del suo silenzio.

«Tommy non essere infantile, fallo per Jose e la sua famiglia».

«La sua famiglia non merita un cazzo, tanto meno un figlio come Jose, non gli farei mai fare brutta figura anzi, forse comincerebbero a capire qualcosa del loro figliol prodigo che non vuole avere niente a che fare con le loro cazzate» va in bagno a lavarsi e mi lascia lì da sola, così decido di seguirlo.

«Qual è il punto Tommy perché non sono sicura di aver capito quale sia la questione?».

«La questione è perché vuoi che mi vesta come un coglione, ti vergogneresti se venissi così?» e indica i pantaloncini da bagno che indossa «Non si può andare ad un evento di quel tipo vestiti da spiaggia, mi spieghi qual' è il problema nell'indossare un paio di pantaloni e una camicia una volta nella vita?».

«Il problema è che io non mi voglio vestire come un coglione!».

«Perché secondo te chi si veste in quel modo lo è, tu sei completamente fuori fase caro mio, impara a stare al mondo!», esco dal bagno e vado in cucina a prendermi una birra dal frigo, lui mi segue e mi dice

«Perché non dici le cose come stanno Olivia, io sono solo il tuo giocattolo tropicale e fuori di qui tu ti vergogneresti di me?».

«Tu sei completamente fuori strada, forse sei tu a pensare queste cose, a me piaci esattamente per quello che sei e tu sei questo Tommy», indico la casa e il giardino, questa è la verità e non si tratta dell'abbigliamento.

«Certo, io sono un selvaggio!».

«No, tu sei un uomo che non vivrebbe mai lontano dall'acqua e dal verde e questo non fa di te un selvaggio, ma semplicemente una persona speciale, tu hai trovato il tuo posto nel mondo».

«E tu cosa sei Olivia?» mi guarda, i suoi occhi cercano di ferirmi come le sue parole, non capisco questo cambiamento d'umore e non starò al suo gioco.

«Tu sei una snob, ecco cosa sei!» nel momento in cui pronuncia quelle parole mi sento pugnalata al cuore.

«Cerchiamo di non dire cose di cui potremmo pentirci Tommy, collega il cervello prima di parlare, fatti una bella doccia, poi una dormita e ci vediamo domani, magari ti sarà passata la luna».
Prendo la mia borsa che avevo appoggiato sul divano e vado verso la spiaggia, voglio andare a casa da Nina, non passerò la notte con lui.
«Olivia aspetta!» lo sento chiamarmi dalla casa, ma ormai ho preso la mia strada e cammino verso casa.

11 – CERCARE LA FELICITÀ NEGLI ALTRI

Cammino sulla spiaggia, l'aria del mare regala pace al mio tormento interno, passo davanti al bar di Pepe e decido di fermarmi a leggere le mail, è da un paio di giorni che non scrivo ai miei genitori e si staranno chiedendo come sto.
Apro la mail, scrivo loro che sto bene, che Nina sembra finalmente serena che siamo in un posto meraviglioso e abbiamo trovato un sacco di amici. Poi rispondo alla mail che mi è arrivata quando ero a Mazatlan da Sebastian, lui mi scrive per citazioni cosa che trovo affascinante, ma impersonale, decido allora di rispondere a quella mail anch'io con una citazione, in realtà vorrei chiedergli un milione di cose, da quando sono arrivata qui non ho avuto molto tempo per pensare a quello che abbiamo passato io e lui quella notte, ma so che arriverà il tempo anche per quei pensieri.

```
Oggetto: Re: Paradisius Los Cabos

 "Ogni donna che ha finalmente capito il suo valore, ha
raccolto le valigie del suo orgoglio, è salita sul volo
della libertà, ed è atterrata nella valle del cambiamento."
Shannon L. Alder
```

La invio senza pensarci due volte, ritorno nella posta in arrivo a leggere le altre mail, ce ne sono due di Zeno, nella prima sembra preoccupato del fatto che non mi sia fatta sentire, nell'altra invece mi racconta delle sue splendide vacanze in barca con amici in Sicilia, scorro le mail, scrivo ad Leo e Ginevra i miei agenti a Milano, racconto che mi sto ricaricando alla grande anche se penso che tornerò da questo viaggio più sfasciata di quando sono partita.
Nel frattempo, Sebastian ha risposto alla mail.

```
Oggetto: Re: Paradisius Los Cabos

Dove sei?
```

Beh, visto che quest'uomo riesce a scoprire tutto da solo non capisco il senso della domanda, se gli dicessi dove sono, manderebbe il suo autista a prelevarmi come si fa con gli ostaggi una volta pagato il riscatto, ma sono sicura che vederlo mi confonderebbe ancora di più le idee quindi decido di non rispondere, torno nella posta in arrivo e c'è un'altra sua mail.

```
Oggetto: Re: Paradisius Los Cabos

 "Ci sono sempre due scelte nella vita: accettare le
condizioni in cui viviamo o assumersi la responsabilità di
cambiarle."
Denis Waitley
Tu quale scegli Olivia?
```

Rispondo.

```
 Oggetto: Re: Paradisius Los Cabos

 Io ho scelto e sceglierò sempre la seconda.
```

Risposta immediata sua.

```
Oggetto: Re: Paradisius Los Cabos

Allora ci rivedremo e sarà altrettanto speciale.
```

Rileggo la frase e penso che mi sono sempre assunta la responsabilità di cambiare anche a rischio di buttare nel cesso la mia carriera denunciando uno stalker, ma mi chiedo a cosa si riferisca lui con questa frase, si riferisce forse al fatto che ho scelto di partire invece che stare con lui, beh potrebbe essere, ad ogni modo non ho il tempo per rispondere perché Alma mi dice che deve chiudere, così spengo il computer e con una domanda in più a quelle che avevo prima di leggere le email mi dirigo a casa.

Quando arrivo trovo Nina, Pepe, Alexis e James che stanno giocando ad obbligo o verità in veranda, quando entro in casa mi guardano tutti preoccupati, diciamo che da quando sono qui a Sayulita ho dormito solo una settimana in questa casa quindi quando Nina mi vede arrivare corre subito da me a chiedermi se va tutto bene.

Se mi avessero dato un centesimo per ogni volta che mi ha fatto questa domanda in tutta la mia vita sarei milionaria.

«Certo Nina va tutto bene, volevo solo stare un po' con voi» lei non ci casca, forse gli altri se la sono bevuta, ma lei no, decide di sorvolare sulla questione e torna a sedersi insieme agli altri.

«Vieni Olivia stiamo giocando a obbligo o verità vuoi giocare?» mi chiede James.

«Grazie no, mi faccio una doccia e poi mi berrò un po' di Tequila con voi».

«Come vuoi» mi dice e tornano tutti a giocare.

Vado in bagno mi faccio una bella doccia fresca, mi vesto e torno dagli altri che nel frattempo si sono dimezzati, Alexis e James sono andati via e sono rimasti Pepe e Nina.

«Tutto bene Tata, pensavo che saresti rimasta da Tommy stanotte?» mi chiede Nina.

«Prometto di non disturbarvi» e strizzo l'occhiolino a Pepe che nel frattempo mi guarda e non capisce.

«Tommy era silenzioso oggi in barca tornando dal ristorante» mi chiede Pepe pensieroso.

«Pensa ancora di potersi presentare alla festa di Jose in pantaloncini da surf, ne ha fatto una tragedia» rispondo.

«Avete litigato per questo?» mi chiede Nina.

«Non abbiamo litigato, diciamo che il tempo stringe e lui pensa che io sia una snob in vacanza che si è invaghita del surfista bello e dannato».

«Wow ti ha detto questo» chiede mia zia.

«Si, ma sai che c'è al di là di quello che lui pensa, credo di dover rallentare le cose in modo da prepararmi a quando tornerò a casa tra quindici giorni, non siamo state molto insieme noi Nina e io sono partita anche per stare con te, quindi domani andiamo a farci un bel giro da sole che ne dici?» guardo Pepe come a chiedergli l'autorizzazione e lui mi dice:

«Andate dove volete, ma non scappare Olivia, affronta questa cosa, non è allontanandoti da lui da domani che risolverai la situazione, tu partirai e questo lo sappiamo tutti, ma non vuol dire che tu non debba più tornare qui, quindi se posso darti un consiglio è quello di parlare con lui sinceramente, insieme capirete cosa fare».

«Grazie Pepe, ora se volete scusarmi vado a dormire sono sfinita».

«Buonanotte» mi dicono in coro e li lascio lì al loro momento.

Mi piace Pepe è una persona saggia e di cuore e spero che Nina non rovini tutto anche questa volta.

Mi sveglio di soprassalto, sono sudata stavo facendo un sogno strano, era giorno ma il sole era offuscato da delle nubi nere cariche di fulmini.

Il suono di un tuono mi ha fatto svegliare, mi alzo e vado in cucina, guardo l'ora, sono le dieci, Nina è in cucina che sta facendo colazione e di Pepe neanche l'ombra.

«Buongiorno Nina» la raggiungo e mi siedo sullo sgabello.

«Buongiorno Tata dormito bene?».

«Come un angioletto se non fosse stato per un brutto sogno avrei dormito tutto il giorno, da quando siamo qui mi sveglio all'alba praticamente tutte le mattine e tu sai quanto io adori dormire fino a tardi quando posso».

«Diciamo che hai una sveglia meravigliosa la mattina, ah volevo dirti che è passato Tommy, voleva sapere se stessi bene, oggi lavorerà fino a pranzo, ma ha detto che puoi andare da lui dopo così ti porta a surfare».

«Ok grazie dopo vedo, volevo stare con te, parlare, fare un giro».

«Come vuoi, vai almeno ad avvertirlo altrimenti penserà che ci sia qualcosa che non va».

«Va bene, allora dopo vado, ma poi mi prometti che stiamo insieme?».

«Certo Tata, vado a leggere le mail da Pepe vuoi venire?».

«No grazie è meglio che stia lontana per un po' dalle mail».

«Che succede, brutte notizie, i tuoi stanno bene».

«Certo stanno tutti bene, non mi riferivo a quello, visto che siamo sole è un po' che volevo raccontarti di una cosa che è successa a Cabo San Lucas».

Cerco le parole per raccontarle quello che mi è capitato, ma non so da dove iniziare così comincio dal principio raccontandogli dello sfogo al desk della Delta a Dallas, dell'hotel meraviglioso in cui mi hanno ospitato.

«Certo che hai davvero la faccia come il culo tu, brava amore così si fa, nemmeno io avrei saputo cavarmela meglio» mi dice.

«Sono sicura Nina che tu ti saresti accontentata del tipico hotel a due passi dall'aeroporto».

«Vero ma tu come al solito ti sei fatta rispettare ottenendo il meglio, io avrei lottato, ma mi sarei accontentata tu no, beh com'era questo hotel?»

«Ecco l'hotel era pazzesco, extra lusso non rende l'idea, mi sono fatta aggiungere tutti i confort e non mi sono fatta mancare niente, neanche una cena con il sexy miliardario direttore dell'hotel».

«Cosa? Stai scherzando vero?».

«No, non hai idea, quell'uomo sembrava uscito dall'uomo Vogue, sexy, raffinato, elegante, mi ha riempito di fiori e di regali tutto il tempo».

«E tu come ti sei comportata?» ecco adesso arriva il bello, come faccio a dirglielo.

«All'inizio allontanandolo».

«E tu sai Tata che gli uomini più li allontani più loro tornano da te».

«Infatti, è tornato, su un cavallo nero».

«Ripeti?» si sta praticamente strozzando con il caffè.

«È tornato su un cavallo nero, abbiamo cavalcato sulla spiaggia all'alba, poi abbiamo fatto l'amore come bestie selvatiche e se ne è andato».

«Ti ha mollato sulla spiaggia, l'uomo sexy elegante e educato, a me sembra più un uomo egocentrico».

«No Nina, mi ha chiesto di restare con lui e io sono partita».

«Ma cosa ti è successo? Io davvero non capisco, per anni, dopo quello che ti è successo con quel coglione che per fortuna è in galera altrimenti lo avrei strozzato con le mie mani, hai evitato gli uomini come se avessero la peste e poi quando finalmente decidi di partire per un viaggio tuo incontri un uomo sexy su una spiaggia e ti lasci andare, intendiamoci sono contenta che questo sia successo e che ti sia sbloccata, ma mi chiedo perché sei partita se è stata una cosa così forte come mi hai detto».

«Oh, andiamo Nina cosa dovevo fare? Cambiare i miei piani per un uomo che non conosco, sai che non sono fatta così, io vado sempre per la mia strada, certo seguo l'istinto e quella mattina quando mi sono sentita protetta e desiderata da un uomo meraviglioso qualcosa dentro di me mi ha detto che dovevo finalmente tornare a sentirmi libera e non vergognarmi delle mie sensazioni».

«E come ti ha fatto sentire Tommy?».

«Lui è diverso, Sebastian a Cabo San Lucas ha preso la mia testa, Tommy il mio cuore, entrambi mi hanno liberata dalle mie paure in modi diversi, con Tommy è una cosa unica, è come se avessi ritrovato la mia anima gemella dopo secoli, penso che in un'altra vita io e lui ci siamo amati in modo unico e che ora che ci siamo ritrovati stiamo riscoprendo la passione che ci ha sempre unito».

«E che cosa pensi di fare?» mi domanda.

«In che senso?».

«Cosa farai ora con Tommy, scapperai o continuerai a vederlo?».

«Voglio parlare con lui, mi ha aiutata ad amare di nuovo, ha tolto gli strati di barriera che avevo eretto attorno al cuore, mi ama in modo unico, lui è una persona incredibile, sai Itia una donna che insieme a sua madre lo ha cresciuto a Tahiti gli ha sempre detto di aver visto nei suoi sogni la sua donna arrivare dal mare e lui crede che quella donna sia io perché ci siamo incontrati in acqua e da lì non ci siamo più lasciati, e anch' io credo che lui sia la mia anima gemella».

«Allora va da lui e cerca di aver cura del tempo prezioso che avete a disposizione».

«Sai credo che andrò da lui, gli preparerò il pranzo e aspetterò che finisca le lezioni per stare con lui».

«Brava Tata, io mi vedo con Pepe».

«A proposito mi sembra che stiate passando parecchio tempo insieme?».

«Si, e devo dire che è la miglior cosa che mi sia capitata da quando sono partita».

«Che fine ha fatto Philip?».

«Mi ha scritto due settimane fa, rimane in Thailandia e io sinceramente sono stufa di aspettare che qualcuno faccia qualcosa di folle tipo mollare tutto e cambiare coordinate per stare con me».

«Sai ultimamente una persona mi ha detto che ci sono sempre due scelte nella vita: accettare le condizioni in cui viviamo o assumersi la responsabilità di cambiarle» ho l'aria sognante.

«E tu cosa hai risposto?»

«Che ho scelto e sceglierò sempre la seconda».

«Brava, spero che non sia rimasto deluso dalla tua risposta».

«Mi ha detto che quando ci rivedremo sarà altrettanto speciale».

«Sei nei pasticci ragazza meglio che tu vada a mettere un po' di ordine nella tua vita».

Lascio Nina a casa e vado in paese, ho deciso che oggi andrò da Tommy, cucinerò per lui un pranzo italiano per quando tornerà dal lavoro.

Al supermercato ho visto un paio di giorni fa che vendono spaghetti Barilla, così compro quello che mi serve e vado da lui passando dalla spiaggia, la stessa spiaggia che ieri sera ho percorso nel senso opposto carica di dubbi e domande, ora con le stesse domande vado ad aspettarlo a casa per godermi il tempo che abbiamo a disposizione.

Quando arrivo noto che c'è solo il cavallo nero mentre di quello bianco non c'è traccia, strano penso, Tommy mi ha detto che si muovono sempre in simbiosi, non gli do peso ed entro dal patio, la casa mi sembra diversa, vuota e fredda, manca lui penso, questa casa come tante altre cose assumono un significato diverso quando le vive lui.

Appoggio la spesa sul bancone della cucina e comincio ad organizzarmi, ma quando mi giro verso la sala resto scioccata, davanti a me c'è una donna bellissima, ha i capelli neri lunghi, gli occhi profondi, ma vuoti, indossa l'accappatoio di Tommy, sembra stupita quanto me dall'incontro, non riesco subito a capire chi ho davanti così le chiedo «Chi sei e cosa ci fai qui?».

«Potrei farti la stessa domanda visto che questa è casa mia» in quel momento la salsa di pomodoro che ho tra le mani si schianta al suolo e con lei anche il mio mondo.

Ci guardiamo.

«Tu sei Isabel!» e il mio tono di voce racchiude tutta l'angoscia che provo.

«Vedo che hai sentito parlare di me, peccato che io non so chi sia tu?» è fredda e distaccata, vuole mettermi in soggezione e devo dire che ci sta riuscendo.

«Esci di qui, sono sicura che Tommy non voglia trovarti quando tornerà a casa», la mia voce è tremante, cerco di sembrare determinata nell'intento di allontanarla da questa casa e della vita di Tommy, ma lei non sembra intenzionata ad andarsene al contrario viene verso di me, quando si avvicina penso che voglia strangolarmi e io inizio a pensare ad un piano di evacuazione, ma fortunatamente non ha idee omicide, si ferma davanti al frigo e senza staccarmi gli occhi di dosso lo apre, prende una birra e va a sedersi sul divano, il divano dove io e Tommy abbiamo fatto qualsiasi cosa possibile, il suo divano penso, il divano dove chissà cosa hanno fatto anche loro.

Che situazione assurda non so cosa fare, dovrei andare via avvertire Tommy e tornare da Nina, invece decido di rimanere perché questa situazione che somiglia ad una sfida tra due felini comincia a farmi incazzare, senza contare il fatto che dopo tutto quello che mi hanno raccontato sono curiosa di capire chi sia realmente questa donna e come mai sia qui.

«Ti inviterei a fermarti con noi per pranzo, ma sono sicura che la tua presenza non sarebbe gradita al padrone di casa» dico, le giro le spalle, prendo la pentola per far bollire l'acqua, non la guardo anche per non darle importanza, cerco di giocare d'astuzia, so essere davvero stronza quando invadono il mio territorio.

«Credo che quella che non si fermerà per pranzo non sarò io!».

«Senti Isabel cosa ci fai qui, che cosa vuoi da Tommy?» mi giro, mi appoggio al bancone per sembrare sicura, lei si alza e viene a sedersi dall'altra parte del bancone su uno sgabello, accavalla le gambe, il suo sguardo è indecifrabile, dovrebbe essere in clinica e allora perché si trova qui ora, voglio saperlo prima che arrivi Tommy.

La tensione è palpabile, credo che lei possa sentire il battito del mio cuore.

Devo stare attenta, questa donna ha avuto istinti suicidi e dal suo sguardo capisco che sarebbe disposta a tutto pur di riprendere il posto che ha lasciato in questa casa.

«Stammi a sentire - dice - non so chi tu sia e cosa ci faccia qui, sono tornata perché questo posto è casa mia, perché Tommy è il mio uomo, tra noi c'è un legame che nessuno potrà spezzare, lui magari può dire in giro che non vuole più vedermi, ma i fatti dicono che lui non riesce a starmi lontano, siamo fatti così, ci amiamo in un modo talmente potente che né tu né nessun'altra donna potrà mai avere con lui».

Quando Tommy mi ha parlato di lei la definita una bellezza magnetica e non sbagliava, non riseco a staccare gli occhi dai suoi, il suo sguardo mi sta ipnotizzando e mi sento braccata dalla sua mente malata.

Lei ha ragione, il loro è stato e sarà sempre un legame unico e io sono solo una povera illusa a pensare che Tommy potrà mai dimenticare quello che c'è stato tra di loro.

Io in questo momento sento un bisogno disperato di difendere Tommy e di allontanarla da qui.

«Bene Isabel, spiegami perché lui non vuole più vederti, certo lui ti sta aiutando, perché tu sei MALATA e hai bisogno di aiuto» scandisco bene quelle parole, voglio che lei lo capisca, cerco di parlarle come se avesse quattro anni, lei si sta innervosendo e questo non va bene, cerco di trovare conforto nelle parole che mi diceva Beatrice la mia psicologa.

«Se ami veramente Tommy come dici allora lascia che lui trovi la sua felicità».

«Solo io posso renderlo felice!» alza il tono della voce, non so veramente come uscire da questa situazione.

«Hai ingannato nel modo più vigliacco l'unico uomo che ti ha mai amato, gli hai strappato dal cuore l'amore per suo figlio, sei davvero sicura che lui ti potrà mai perdonarti Isabel, forse quando tu riuscirai a farlo con te stessa allora avrai qualche speranza con lui» le parlo con voce decisa, ma senza fare scenate.

«Ora vattene!» le dico.

Nella mia voce c'è panico e rabbia perché le sue parole mi dicono che quello che dice è vero, lei ci sarà sempre anche solo negli incubi di Tommy, ma lei ci sarà, non lo lascerà in pace perché lotterà come una furia per l'unica persona che l'abbia veramente amata e protetta dal mondo. Lei ride di gusto, una risata isterica che mi gela il sangue.

Alle spalle di Isabel dal patio vedo arrivare Tommy e mi sento mancare le forze, non so cosa sarebbe successo se lui non fosse arrivato. Quando arriva lei è di spalle e non se ne accorge, lui avanza nella stanza che sembra improvvisamente riprendere colore, quando si avvicina a circa un metro le dice:

«Stanno venendo a prenderti» lei si gira scende dallo sgabello e piangendo gli dice:

«Perché Tommy, perché l'hai fatto, perché mi hai abbandonato?» singhiozza e io provo istintivamente compassione per l'anima di questa donna che si è totalmente smarrita.

«Perché era la cosa giusta da fare per te, io non posso aiutarti, loro sì, non lo capisci, ma lasciarti lì è stato un atto di amore» lei si avvicina a lui, ma lui a mano a mano fa passi indietro per mettere distanza tra di loro, io sono lì nella loro stessa stanza, ma è come se non esistessi, questa è la loro storia, il loro passato, stanno affrontando le loro sofferenze e io sono solo una spettatrice.

Non vedo il viso di lei, ma quello di Tommy mi sta distruggendo il cuore, la guarda davvero come se stesse per lasciare il suo grande, unico e vero amore.

«Io lo so che mi ami Tommy in questi anni non mi hai mai lasciato veramente.»

«Forse hai ragione Isabel ed è arrivato il momento di farlo altrimenti non guarirai mai».

«Nooo Tommy non lasciarmi ti prego, tu sei l'unica cosa buona che ho nella vita!».

«Già e hai dovuto perdermi per accorgertene».

In quel momento dalla porta principale entra una dottoressa con un camice bianco che va verso Isabel, ha una siringa in mano, lei quando la vede cerca di scappare, la donna la blocca e le inietta nel braccio il contenuto della siringa, si accascia come una bambina tra le braccia della dottoressa, continua a piangere, Tommy ha la testa bassa e le braccia lungo il corpo è svuotato lo vedo, non la guarda, lui prima di uscire dalla porta le dice con un filo di voce

«Addio Atea» e la dottoressa deve sostenerla perché a quanto pare il medicinale che le hanno iniettato ha fatto subito effetto.

Escono di casa, la caricano su un'ambulanza e si allontanano lungo il vialetto diretti a Guadalajara.

Io non ho più forze e mi sostengo al bancone della cucina, la tensione e l'adrenalina stanno scemando, Tommy nel frattempo si è seduto sul divano con i gomiti appoggiati alle cosce e la testa tra le mani, non parla, mi avvicino a lui che non si muove di un centimetro, mi siedo sulla poltrona davanti a lui, mi sento impotente, non so che fare e cosa dire, qualsiasi cosa mi sembrerebbe banale.

«Parlami Tommy?» riesco a dire alla fine, lui alza la testa e mi dice

«Pepe e Nina stanno venendo a prenderti».

«Voglio restare con te, non permetterò a quella donna di allontanarci!».

«No Olivia questa cosa la devo affrontare da solo».

«Non voglio stare con Nina, voglio stare con te, ti preparo il pranzo e poi andiamo a fare surf insieme».

«Olivia questa è la mia vita, non dovevo farti entrare nei miei casini» non è più il mio Tommy, è come se lui se ne sia andato insieme a lei, e questo mi fa arrabbiare perché lui dice sempre che bisogna lottare per le cose che si amano e per non perderle.

«Perché allontani anche me ora Tommy?».

«Perché devo affrontare questa situazione da solo, tu non c'entri con questa cosa» io mi avvicino, non mollerò la presa, non scapperò ora che ha bisogno di me, mi siedo sul pavimento vicino a lui, cerco le sue mani, le stringo, cerco il suo sguardo che sembra ancora smarrito.

«Ascoltami bene, puoi anche allontanarmi, ma io non voglio lasciarti ora, guardami Tommy!».

«Non ce la faccio Olivia, quando ieri sera sei andata via ho pensato a come mi sentirò tra quindici giorni quando prenderai l'aereo per tornare alla tua vita».

«Tommy io e te ci ritroveremo in altre cento vite è già successo, ricordi io sono Hina!».

«Hina nella mitologia è raffigurata con la luna e cioè l'ovest mentre il suo amato Ku con il sole, il sole nasce ad est e tramonta ad ovest quando nasce la luna, anche loro sono stati destinati a viversi poco, credimi Olivia vorrei poter cambiare le cose, ma non posso e neanche tu, l'amore che mi hai dato mi ha fatto risorgere, era da tanto che non ero così felice, mi hai aperto il cuore, io non ti dimenticherò mai, tu hai le tue battaglie e la tua vita a Milano e capisco che tu non possa stravolgere tutto per uno come me».

«E se io volessi rimanere qui con te, se volessi mollare tutto perché qui ho trovato il mio mondo con te?».

«Non sarebbe giusto Olivia, io comunque non rimarrò qui a lungo».

«Dov'è finito il mio guerriero, stai mollando tutto perché?».

«Perché oggi non ho la forza di lottare!».

Ho la sensazione che questa sia la nostra fine, che da oggi non lo rivedrò più e questo pensiero mi devasta il cuore, non volevo che andasse così, volevo continuare ad amarlo finché il tempo ce lo avrebbe concesso, mi manca il suo tocco, il suo sguardo, il suo respiro sul mio corpo dopo aver fatto l'amore, ma lui in questo momento mi sta davvero dimostrando che non ha la forza per affrontare il tempo che ci separa perché l'addio è devastante.

Gli occhi mi si riempiono di lacrime, lui rimane immobile sempre con la testa bassa, sempre più lontano da me da noi.

Arrivano Nina e Pepe, entrano dal patio e trovano me in lacrime sul pavimento, rannicchiata alle ginocchia di Tommy che nel frattempo non ha mai alzato gli occhi per guardarmi.

«Tommy, Olivia state bene?» chiede Nina venendo ad abbracciarmi.

«Portami a casa!» mi alzo, gli accarezzo i capelli dorati ed esco da quella casa, vado in giardino e ancora una volta mi incammino verso la spiaggia, Nina rimane con Tommy e Pepe.

«Si può sapere cosa ti ha fatto lei, perché la lasci andare via così Tommy?» gli chiede mia zia.

«Tata aspettami!» mi insegue.

«Amico mio, lascia il passato alle spalle e vai avanti con la tua vita, quella ragazza non c'entra, non merita di essere trattata così, lei cerca solo di aiutarti» gli dice Pepe, Tommy finalmente si alza in piedi, guarda il suo amico dritto negli occhi.

«Perché non mi lasciate tutti in pace?».

«Perché era da secoli che non ti vedevo felice e non ti lascerò mandare tutto a puttane» Tommy lascia Pepe in mezzo alla stanza, va verso la cucina dove sembra che sia appena stata sgozzata una povera anima, per terra sugo di pomodoro e vetro, trova la spesa che qualcuno deve aver fatto, comincia a riordinare senza chiedersi chi abbia avuto quel pensiero carino nei suoi confronti, non vuole pensare ad Isabel in nessun modo e tantomeno a Olivia, il pensiero di entrambe gli crea sentimenti opposti, ma altrettanto dolorosi.

«Ci siamo già passati Tommy, ricordi, mi avevi giurato da fratello a fratello che se mai l'avessi rivista avresti reagito giusto, quindi avanti prendi la tavola partiamo».

«Grazie fratello».

Io e Nina siamo sedute in spiaggia, io ho gli occhi pieni di lacrime e di ricordi, guardo il mare, il nostro mare, quando arriva Pepe, Nina si alza in piedi e va verso di lui, io rimango immobile, incapace anche di asciugare le lacrime che senza freno mi cadono sul viso.

«Tutto bene, come sta?» chiede Nina, lui si avvicina a me, io mi alzo e lui mi abbraccia.

«Olivia ascoltami bene, non badare a quello che ti ha detto, è completamente perso in questo momento, lo porto via un paio di giorni, ci penso io a lui, non preoccuparti» mi accarezza il viso come se potesse capire il mio dolore.

«Mi raccomando fatti sentire» gli dice Nina e gli dà un tenero bacio sulle labbra.

Si gira e torna verso la casa di Tommy, io lo seguo per un po' poi mi fermo, in lontananza vedo la casa e Tommy sul patio che guarda verso la spiaggia, il mio cuore si ferma e qualcosa mi dice di conservare questo ricordo perché sarà l'ultima immagine di lui.

Rimaniamo a lungo in spiaggia io e Nina senza dire una parola, aspettiamo il tramonto poi mi prende per mano e mi accompagna a casa, mi chiudo nella mia stanza, nel silenzio di questo posto e nel vuoto del mio cuore.

Passo i giorni seguenti vagando con una sola meta precisa, quando mi alzo vado in spiaggia davanti a casa sua, mi siedo e aspetto.

Vorrei vederlo uscire dall'acqua come ha fatto tante volte in questi giorni, mi sono portata anche la tavola che lui mi ha regalato, ma non ho il coraggio di usarla.

Passo le giornate seduta sulla sabbia cocente fino a che il tramonto mi ricorda che è trascorsa un'altra giornata e che anche oggi lui non c'è. Non parlo con nessuno, e le persone che mi incrociano nel mio pellegrinaggio mi guardano con tenerezza come se anche loro sentissero la distanza da quello che io e Tommy eravamo.

Sono sicura che Nina ha notizie di Tommy e Pepe, ma non voglio chiedere.

Non so dove siano né quanto tempo staranno via, ma a questo punto l'unica cosa che so è che quello che siamo stati nella casa alle mie spalle non esiste più.

Mancano dieci giorni esatti alla mia partenza e l'unica cosa che mi conforta ora è andare alla festa di Jose ad Acapulco, lui mi ha chiesto di fargli da accompagnatrice e io sono felice di farlo, è un ragazzo splendido, lui insieme a tutti gli altri non fanno altro che passare a casa a trovarmi, spronarmi ad uscire, la sera arrivano e cucinano per noi, poi di giorno mi portano in giro a scoprire ogni angolo di questa fetta di paradiso.

Non ho più notizie di Tommy, nessuno parla di lui e di quello che è successo anche se secondo me quando non ci sono io ne parlano eccome, lo capisco dai loro volti, sono preoccupati per la situazione, ma sinceramente io devo solo cercare di andare avanti per la mia strada. Vengo distolta dai miei pensieri quando vedo arrivare la jeep di James che è passato a prenderci per andare in aeroporto, carichiamo le valigie e ci sediamo dietro con Alexis.

Seduto davanti insieme a Jackie, Jose ci racconta di come la sua famiglia ha organizzato il compleanno e scopro che saranno giorni molto ricchi di aperitivi pranzi e cene, per fortuna la mia valigia è piena di abiti perfetti per l'occasione, ne ho approfittato per portare via qualcosa anche per Nina, non ero presente quando ha fatto la valigia e non ho idea di cosa indosserà in questi giorni.

Questo viaggio farà bene a tutti, James guida verso l'aeroporto con la musica alta, i finestrini sono abbassati e l'aria che entra scaccia via i demoni che abbiamo intorno.

Dopo un comodissimo volo di un'ora e venti minuti siamo ad Acapulco.

All'aeroporto veniamo accolti da un pulmino nero con i vetri oscurati che ci porterà direttamente all'hotel che la madre di Jose ha scelto per noi e dopo circa trenta minuti di macchina arriviamo all'hotel Encanto.

Siamo sulle colline di Las Brisas a sud di Acapulco, il nostro hotel ha una vista spettacolare sulla baia, è un resort super moderno, sembra una scultura bianca immersa nel verde, scendiamo dal pulmino e il bianco della struttura è quasi accecante, entriamo nella hall attraversando delle passerelle sospese sull'acqua, attorno a noi verde e piscine dalle quali spuntano alberi e sculture.

Sono senza parole questo posto è di un'eleganza unica, io e Nina dividiamo una delle quarantaquattro suites dell'albergo, andiamo in camera e rimaniamo spiazzate dalla semplicità della stanza, elegante ed essenziale diciamo che tutto questo hotel è stato pensato per valorizzare il paesaggio e la natura esterna, la camera ha un terrazzo con divani e chaise longue, una balconata in vetro e dal nostro letto vediamo solo il mare.

Vado sul balcone che si affaccia sulla piscina da cui escono degli alberi che sembrano sospesi sull'acqua, ci sono divani, sedute di design, Nina mi raggiunge con un sorriso a trentadue denti e mi dice

«Non riuscirò mai ad andare via da questo posto».

«A chi lo dici», sospiriamo guardando la distesa infinita che abbiamo di fronte, è un posto molto romantico ed entrambe non abbiano nessuno con cui dividerlo

«Senti sbaglio o Jose ha detto che sua mamma ci ha prenotato anche dei trattamenti alla spa?».

«Andiamo a farci fare un bel massaggio rilassante prima che decida di buttarmi da questa meravigliosa balconata» ci cambiamo al volo e usciamo dalla stanza.

Come accompagnatrice ufficiale di Jose in questi giorni dovrò presenziare con lui a tutti i pranzi e gli incontri con gli amici della sua facoltosa famiglia, ma fortunatamente lui nel tragitto in macchina, mi ha detto che ha intenzione di partecipare allo stretto indispensabile per mantenere la facciata di famiglia perfetta che i suoi genitori hanno creato per la loro reputazione qui in Messico e che ha organizzato lui stesso un altro programma per tutti noi.

La festa ufficiale domani sera si terrà proprio nel nostro albergo che vanta tra le altre uno dei migliori ristoranti di Acapulco e mi sento sollevata da questa notizia, avrei accompagnato Jose volentieri, ma non conosco la sua famiglia e con lui ho trascorso momenti fantastici, ma mi sentirei un po' a disagio in mezzo a tante persone che parlano una lingua diversa dalla mia e che non ho mai visto.

Io e Nina ci lasciamo viziare e coccolare per due ore intere con i trattamenti che ci hanno riservato, poi raggiungiamo gli altri ragazzi in piscina dove stanno già iniziando i festeggiamenti, ci hanno raggiunto anche Alexis, James e Jackie, ci siamo quasi tutti a parte Pepe e Tommy che a quanto pare non si uniranno alla festa.

Ordiniamo da bere, come al solito ridiamo e scherziamo sulle nostre vite, ad un certo punto James chiede a Jose.

«Qual è la cosa che vorresti di più per questo tuo compleanno?».

«Diciamo che in questo momento con tutti voi qui, non vorrei nient'altro, non ho mai avuto grandi amici, ma questi tre anni da solo a Sayulita mi hanno regalato una vera famiglia».

«Posso farti una domanda amico» continua James «come mai tra tutti i posti dove potevi andare hai scelto proprio Sayulita?».

«Vedi i genitori di Isabel sono amici dei miei, da bambino passavo le estati con lei e suo fratello nella loro casa sulla spiaggia vicino a Sayulita, eravamo noi tre e una serie di balie e governanti, io mi sentivo bene, così quando dissi ai miei che mi sarei preso del tempo per capire cosa volessi fare mi sono tornate in mente quelle estati, a come mi sentivo libero e ho deciso che avrei ricominciato da lì».

«Conosci Isabel?» dico, tutti mi guardano, è la prima volta che parliamo di lei e il racconto di Jose mi lascia intendere che anche lei un tempo sia stata felice, quello che non capisco è perché non sia stata in grado di fare come Jose e andarsene da quella famiglia.

«Si, da piccola era una ragazza vulcanica, selvaggia e tutti erano intimoriti dalla sua bellezza, sembrava uscita da un quadro ed era in grado di incantarti con il suo sguardo magnetico» posa il bicchiere che ha in mano, mi guarda e mi dice:

«Quello che le è successo è orribile, Tommy l'ha amata veramente in modo unico e non meritava quello che lei gli ha fatto passare, lui non è stato l'unico ad aiutarla, anche suo fratello ha fatto tutto quello che poteva per starle vicino, ma quando cresci con il fuoco dentro devi stare lontana dal diavolo altrimenti non riuscirai mai a spegnerlo».

Avrei mille cose da chiedergli e credo che se si presenterà l'occasione approfondirò l'argomento.

«Ci saranno anche i suoi genitori quindi domani sera, hai detto che sono molto legati ai tuoi» sono terrorizzata all'idea di incontrare quell'uomo diabolico che ha approfittato della figlia in un modo così subdolo.

«No Olivia, i miei hanno interrotto tutti i rapporti con la sua famiglia quando Isabel è partita per gli Stati Uniti, le persone simili a volte detestano rivedersi negli occhi degli altri e il mio caro paparino che non è certo uno stinco di santo ha preferito prendere le distanze da loro».

«Bene ora cosa ne dite di fare un bel brindisi?» dico alzando in aria il mio mojito ghiacciato.

«A Jose e che la vita ti porti tutto quello che desideri» tutti sollevano i bicchieri al cielo e brindiamo a lui.

«Grazie per essere qui ragazzi, significa molto per me e stasera ho programmato per voi una cena unica nel miglior ristorante di Acapulco, quindi ora andate a prepararvi che tra un'ora si parte, andiamo da Harry's a mangiare la miglior carne di tutto il Messico».

«Andiamo allora che ho già l'acquolina in bocca» dice Jackie, ci alziamo e ci separiamo per andare ognuno nelle proprie suites. In ascensore Nina mi chiede se sto bene.

«Certo Nina, cerco di non pensarci, sarebbe comunque arrivato il momento di separarmi da lui».

«Mi ha scritto Pepe, lui arriverà domani nel tardo pomeriggio, Tommy invece sta tornando a Sayulita, dice che non se la sente di stare in mezzo alla gente».

«Bene grazie per avermelo detto» guardo la porta metallica che ho davanti, mi fa male sapere che non vuole vedermi.

«Tata non si tratta di te, domani sera ci sarà anche il fratello di Isabel e lui non se la sente di incontrarlo».

«Capisco, ma ci sarò anch'io domani sera e a quanto pare non se la sente neanche di incontrare me, sai stavo pensando di non tornare proprio a Sayulita, potrei fermarmi qui fino alla mia partenza, potresti portarmi la mia valigia direttamente in aeroporto a Guadalajara».

«Non vuoi stare ancora un po' con i ragazzi a Sayulita, vorranno salutarti tutti?».

«Vedi le persone che mi vorranno salutare sono già qui, che senso ha tornare lì?».

«Non pensiamoci adesso ok, godiamoci questo trattamento extra lusso e poi vedremo cosa fare» non ci diciamo altro.

Credo che lei capisca come mi sento e immaginavo che volesse riavvicinarmi a Tommy, ma forse starci lontani è la cosa più giusta da fare, avrei voluto trascorrere tutto il tempo a disposizione con lui, ma sto seriamente pensando che in me lui abbia rivisto i giorni felici che trascorreva con Isabel, anche se continuava a dirmi che non abbiamo niente in comune io credo che sia il modo in cui lui ci ha amate ad accomunarci. Nina è in doccia, io sono seduta sulla poltrona della terrazza e guardo la luna che si specchia sul mare, da qui sembra quasi di poterla toccare e mi riporta indietro con i pensieri alle serata passata a guardare il cielo in spiaggia con Tommy, al modo in cui mi sono sentita libera e protetta, pensavo davvero che fosse una cosa unica la nostra, ma ancora una volta mi sento un passo indietro rispetto ad un' altra donna, se prima mi sentivo finalmente unica ora mi sento la donna che è arrivata dopo Isabel e quello che lei mi ha detto quando ci siamo parlate è la verità, il loro è stato un amore unico e li legherà per sempre e nessuna potrai mai cambiare questa cosa.

Sospiro, Nina viene in terrazza, prima che dica qualsiasi cosa le dico che ho ordinato il servizio in camera e stanno arrivando con lo champagne

«Fantastico è davvero quello che ci vuole lo champagne, saranno anni che non lo bevo».

«Io invece l'ultima volta che l'ho bevuto il giorno dopo sono stata rapita da un uomo che mi ha fatto vivere su una spiaggia il mio miglior sogno erotico, spero mi porti altrettanta fortuna».

Bussano alla porta è il nostro room service che arriva con lo champagne, il cameriere ci versa da bere e noi brindiamo

«Brindiamo a quello che ci riserverà domani la vita» dice Nina e io rispondo:

«Un passo alla volta e un giorno alla volta».

Ci prepariamo per la serata e scendiamo in reception dove ci siamo dati tutti appuntamento, arrivando nella hall guardo questi ragazzi e queste ragazze che stanno riempiendo le mie giornate di energie nuove.

Sono uomini e donne forti che stanno affrontando la vita con i mezzi che hanno a disposizione e il bagaglio di esperienze che si porteranno per sempre nell'anima.

Cerchiamo tutti la nostra strada, abbiamo un percorso da affrontare, ognuno seguendo i propri istinti e le proprie passioni, non sappiamo dove saremo domani e con chi, ma abbiamo deciso di affrontare il tempo a modo nostro, chi lasciando un compagno violento, chi cercando un posto da chiamare casa e chi ribellandosi alla propria famiglia.

Non c'è niente di semplice e deciso e questo è il potere che abbiamo ora per le mani.

Penso a Tommy, a quello che sta affrontando lui e a come ha deciso di viverlo e cioè lontano dai suoi amici e da me, fino a due giorni fa non avevo il coraggio di pensare a come mi sarei sentita lontano da lui, ma ora che non è qui credo che sarà meno difficile, certo tra dieci giorni sarò a casa nel mio mondo lontana dai miei nuovi amici che in questo momento sono la cosa migliore che mi potesse capitare, mi chiedo se una volta che sarò tornata a Milano avrò i mezzi per rimettermi in piedi e affrontare ancora gli uomini con la stessa passione che mi ha travolto qui in Messico. James guida il pulmino che abbiamo a disposizione, la musica assordante che esce dalle casse mi distoglie dai miei pensieri, mi accorgo che Jose sta raccontando il programma che ci ha riservato per domani

«Allora ragazzi domani mattina pensavo di portarvi a La Quebrada, non potete andare via di qui senza aver visto la gente tuffarsi da questa scogliera, poi pensavo di rilassarci dopo una buona dose di adrenalina alla spiaggia di La Condesa che è praticamente in centro, possiamo mangiare in un ristorante sulla spiaggia così se le ragazze vogliono possono andare a fare un giro per i negozi e vedere un po' la parte centrale della città, non è la mia preferita, ma dovete comunque vederla, nel pomeriggio dobbiamo tornare in hotel e prepararci per il circo che ha messo in piedi mia madre. Ci state? Oppure se preferite mia madre nella villa che ha affittato per l'occasione terrà un pranzo formale con i loro amici e i miei parenti».

Beh devo dire che nessuno di noi ha dubbi sul da farsi e optiamo tutti per la prima ipotesi, Alexis chiede informazioni sulla storia dei tuffi e Jose ci racconta che alcuni ragazzi di Acapulco sfidano la sorte tuffandosi da una scogliera La Quebrada appunto alta quaranta cinque metri, è un piccolo fiordo riparato dove se non stai attento e non valuti bene la marea ti potresti trovare sfracellato nelle rocce che ci sono sul fondo della gola profonda solo quattro metri, per capire se ci saranno o meno tuffi basta guardare la marea e domani mattina verso le dieci dovrebbe essere perfetta, dovrebbe perché se il mare è mosso, non riescono a capire la profondità dell'acqua, insomma una cosa da pazzi veri penso, che senso ha sfidare la vita in questo modo ci chiediamo tutti, ma qui è una vera prova di coraggio .

«Pensate che persino Elvis Presley si tuffò da quella scogliera per amore di Ursula Andress cantando "Bossa Nova Baby", come se non fosse già abbastanza folle farlo di giorno, questi ragazzi hanno le palle per tuffarsi anche di notte tenendo in mano delle torce durante il salto, beh lo spettacolo è unico, ma ve lo risparmio» ci racconta Jose.

«È mai morto nessuno?» chiede Alexis.

«Non ci crederete, ma in ottanta anni di tuffi nessuno è mai morto, dicono che sia per merito della statua della Vergine di Guadalupe che si trova proprio di fianco al punto in cui partono i tuffi» siamo tutti esterrefatti da queste informazioni e ci ritroviamo di fronte al ristorante Harry's.

Ad accoglierci c'è il maître del ristorante che saluta Jose come se fosse un suo parente stretto e ci accompagnano al nostro tavolo. Il ristorante è elegante e raffinato, al centro della sala c'è una sorte di torre in legno piena di bottiglie delle migliori cantine del mondo e nella parete verso la cucina in un enorme frigo di vetro che sembra quasi una scultura sono esposti i migliori tagli di carne che possano esistere.

Ci portano gli aperitivi che abbiamo ordinato, devo dire molto ricercati, gli uomini optano per dei Negroni classici mentre noi ragazze ci dedichiamo a cose più tropicali dai nomi afrodisiaci.

Ceniamo divorando le pietanze nei nostri piatti come se non mangiassimo da un secolo, non avevo mai mangiato della carne tanto perfetta e devo dire che il cuoco è riuscito ad esaltarla con spezie e gusti esotici. Arriva il dolce che è già mezzanotte e noi siamo pronti a festeggiare il nostro amico Jose come merita, il Dj mette musica dalla postazione in fondo alla sala, le luci sono soffuse e noi ci lasciamo trasportare in questa magica notte messicana.

Lasciamo il locale che sono le due del mattino, arriviamo in hotel e lo spettacolo è davvero pazzesco, questo posto non è bello solo di giorno, la notte si trasforma in un caleidoscopio di colori che mettono in risalto le forme sinuose e affusolate dell'edificio, è un'esplosione di sfumature, dal verde al viola, sapientemente dosate con maestria e arte.

Rimaniamo incantati a guardare questo gioco di luci sdraiati sui lettini della piscina, gustandoci ancora un po' i colori e i profumi di questo posto unico. Jose si alza e va verso la balconata che dà sulla scogliera che si estende fino a toccare il mare, mi avvicino a lui.

«Auguri amico mio, ti auguro davvero che tu possa trovare la tua strada» gli dico abbracciandolo da dietro, lui si gira.

«Grazie Olivia, sei una creatura meravigliosa e sono felice di averti incontrato in questa vita» mi viene da ridere, voglio dargli il mio regalo.

«Tieni Jose questo e per te» e gli porgo una busta, dentro c'è una lettera che non legge e un biglietto aereo per l'Italia fissato tra sei mesi, lui guarda la lettera e mi fa l'occhiolino.

«Sapevo che eri pazzamente innamorata di me e non avevi il coraggio di confessarlo» io sorrido con il cuore.

«Me lo dicono tutti che sono come un libro aperto» lo abbraccio e lo sprono ad aprire l'altra parte del regalo che continente il biglietto aereo.

«Forza apri il tuo regalo» la sua faccia racconta tutta la sua felicità quando si rende conto di cosa si tratta.

«Ma sei impazzita Olivia, non dovevi!».

«Oh, sì invece, c'è ancora tanto della nostra amicizia da scoprire e non vedo l'ora di portarti in giro per l'Italia e farti conoscere delle meravigliose donne italiane».

«Beh, solo quelle valgono il viaggio» mi abbraccia forte, guardo questo meraviglioso ragazzo che ha solo bisogno di spiccare il volo con le sue ali.

«Promettimi che non mancherai a questo appuntamento?».

«Non lo perderei per niente al mondo, contaci», mi prende per mano.

«Sarà meglio andare prima che gli altri comincino a farsi strane idee su di noi cosa che non mi dispiacerebbe affatto», quando ritorniamo dagli altri in piscina, Jose alza la mano nella quale tiene il biglietto per la sua prossima tappa e la agita in aria, annuncia ai ragazzi che tra sei mesi partirà per l'Italia, tutti applaudono e fischiano poi James si alza e lo butta in piscina, scoppiamo tutti a ridere, e ci tuffiamo anche noi vestiti a festeggiare in piscina.

Non ho idea dell'ora in cui siamo tornate in camera, io e Nina ci facciamo la doccia poi ci sdraiamo sul divano sulla terrazza e aspettiamo che il nostro cameriere ci porti altro champagne, ne approfitto per chiederle qualcosa di Pepe, ma che riguardi solo loro, mi dice che lui ha deciso di andare con lei in Costa Rica e forse poi anche in Brasile e sono davvero contenta per loro, Pepe è il punto di riferimento per tutti, saggio forte e determinato, anche lui vuole una famiglia e anche lui non è sicuro di voler vivere per sempre in Messico quindi le premesse sono ottime, Nina si alza per andare ad aprire al cameriere, poi torna con due bicchieri pieni e mi chiede.

«Hai più avuto notizie di Mr Champagne?» la guardo stupita, pensavo volesse sapere altro così le rispondo.

«No, più avuto notizie, un paio di mail, ma non so esattamente dove sia» e lei risponde

«Peccato, mi sarebbe piaciuto conoscerlo, per averti smosso così deve proprio saperci fare».

«Piantala Nina cosa vuoi sapere?».

«Come è stato l'approccio, in Italia un uomo se solo avesse osato avvicinarti sarebbe stato incenerito dal tuo sguardo da stronza, quindi mi domando come abbia fatto lui a far cadere le barriere?».

«Beh, semplice si è comportato da stronzo egocentrico ed è scattata la sfida a chi riusciva ad essere più stronzo» lei ride.

«Tipico di te Olivia, quando qualcuno ti lancia una provocazione tu abbocchi come un ton.no»

«Beh, le sue non sono state provocazioni, diciamo che mi ha lasciato dei messaggi che mi hanno colpita, poi mi ha regalato il vestito dei miei sogni e invitato nel più bel ristorante al mondo».

«Se mai lo incontrerò gli consiglierò di brevettare questa tecnica di approccio».

«Ma cosa dici è stato pazzesco e credimi a cena mi sono presentata ma, poi ho preso solo lo champagne e me ne sono andata».

«Sei una grande, l'hai mollato lì da solo?».

«Non era solo aveva il suo ego a fargli compagnia» e scoppiamo a ridere di gusto.

«Ha ragione ad evitarti come la peste».

«Ti sbagli mia cara, dopo avermi fatto trovare la cena in camera, la mattina mi ha attirato sulla spiaggia per una cavalcata all'alba e la scopata del secolo».

«Forse sei tu a dover brevettare queste strategie Tata».

«Niente strategie Nina, ero terrorizzata, stronzate a parte ero davvero vulnerabile, ho voluto sfidarmi sì, ma poi quando mi sono trovata lì sono andata nel panico e sono scappata».

«Ascoltami Olivia quando Domenico ti minacciava tu non sei scappata, ti sei solo protetta, quando è stato il momento di denunciarlo tu avresti potuto non farlo e non testimoniare, lasciare che fossero le altre ad esporsi e invece hai deciso di farlo perché volevi affrontare e chiudere quella storia, hai dimostrato coraggio e non ti sei mai fatta intimidire dalle sue minacce, lui era un uomo potente e ti aveva fatto tabula rasa intorno, ma tu ti sei allontanata e hai continuato con la tua vita».

«Vedi quando dici che io ho continuato con la mia vita in realtà non è vero, quando sono andata a New York io uscivo solo se c'era qualcuno con me, quando qualcuno ti priva della tua libertà ti senti in gabbia e ogni volta che suonava il telefono o qualcuno chiedeva di me io ero terrorizzata, pensavo di trovarlo ovunque, avevo perfino paura di andare in bagno da sola, ho avuto gli incubi per due anni e ancora adesso quando chiudo gli occhi ho paura di trovarmelo davanti, lui non mi ha solo minacciato fisicamente, lui mi ha tolto la sicurezza, ha manipolato la mia vita e io mai avrei pensato di poter uscire viva da quell'inferno, io ho avuto la mia famiglia che mi ha aiutato a riconquistare fiducia e sicurezza, voi mi avete protetto, ma ora credo sia il momento per me di riprendermi davvero la libertà che mi e stata tolta decidendo da sola le prossime mosse».

«Giusto, ora però andiamo a dormire altrimenti domani mattina saremo noi a volerci buttare giù da quella scogliera, abbiamo una giornata eterna che ci aspetta domani».

Ci alziamo, ci abbracciamo e ci diciamo quanto bene ci vogliamo a vicenda, Nina va a coricarsi nel suo letto e io mi sdraio accanto a lei, tornare a parlare di questa brutta storia mi fa ancora sentire vulnerabile per cui chiudo gli occhi abbracciandola e sentendomi a casa.

La mattina ci sveglia la reception come avevamo richiesto, guardo l'ora sul comodino e sono le nove, vorrei davvero buttarmi giù dalla scogliera piuttosto che alzarmi, Nina dorme accanto a me e la sveglio facendole il solletico come quando lei era una ragazzina e io una bambina dispettosa.

Si sveglia protestando, apro le tende e la vista che abbiamo davanti è impagabile

«Nina vieni a vedere che meraviglia!» lei borbottano si alza e mi raggiunge.

«Pazzesco, sembra che non ci sia infinito e che il cielo si fonda con il mare».

«Vero, che vista pazzesca, mi mancherà quando tornerò nel mio appartamento a Milano».

«Allora goditi la vista, io vado ad ordinare la colazione in camera», rimango lì a registrare quella vista spettacolare e a godermi la pace di questo momento.

Ci troviamo fuori dall'hotel, devo dire che io sono sempre stata allergiche alle gite organizzate, i tour turistici e altre stronzate del genere, ma girare tutti insieme in pulmino è davvero divertente, James è il nostro Dj e Jose la nostra guida, noi sembriamo scolaretti in vacanza ed è davvero divertente.

Arriviamo a La Quebrada verso le 10 a quanto pare la marea è perfetta per tuffarsi e infatti ci sono una decina di persone che presumo vogliano sfidare la sorte da un'altezza che dal vivo è davvero impressionante.

Noi ci appostiamo di fronte al punto dove si tuffano, hanno costruito varie terrazze dove i turisti o i curiosi possono avere la visuale perfetta per guardare i tuffi , il primo a buttarsi avrà circa vent'anni, rimane un po' a fissare lo specchio d'acqua al momento calmo sotto di lui, poi ad un tratto piega le ginocchia, si dà la spinta, salta in avanti, fa un tuffo con capriola e arriva in acqua con una verticale perfetta, dopo aver trattenuto il fiato per lui tutto il tempo, quando riemerge tutto integro dall'acqua viene accolto con un'ovazione da parte nostra, così altri ragazzi più o meno atletici sono pronti a saltare, la cosa strana è che dopo essere scampate alla morte con il tuffo le persone si devono arrampicare ovviamente a piedi scalzi lungo tutta la scogliera per tornare al punto del salto è una bella arrampicata anche quella non per principianti.

Rimaniamo un po' a guardare i tuffi, esultando ogni volta che qualcuno riemerge dall'acqua, poi risaliamo in pulmino e ci dirigiamo nella spiaggia che ci ha consigliato Jose ad Acapulco.

Arriviamo prima di pranzo e appena scese noi ragazze ne approfittiamo per andare a fare un giro lungo la via che costeggia il mare dove ci sono i negozi più commerciali e devo dire che mi aspettavo qualcosa in più, mi spiegano che Acapulco negli anni ottanta era meta di turisti americani ed europei, ma oggi anche per il fatto che i cartelli della droga si sono stabiliti qui è abbastanza pericolosa, per questo la famiglia di Jose ha prenotato strutture lontane dal centro e molto più isolate, senza contare il fatto che a parte la spiaggia che è lunga e carina, l'architettura non è delle migliori, i grattacieli per lo più occupati da hotel risalgono ai tempi d'oro del turismo di massa, quindi dopo un giro veloce torniamo dai ragazzi che stanno bevendo birra e facendo apprezzamenti sulle ragazze che ci sono in spiaggia, mangiamo in un chiosco di un amico di Jose e poi nel primo pomeriggio torniamo nella nostra oasi felice in mezzo alle colline lontane da tutto questo caos. Quando arriviamo i preparativi per la festa sono al culmine, decine di camerieri stanno organizzando le postazioni dove verrà servito il cibo c'è un gran fervore e appena entriamo alla reception il direttore dell'hotel comunica a Jose che la madre lo sta cercando, lui capisce la vastità del dramma che lo aspetta e la raggiunge in piscina, ci chiede di seguirlo in modo da presentarcela subito.

Quando arriviamo una donna dai capelli neri, non troppo alta, ma tonica e molto elegante viene verso di noi e allargando le braccia si tuffa su Jose piangendo l'assenza del suo bambino adorato in questi giorni.

«Mio caro, tuo padre ed io siamo molto dispiaciuti che tu non abbia voluto stare da noi alla villa in questi giorni, non ti vediamo mai e volevamo trascorrere un po' di tempo con nostro figlio», ha il tono dispiaciuto, ma autoritario, penso che questa non sia la classica donna tipo la madre di Isabel che si fa intimidire dal marito ambasciatore, Jose nel frattempo ci presenta alla donna che sembra sollevata nel vedere che il figlio trascorre la sua vita con delle persone più che presentabili, forse pensavano che si fosse trasformato in una sorta di hippy e vivesse con i suoi amici fumati in mezzo alla foresta, invece quando ci vede ha parole gentili per tutti noi, continuando a ripetere a me e Alexis che siamo donne bellissime e ai ragazzi che se fosse ancora giovane e single avrebbe fatto la corte ad ognuno di loro, Jose mi sembra sollevato dalla reazione della madre che lo prende sotto braccio e si allontana con lui.

Noi ne approfittiamo per dileguarci e quando arriviamo nella hall scopriamo che Pepe è appena arrivato e ci sta venendo incontro per salutarci, ci abbraccia tutti poi, arrivato davanti a Nina le dà semplicemente un meraviglioso bacio e le dice che questi giorni senza di lei sono stati eterni.

Pepe mi comunica che Nina stanotte dormirà nella sua suite e che mi dispiace, ma non ho voce in capitolo.

«Sempre meglio che dividere la camera in tre, divertitevi ragazzi io vado a farmi una doccia e a prepararmi, la madre di Jose ha detto che dobbiamo farci trovare in piscina per le sei e mezza e io se fossi in voi non la farei aspettare, non mi sembra una donna molto tollerante, quindi datevi da fare che non avete troppo tempo, ci vediamo dopo».

«A dopo» mi dicono in coro.

"Beati loro penso, quanto vorrei qualcuno al mio fianco", sono sicura che durante la serata avrò modo di parlare di Tommy con Pepe e sono davvero curiosa di capire dove sono stati e cosa hanno fatto in questi giorni, nessuno ovviamente mi deve delle spiegazioni a questo punto, ma voglio capire come si sente e che programmi ha per il futuro.

In questo tempo in cui siamo stati lontani, ho costantemente tenuto sott'occhio la mail, ma non ho trovato neanche una sola parola da parte sua e questo mi è dispiaciuto moltissimo devo essere sincera, speravo che volesse chiudere in modo meno drastico, lasciando una speranza aperta, ma evidentemente non è quello che desidera.

Una volta in camera apro l'armadio e guardo l'abito che indosserò stasera, il dress code prevede di essere estremamente eleganti e io ho in mente una sola opzione per la serata e cioè l'abito nero di Versace che guardo con occhi sognanti appeso all'appendino e ripenso alla serata con l'uomo che me lo ha regalato e a come mi ha fatto sentire.

Ho esattamente tre ore per prepararmi, mi faccio una doccia poi chiamo il servizio in camera e ordino dello champagne, sembra che non riesca più a farne a meno quando sono giù da quando sono partita, quando tornerò a Milano dovrò procurarmene un bel po' penso, apro il pc portatile che le suite hanno in dotazione, controllo la mail e di Tommy ancora nessun segnale, così al secondo bicchiere mi faccio forza e gli scrivo io.

OGGETTO: TOMMY Y LAS OLAS

Caro Tommy,
ormai sono passati quattro giorni da quando ci siamo
lasciati a casa tua, ogni giorno controllo la mail sperando
di trovare un tuo messaggio, una parola su come stai, dove
sei e cosa provi, ma non ho trovato niente. Hai bisogno di
elaborare quello che è successo e lo rispetto, ma io volevo
essere al tuo fianco e aiutarti a superare questa cosa come
tu hai aiutato me ad aprire nuovamente il mio cuore. Tommy,
guardandoti nell'acqua, vivendo il tuo tempo e il tuo luogo
ho capito quanto sei in pace nel tuo mondo, mi hai inebriato
con le tue storie e la tua vita… Grazie! Mi mancherà tutto
di te, ma sono contenta perché abbiamo avuto il tempo per
conoscerci, amarci, raccontarci, viverci, siamo entrati uno
nella vita dell'altro facendoci largo tra i mostri del
passato, abbiamo superato le nostre paure, ci siamo scoperti
e dichiarati per quello che siamo realmente e ci siamo amati
anche per questo. Volevi che diventassi una donna ancora
più forte di quello che già sono ed è per dimostrarti la
mia forza che torno a casa. Sono sicura che ci incontreremo
ancora, come Hina e Ku, anche se solo per un breve istante
quando il sole tramontando lascia spazio alla luna. Ci sono
parole nascoste, pensieri che l'anima può solo sussurrare,
brividi che ti fanno capire quanto intenso può essere uno
sguardo, attimi caldi come venti lontani, ostacoli alti come
onde del mare, al di sopra di tutto e oltre tutto ci saremo
sempre noi. Voglio che tu sappia che quello che abbiamo
condiviso nel tempo che siamo stati insieme è stata la
miglior medicina possibile per me e che anche per questo
non ti dimenticherò mai.
Con affetto
Olivia

Mi verso altro champagne e premo invio.
Mi alzo dalla scrivania e vado a guardare ancora il mio quadro preferito
fuori dalla finestra, guardo questo oceano blu che si fonde con il cielo,
non ci sono barche, non ci sono onde, solo una distesa infinita del mio
colore preferito, abbasso lo sguardo e in piscina fervono gli ultimi
preparativi, decido di andare a prepararmi, di guardare avanti come
sempre e di farmi forza per affrontare la serata e i prossimi giorni.
Raccolgo i capelli in uno chignon morbido, mi trucco leggermente gli
occhi e indosso il vestito che ormai è diventato il mio compagno di serate

preferito, calzo i miei sandali Louboutin neri, mi metto un filo di gloss, poi mi guardo allo specchio e sorrido alla donna che ho davanti, una donna forte, tenace, testarda che sa essere anche ironica e spavalda, faccio un bel respiro e vado verso la festa, inebriata dallo champagne e pronta ad accompagnare il mio amico Jose davanti alla sua famiglia.

Il mio accompagnatore non mi molla mai, anche gli altri ragazzi ci hanno raggiunto, Nina e Pepe sembrano più complici che mai e io sorrido alla loro amicizia speciale, la madre di Jose ci trascina tutti da una parte all'altra della festa, introducendoci a tutti i loro amici impettiti, ci presenta orgogliosa come se fossimo dei trofei e non fa altro che parlare bene di suo figlio, continua a dire che ora è in America a studiare diritto internazionale per diventare ambasciatore come suo padre, ma io non credo che questo avverrà mai.

Servono l'aperitivo in piscina e devo dire non pensavo che questo posto potesse essere ancora più bello di come già lo avevo visto, hanno portato altre piante, ci sono fiori e alzate ovunque, le luci a led colorate mettono in risalto l'architettura dell'hotel in modo sublime.

Ad un certo punto Jose si avvicina ad un uomo di schiena, lo chiama Sebastian e lui si gira, cerco di sorreggermi al mio amico per non svenire, lui mi chiede se sto bene e poi mi presenta l'uomo che è di fronte a me, indossa uno smoking e dire che gli sembra cucito addosso è riduttivo.

«Sebastian ti presento la mia carissima amica Olivia» lui sembra sorpreso quanto me, allungo la mano come un'autonoma, lui la prende e mi fa il baciamano da perfetto cavaliere qual è.

«Questo vestito ti sta in maniera sublime Olivia» mi guarda con quel suo sguardo magnetico, io non ho più la salivazione e ancora una volta sono davanti a lui senza parole.

«Ti ringrazio, è un regalo da parte di un uomo che riesce sempre a sorprendermi» riesco a dire.

«Jose se mi avessi detto subito che alla tua festa c'erano donne tanto affascinanti non avrei fatto tante storie e avrei accettato subito l'invito» dice Sebastian con un sorriso malizioso.

«Devo correre a dire a mia madre che hai finalmente riaperto gli occhi sul genere femminile, sai Olivia lui è lo scapolo d'oro del Messico, ma non lo si vede mai apprezzare le donne e stanno iniziando mio caro amico a circolare strane voci sui tuoi gusti» dice Jose dando una pacca sulla spalla del suo amico.

«Diciamo che sono rare le donne che riescono ad attirare la mia attenzione» io gli sorrido, mi sento rossa in viso e le mani mi sudano, quindi ne approfitto per scusarmi con loro e allontanarmi per riprendere a respirare.

Cammino verso il bar dove chiedo al cameriere un bicchiere di champagne che butto giù tutto d'un fiato, credo di aver sviluppato la dipendenza da certe bollicine in questa vacanza, dovrò trovarmi un gruppo di recupero una volta a casa altrimenti finirò in rovina.

Mi allontano un po' dalla festa, ho bisogno di ossigenare il cervello, di capire se ho avuto una visione o era veramente lui, vado verso il fondo della piscina che dà sulla collina sottostante, c'è una stellata spettacolare, ad un tratto dietro di me sento il suo profumo invadermi, lui con i polpastrelli della mano mi sfiora la spalla e mi tocca la mano, io mi sento mancare per la sensazione delle sue mani ancora sul mio corpo, mi appoggio alla ringhiera per non cadere a terra.

«Ciò che è destinato a te troverà il modo di raggiungerti» mi dice, la voce è calma ma non rilassata, riconosco la frase, me l'ha scritta nell'ultimo biglietto che ho trovato in macchina prima di partire da Cabo San Lucas.

«Scapperai ancora Olivia?» mi giro, lui mi guarda prima le labbra e poi i suoi occhi magnetici sono sui miei.

«Non sono scappata, sono partita» gli dico.

«E che programmi hai questa volta?» mi chiede.

«Ho un aereo tra nove giorni».

«Non male rispetto all'ultima volta, stiamo facendo progressi» mi viene da ridere e anche lui lo fa, che situazione incredibile, quando penso di aver pianificato qualcosa a lunga durata che nel mio caso, al momento, consiste in nove giorni ecco che tutto viene stravolto di nuovo.

Sento Jose chiamarmi e lo vedo avvicina a noi, decido di raggiungerlo prima che arrivi lui qui.

«È meglio che vada ora» mi allontano e lui mi dice:

«Adesso so dove trovarti», io mi giro e lo guardo.

«Suona come una minaccia!» rispondo.

«Non è una minaccia, ma una promessa» gli sorrido, mi giro e vado verso il mio amico che mi sta tendendo la mano per accompagnarmi a ballare.

«Hai fatto colpo amica mia!».

«Dai smettila è tutto merito di questo vestito che mi fa sembrare qualcuna che non sono» cerco di cambiare discorso.

«E cosa non saresti Olivia?».

Siamo in mezzo alla gente, stiamo ballando una canzone lenta e sembriamo proprio una bella coppia, mi guardo intorno alla ricerca dei miei amici, ma i miei occhi ne trovano solo un paio e devo dire che l'impresa di non fissarlo tutto il tempo della canzone è davvero difficile. Si uniscono a ballare anche gli altri invitati e perdo il suo sguardo, poi lo vedo in lontananza parlare con la madre del festeggiato e sembra turbato, Jose mi riporta a noi due.

«Allora Olivia mi stai ascoltando? Ti sto dicendo quanto tu sia incredibilmente sexy con questo abito» cerco di concentrarmi su quello che mi sta dicendo il mio amico.

«Grazie Jose, ma tu mi hai visto e sai che nella vita di tutti i giorni non sono questo tipo di donna provocatrice» lui ride.

«Vedi Olivia la tua bellezza sta anche nel fatto di non renderti conto dell'effetto che hai sugli uomini, sei più che una provocatrice, solo che non lo fai con stupide moine, ma con quella lingua lunga che ti ritrovi» gli do una pacca sulla schiena e gli chiedo:

«E tu dici di essere mio amico?».

«È un complimento!».

«La prossima volta che vuoi fare colpo usa frasi del tipo sei fantastica bla bla bla».

«Ma io non voglio fare colpo su di te, tu sei già follemente innamorata di me!».

«Ah sì, tu credi».

«No Olivia, scherzo, non ti vorrei mai come donna, perché questo vorrebbe dire rischiare di perderti, io ti sarò accanto come amico che è anche meglio», lo guardo gli do un bacio sulla guancia, ha proprio ragione ci siamo legati molto e credo che due amici leali abbiano statisticamente più probabilità di portare avanti un'amicizia ai due poli opposti del mondo piuttosto che una storia d'amore.

La musica finisce e noi ci allontaniamo dalla pista, raggiungiamo gli altri che sono riapparsi, andiamo a bere al bar e Nina si avvicina a me

«Stai bene Tata?» la guardo strabuzzando gli occhi, lo sa benissimo quanto quella domanda mi metta a disagio, me la ripete cento volte al giorno, vorrei dirle di Mr Champagne come lo abbiamo soprannominato, ma non voglio che la cosa diventi di dominio pubblico.

Potrebbero parlare con Tommy e dirgli che mi hanno visto con un uomo, così la guardo, mi scolo l'ennesimo bicchiere di champagne e le rispondo che la festa è pazzesca e sto alla grande.
«Sai Pepe ha prenotato il volo per la Costa Rica».
«Ma è fantastico vedi basta solo avere pazienza».
Andiamo tutti a ballare, non so che fine abbia fatto il mio amante misterioso, ma non posso mollare tutti e correre a cercarlo, sembrerei patetica e io non lo sono quindi mi godo la serata, ad un certo punto noi ragazze ci togliamo le scarpe, balliamo e cantiamo a squarciagola la musica che il DJ suona per noi, ci abbracciamo e sono davvero contenta ancora una volta di essere in mezzo a loro, ci abbracciamo, siamo tutti un po' ubriachi, ci accorgiamo che gli ospiti sono via via andati a casa e noi siamo praticamente rimasti gli ultimi della festa, mi guardo attorno e del mio uomo misterioso non vedo traccia, non può essere sparito nel nulla, mi giro su me stessa, mi guardo attorno, ma non c'è, penso che possa essere stato solo una fantasia, dico agli altri che devo andare alla toilette e con la scusa mi allontano dal gruppo, vado verso il bagno e sono tentata di chiedere alla reception informazioni su di lui, forse alloggia qui, forse qualcuno lo ha accompagnato in hotel, l'ultima volta stava parlando con la madre di Jose e non mi sembrava fosse una conversazione piacevole, penso che potrei chiedere a Jose informazioni sul suo amico, ma non voglio destare sospetti quindi sconsolata mi guardo allo specchio, ho la faccia un po' stanca per l'alcool e la serata forse e meglio che vada a dormire mi dico.
Così esco dal bagno, saluto i ragazzi, ringrazio Jose e vado in camera mia, vorrei chiamare e chiedere dell'altro champagne, ma penserebbero che io sia una alcolizzata quindi solo, e dico solo per pudore, non chiamo il servizio in camera.
Inserisco la chiave entro in stanza, mi sdraio di peso sul letto e cadendo mi rendo conto che c'è un biglietto sul comodino, sorrido come una ragazzina davanti ad una scatola di caramelle e apro il biglietto:

"Nulla impedirà al sole di sorgere ancora, nemmeno la notte più buia. Perché oltre la nera cortina della notte c'è un'alba che ci aspetta" Khalil Gibram

Sorrido, alla mia scatola di caramelle, quest'uomo ci sa proprio fare con le citazioni penso, ma come lo ritrovo adesso?

 Mi metto a letto sconsolata, mi rialzo e penso, lui ha sempre trovato me, anche stavolta, quindi non devo preoccuparmi, arriverà o mi dirà cosa fare.

Crollo addormentata sul letto, ancora una volta ubriaca di champagne e con lo stesso abito dell'ultima volta, ma questa volta con il cuore meno pesante.

Mi sveglio di colpo, cerco di riordinare le idee, chiamo Nina e subito dopo mi ricordo che non dorme con me stanotte, vado ad aprire alla porta, Mr Champagne è davanti a me, indossa un jeans e una camicia bianca di lino un po' sbottonata con le maniche arrotolate, mi guarda dalla testa ai piedi, devo avere un'aria davvero sconvolta, non mi sono neanche struccata prima di andare a dormire, non è da me penso, da quando avevo quattordici anni e cominciavo a truccarmi mia nonna mi ha sempre ripetuto di usare una crema idratante la sera e la mattina e di non andare mai a dormire truccata "perdonami nonna so che capirai" penso.
Lui mi sta fissando con un braccio appoggiato alla porta e io non parlo, fortunatamente lo fa lui.
«Lo togli mai questo vestito? Dovrò regalarti qualcos'altro» sono imbarazzata, effettivamente mi ha sempre visto giorno e notte solo con questo vestito.
«Posso entrare?» oh mio dio che maleducata, siamo sulla porta in mezzo al corridoio, certo che deve entrare prima che lo veda qualcuno
«Certo scusami mi sono appena alzata, ho bisogno di una doccia tu accomodati pure faccio in un attimo», lui entra e va verso la terrazza, apre le tende e la porta, poi va a sedersi sul divano, corro in bagno e mi faccio la doccia più veloce della mia vita, mi vesto al volo con dei jeans e una t-shirt bianca, esco e in terrazza c'è la colazione ad aspettarmi insieme ad un uomo incredibilmente sexy anche in jeans, sorrido come un idiota e sforzando di trattenermi e sembrare seria esco sul balcone, lui mi guarda con un sorrisino, indica la colazione sul tavolino che ha ordinato.
«Hai fame?» mi siedo davanti a lui e rispondo:
«Una fame da lupi, grazie» lui mi versa del caffè, mangia un croissant e mi dice:
«Abbiamo un programma questa mattina, spero tu non abbia altri impegni?».
«Non stiamo correndo un po' troppo facendo dei programmi insieme?»
«Non ti lascerò andare questa volta».
«Dove andiamo di bello?».

«Ti porto a La Roqueta, è l'isola di fronte ad Acapulco, tranquilla torneremo dopo pranzo, prendi un costume e se sei pronta dobbiamo proprio andare».
«Agli ordini signore andiamo» ci alziamo, prendo le mie cose, scendiamo nella hall deserta, non ho idea di che ore siano, l'hotel è stato completamente sistemato, fuori è ancora buio e lui mi accompagna alla macchina.
«Andiamo con questa?» chiedo indicando una jeep cabrio.
«Non posso sempre portarti a cavallo, dovrai fartene una ragione», mi apre la portiera e mi strizza l'occhiolino, poi fa il giro della jeep, sale e partiamo, la macchina non ha la cappotta, l'aria è fresca ma piacevole, mi alzo in piedi e appoggio le mani al tettuccio, i capelli al vento, respiro profondamente e guardo il paesaggio, in lontananza le luci di Acapulco, in fondo vedo l'alba iniziare sorgere, torno a sedermi, allaccio le cinture e gli chiedo:
«Allora, raccontami di te?»
«Cosa vuoi sapere?» risponde.
«So che lavori come direttore in un resort, ami le citazioni e che vai a cavallo raccontami quello che mi manca?» lui sorride, mi guarda, è sexy anche quando guida penso.
«Temo che le tue informazioni non siano del tutto corrette» lo guardo.
«No? Allora illuminami».
«Non sono il direttore dell'hotel, sono il proprietario, quel giorno non dovevo essere a Cabo, ma qualcosa ha attirato la mia attenzione».
«Non capisco, alla reception mi hanno passato il direttore?».
«Diciamo che non si aspettavano di vedermi arrivare, ma ho cambiato i miei piani e sono piombato in hotel dicendo di trattarmi come il direttore».
«E cosa ha attirato la tua attenzione?».
«Tu!».
«Non capisco, non mi avevi visto, forse sei rimasto colpito dalla mia voce al telefono?».
«Oppure dalle tue richieste assurde, oppure diciamo che ti ho vista a Dallas fare quella scenata alla ragazza del desk, ti ho guardata e ho capito che non dovevi essere un tipo facile, la tua sfuriata mi ha divertito molto, così ho chiamato il mio hotel a Cabo affinché ti ospitasse, ho cambiato i miei piani e mi sono diretto lì per cercare di capire che tipo tu fossi» siamo fermi ad un semaforo lui mi guarda e io sono allibita.

«Mi hai seguita!».

«No, ti ho ospitata nel terzo hotel più bello al mondo, sai nessuno ha mai avuto il tuo trattamento».

«Cosa ci facevi a Dallas?».

«Ero diretto a San Francisco per lavoro».

«E che lavoro fai di preciso?».

«Ho una società che acquista e gestisce hotel di lusso in tutto il mondo».

«Wow e quanti hotel hai?».

«Al momento undici» sono sbalordita.

«E dove vivi?».

«Vivo tra New York e Londra, ma per lavoro sono sempre in giro per il mondo».

«Da quanto tempo conosci Jose?».

«Da piccoli trascorrevamo le estati insieme, ora basta parlare di me sei pronta per vedere un'alba spettacolare?».

Sono scioccata, lui è il fratello di Isabel, non so cosa pensare, vorrei fargli un milione di domande, ma non voglio che quella donna piombi nuovamente nella mia vita a rovinare tutto ancora.

«Sempre pronta, dove stiamo andando?» parcheggia vicino un piccolo porticciolo, scende dalla Jeep, viene ad aprirmi la portiera, poi dal bagagliaio prende una sacca, mi prende per mano e ci incamminiamo sul pontile in legno di un piccolo porto di pescatori, quando arriviamo davanti ad una barca che si chiama Ama un signore si affaccia e lo chiama con affetto.

«Sebastian quanto tempo!» gli allunga la mano, lui fa altrettanto con me e saliamo su questa braca da pesca, mi dicono di stare attenta a tutte le varie corde e ai vari attrezzi che ci sono sparsi ovunque per terra.

«Se siete pronti partiamo manca poco all'alba» dice il nostro capitano, Sebastian viene verso di me e mi dice:

«Olivia, Armando ci porterà fino alla Roqueta, poi andremo a fare un po' di snorkeling c'è una grotta sull'isola dove si vedono dei pesci meravigliosi».

«Hai pensato a tutto!».

Armando ci chiama, andiamo verso di lui e ci indica il sole che sta sorgendo da dietro le colline di Acapulco, la luce è spettacolare, il cielo sembra una tavolozza di colori dal rosso all'arancio, Sebastian mi abbraccia da dietro, poggia la testa sulla mia e mi chiede:

«Cosa vorresti fare nei prossimi otto giorni?» si mette davanti a me, è appoggiato sul bordo della barca, siamo a prua e siamo soli, davanti a noi solo l'oceano, mi prende il viso con le mani, mi guarda in modo dolce, ma intenso.

«Pensavo di restare qui ad Acapulco un paio di giorni, gli altri tornano a Sayulita, ma io vorrei stare ancora un po' in giro».

«Da dove parti per l'Italia?».

«Da Guadalajara, poi faccio scalo a New York».

«Potresti fare una scenata anche lì e vedere cosa riescono a fare?».

«Sai ero orgogliosa di aver ottenuto il trattamento Royal Service, ma ora che so che è stato solo per merito tuo, non sarò più così spavalda in aeroporto» lui ride di gusto guarda le mie labbra, ma non mi bacia.

«Tira sempre fuori le unghie ragazza mia, sei adorabile quando lo fai».

Dio che sensazione meravigliosa, il modo in cui lui mi parla e le parole che usa sono incredibili, sto letteralmente morendo dalla voglia di divorarlo, ma lui mi tiene a distanza di sicurezza.

Arriviamo al piccolo molo dell'isola, Armando mi aiuta a scendere dalla barca e Sebastian gli dà una pacca sulla spalla ringraziandolo e dandogli appuntamento dopo pranzo, mi fa strada verso la spiaggia, lui poggia la sacca sulla sabbia, poi estrae un telo, delle maschere da snorkeling, me ne porge una della mia taglia e mi dic:e

«Andiamo a procurarci il pranzo».

Si incammina verso l'acqua, si toglie i jeans e la camicia, li appoggia sul telo, rimane nudo e se pensa che questo non mi faccia effetto forse si è perso qualche passaggio, mi guarda come un bambino con aria divertita.

«Dobbiamo andare a pescare?» chiedo.

Lui dalla sacca estrae una sorta di arpione e si incammina verso l'acqua, sembra uscito da un film di 007.

«Mi devi una cena ricordi, stavolta te la caverai con un pranzo dai muoviti».

Comincio a spogliarmi, sotto il suo sguardo ipnotico, mi sfilo la t-shirt, non ho il reggiseno e quando mi vede con solo due balzi è davanti a me, mi sento andare a fuoco sotto il suo sguardo, con malizia mi sfilo i jeans e poi gli slip, lui mi sta letteralmente divorando, noto con piacere che è emozionato tanto quanto me.

Senza dire niente, ma semplicemente mangiandomelo con gli occhi lo supero e vado a tuffarmi nuda in acqua.

Lui rimane dove l'ho lasciato scioccato e sconvolto.

Mi raggiunge di corsa e quando arriva di fronte a me mi dice:

«Ti sei per caso dimenticata il costume stamattina?».

«Perché vuoi giocare da solo?»

Lo vedo deglutire, siamo immobili in mezzo all'acqua trasparente.

«Non puoi immaginare che effetto tu mi faccia».

Siamo vicinissimi, vorrei colmare la distanza, mi manca il fiato, vorrei sentire il suo corpo addosso, ma ho paura che se mi lasciassi andare ancora non riuscirei più a staccarmi.

Comincio a nuotare verso la scogliera, lui mi raggiunge quando arriviamo vicino, s' immerge e sott'acqua lo vedo cercare il nostro pranzo, alla fine dopo vari tentativi troviamo un bel pesce, lui preme il grilletto e l'arpione prende in pieno il pesce, riemergiamo e lui agita per aria il suo trofeo.

«Wow che mira pazzesca, non ha avuto scampo».

«Andiamo che devi cucinare il pesce».

Esce dall'acqua, il pesce si dimena ancora nell'arpione, io rimango in acqua e mi metto a fare il morto, mi lascio cullare dall'acqua, voglio sentirmi leggera perché in questo momento ho un peso sul cuore che potrebbe farmi affogare, devo scacciare le mie fantasie o forse cedere al loro volere.

Lui da ieri sera mi sfiora, ma non mi tocca e invece vorrei che mi prendesse come ha fatto quella volta in spiaggia, liberando la mia testa dalle mie paure.

Decido di uscire dall'acqua e lui non mi stacca gli occhi di dosso, lo vedo che anche lui è tormentato, ma non capisco il motivo.

Mi infilo un caftano e il costume che avevo messo nella sacca e mi accompagna ad una piccola taverna vicino alla spiaggia dove un ragazzo di nome Diego viene verso di noi e abbraccia con una pacca sulla spalla Sebastian.

«Amico mio che fine hai fatto? Sei ancora a New York?».

«Si Diego devi venirmi a trovare un giorno, ti presento Olivia una mia cara amica» mi presento, poi Sebastian gli allunga il pesce, il ragazzo s' avvia verso una griglia grande come una parete, sotto braci calde ci sono pesci appena pescati pronti per la cottura.

«Allora chi lo cucina?» chiedo.

Lui con la mano fa un gesto tipo inchino facendomi capire che toccherà a me cucinarlo.

Vado verso il grande camino dove ci sono le grate con i pesci e gli domando:

«Come lo vuoi questo pesce?» lui si siede su uno sgabello del bancone proprio di fronte a me.

«Lo voglio saporito proprio come te» e io raggiungo la temperatura delle braci.

È davvero carismatico, aria sicura, sorriso furbo, fascino e anche un po' di simpatia sapientemente dosata.

«Allora versami una birra che devo lavorare» vado a preparare il mio pesce riempiendolo con gli "odori" ovvero erbe aromatiche, aggiungo sale grosso e un po' di pepe, lo chiudo dentro alla grata e la metto sulla parilla.

Torno da lui, che sta parlando e ridendo con Diego, mi guardano e mi sorridono entrambi.

«Beh, cos'avete da guardare?», mi siedo con loro, prendo la mia birra e brindo con loro.

«Diego si stava congratulando con me per il pesce che ha abboccato al mio amo» e mi fa l'occhiolino.

Capisco l'assonanza e sorrido abbassando lo sguardo come un'adolescente al primo appuntamento.

Mangiamo il mio pesce o il suo e devo dire che mi ha fatto avere un dieci sotto la voce cucina e il mio orgoglio salta di gioia come una bambina, dopo pranzo ci sdraiamo al sole e ci sfioriamo appena, sta mantenendo le distanze non capisco perché prima mi cerca, ma poi non mi tocca e questo mi manda in tilt.

Ritorna Armando a prenderci, in barca lui parla con il suo amico e anche in macchina tornando al mio hotel è silenzioso.

Parcheggia davanti all'entrata e questo mi piace, non ha paura di nascondersi è sicuro di sé, io avrei parcheggiato nel dubbio a due isolati, ma va bene lo stesso anzi meglio.

Spegne il motore e sento il suo sguardo addosso.

Ho paura, mi torturo le mani, lui allunga una mano e prende la mia.

«Dove alloggi?» gli chiedo guardando davanti a me la foresta verde.

Mi volta con un dito sotto il mento il viso nella sua direzione, vuole leggere nei miei occhi le mie sensazioni.

«Alloggio al Banyan Tree Cabo Marques, non è molto distante da qui, sono un tipo solitario» mi guardo attorno, non so che fare, apro la portiera e faccio per scendere quando lui mi prende per un polso come la prima sera e mi chiede.

«Fermati a New York con me, un paio di giorni» mi giro verso di lui, gli vado vicino con il viso, voglio sfidarlo, voglio che mi tocchi, ma non lo fa.

Mi chiede di seguirlo, ma non mi tocca e io non capisco.

«Grazie della mattinata» le mie labbra sono a un soffio dalle sue e lui a quel punto mi prende di peso e mi mette a cavalcioni sopra di lui, oh finalmente ragioniamo penso, la sua mano va sotto la mia t-shirt, la sua bocca trova il mio seno e lo divora, si stacca e fa lo stesso anche con l'altro, io ansimo come una ragazzina vogliosa, mi mancava il suo tocco, la sua lingua si sfoga sulla mia bocca, io ricambio riempiendolo della mia voglia, quando si stacca siamo entrambi senza ossigeno il mio sguardo lo sta supplicando.

«Verrai a New York?» mi chiede io non so davvero cosa rispondere, non so nemmeno se sia fattibile con il mio biglietto aereo.

Lui mi rimette al mio posto, abbiamo entrambi il fiatone, non capisco cosa gli prenda.

«Mi dispiace Olivia» mi sale il panico.

«Di cosa ti dispiace, non ti capisco sai, mi cerchi, ma non mi tocchi, perché vuoi che venga a New York se mi tieni distante?».

«Voglio darti il tempo di riordinare le idee».

«Forse quello che deve schiarirsele sei tu!» ma cosa gli prende?

«Olivia so di Tommy» mi guarda pieno di aspettativa.

«Voglio darti il tempo di capire cosa provi, io non condivido le mie cose, non riesco a starti distante è vero, avrei dovuto essere a New York stamattina, ma dovevo vederti ancora».

«Ok Sebastian, non ti dirò cazzate del tipo" è complicato o non capiresti" io sono partita da te e senza immaginarlo minimamente ho incontrato lui, io stavo alla larga dagli uomini, poi sei arrivato tu che hai tolto il primo strato di corazza e lui… beh conosci il mondo di Tommy».

Lui mi guarda, avrebbe voluto sentire un'altra risposta, ma non ho voglia di raccontare cazzate, a lui, ma tanto meno a me stessa.

Scendo dalla macchina mi affaccio al finestrino e gli dico.

«A New York mi troverai tu» gli dico con quasi tutto il busto dentro l'abitacolo, lui si infila i suoi Persol da sole e mi dice.

«Come sempre ragazza mia».

Ingrana la retromarcia, poi si gira e va via, ora devo correre in camera e organizzare la deviazione, entro in camera e faccio il numero della Delta, devo anticipare il mio volo per New York di sette giorni, oggi tornerò a Sayulita con i ragazzi, saluterò tutti e partirò per New York, deciso.
La vita è quella comanda e le emozioni scandiscono i tempi e i luoghi.

Cambiare i miei piani non è stato facile come immaginavo, ho dovuto dar sfogo a tutta la mia frustrazione al telefono con il call center della Delta che spero non mi abbiano inserito nella loro black list.
Sono riuscita a cambiare il mio piano di volo e posso ritenermi soddisfatta, almeno non ho dovuto comprare un nuovo biglietto.
Saliamo in aereo e Nina mi chiede dove sono stata questa mattina, le rispondo che dormivo come un ghiro e non ho sentito nessuno bussare alla porta.
«Tata perché voi andare a New York?».
«Mi darà la carica giusta per tornare a casa», arriviamo a casa a Sayulita che è notte, la mattina dopo vado al caffè di Pepe a fare colazione e a leggere le mail, mi prende un colpo al cuore quando vedo la risposta di Tommy alla mia mail, mi guardo attorno, come a proteggere quelle parole.

```
RE: TOMMY Y OLIVIA

Ti stai portando via anche il mio coraggio oltre a tutto il
resto, lasci un uomo diverso da quando lo hai incontrato. È
tua la mia anima con tutto il suo spirito, il mio corpo e
la mia mente mi manchi.
Tommy xxx y las olas
```

Chiudo la mail, vorrei andare a cercarlo, ma non saprei cosa dirgli, lui ha spezzato l'incantesimo che c'era, lo sappiamo entrambi, vado a casa da Nina dove i ragazzi mi stanno aspettando, manca solo Tommy e me lo immaginavo, quasi mi commuovo quando devo salutare Jose e Pepe, loro mi abbracciano in una morsa, mi chiedono:
«A chi andrai a rompere le scatole ora?».
«Ringraziatemi, vi ho rallegrato l'estate» mi godo quell'abbraccio fraterno, Pepe mi saluta e mi dice:
«Sei una guerriera e una bellissima rompiscatole» ridiamo.
«Anche tu mi mancherai» poi abbraccio Jose.
«Noi ci vediamo tra sei mesi» e mi pizzica la guancia.
«Preparati ti porto al carnevale di Venezia» gli dico schioccandogli un bacio sulla guancia.

«Magari porto un amico» mi dice strizzandomi l'occhio, io gli sorrido e poi lo abbraccio, saluto tutti, ho i loro contatti e ho intenzione di rivederli, Nina e Pepe mi accompagnano a Guadalajara, saluto Nina piangendo, detesto ogni volta questa scena all'aeroporto, è più forte di me, non riesco a trattenere tutte le emozioni che ho vissuto e che sto lasciando, io lo so e loro lo capiscono, Nina mi dice semplicemente
«Se ti rende felice vai e prenditelo» e io la guardo contenta di quel consiglio.
Pepe mi abbraccia e guardandomi con il mio viso tra le mani mi dice.
«Mancherai a tutti».
E una lacrima scende lungo il mio viso, lui la accarezza e mi abbraccia forte.
Prendo il mio trolley ed entro in aeroporto diretta a New York una città che mi ha accolta in un momento buio della mia vita, ora ci ritorno non per fuggire dalla malattia di un uomo, ma per vivere cinque giorni con lui, un passo alla volta, un giorno alla volta mi ripeto e un sorriso furbo mi riempie il viso passando davanti al desk della Delta.
Bene, ho cambiato il mio itinerario, ma ora non ho idea di dove andare, ho spostato il volo, ma non ho pensato a trovarmi un hotel, pazienza chiamo Nico che venga a prendermi all'aeroporto.
Nico è un ragazzo italiano che mi ha ospitata per alcuni mesi quando ho vissuto qui.
Ho voglia di vederlo, ma non posso andare da lui vista la gelosia della sua donna, quando lo vedo gli salto al collo come se avessi ritrovato mio fratello.
Gli comunico che starò al Plaza, fanculo penso, in questa vacanza mi hanno trattato sempre come una regina e non voglio rovinare la media.
Il Plaza è classico del lusso e dell'eleganza di New York, ci andavo a bere l'aperitivo quando ho vissuto qui, ma mai entrata in una stanza, mi registro, vado in camera mia e chiudo fuori il mondo. Apro la mail dal pc della camera, è l'unico modo che ho di mettermi in contatto con lui, mi sembra un rebus da risolvere, ma è diverso e unico quindi mi piace.
Ovviamente trovo una mail:

Oggetto: Re: Paradisius Los Cabos

Central Park, un classico quando si vuole fare colpo.

Non scrive altro, non un'ora precisa, né un posto preciso, sempre tutto così enigmatico, mi godo questo gioco perché finirà e mi mancherà, ripenso a quando l'ho visto o ci siamo dati appuntamento e l'ora era sempre la stessa, prima dell'alba e per una come me che vive più volentieri la notte della mattina presto è una piacevole violenza.
Esco dall'hotel e decido di fare un giro per Soho, voglio vedere i cambiamenti di una delle mie zone preferite, mi fermo a prendere delle creme e un vestito, poi torno camminando in albergo, la sera mangio con Nico al nostro messicano preferito, la cucina messicana è uno dei motivi per cui volevo andare in Messico, tra i cibi esteri il mio preferito in assoluto, andiamo da Rosa Mexico a mangiare, è un locale semplice dove si mangia divinamente, questo è il posto che mi ha fatto venir voglia di andare in Messico.
Non smettiamo un secondo di chiacchierare, gli racconto tutto quello che è successo nell'ultimo mese e lui risponde:
«Quindi sei qui a New York perché hai un appuntamento a Central Park con Mr Champagne, a te le cose semplici non piacciono vero?».
«Cosa devo dirti, in realtà si, vorrei anche situazioni facili da gestire, ma ti dirò che un po' di pepe non guasta, l'unica cosa è che non capisco come mai lui da quando ci siamo ritrovati mi sfiori appena».
«Ti ha baciata?».
«I suoi occhi mi dicono delle cose che non posso ripetere, ma il suo corpo mi tiene a distanza di sicurezza, senti Nico, ti chiamo nei prossimi giorni ok? Ora è meglio che vada, tra il viaggio e l'alzataccia che devo fare domani mattina è meglio che vada a dormire».
«Chiamami!» mi grida Nico vedendomi salire sul taxi, faccio un giro per la città, do vari indirizzi e il tassista mi accompagna, poi ci fermiamo sotto al mio hotel, lo pago e vado a prepararmi per il mio viaggio nel viaggio.
Mi sveglio presto, ho lasciato aperte le tende di questa meravigliosa stanza, è quasi l'alba, mi alzo mi metto un leggings e una felpa over, scarpe da ginnastica ed esco, vado verso Central Park, entro da Columbus Circle la mia entrata preferita, cammino e respiro, questo parco mi ha sempre fatto stare bene, arrivo al laghetto dedicato a Jackie Kennedy, mi siedo e aspetto.
Questo è il posto perfetto per ogni incontro in stile newyorkese.

Ad un tratto un uomo che sta correndo si ferma vicino a me, è lui, indossa un cappellino dei New York Yankees, una t-shirt bianca e un pantaloncino da jogging nero, si siede nella mia panchina e senza dire niente mi bacia con un bacio da occhi a cuore.

Mi ritrovo tra le sue braccia forti e toniche e mi sento nuovamente nel mio posto preferito.

Mi guarda, mi prende per mano e andiamo al chiosco a fare colazione.

«Brava hai scelto bene dove metterti».

«È il posto più romantico del parco» camminiamo abbracciati, nessuno ci guarda siamo a New York.

Arriviamo al chiosco, ordiniamo la colazione e ci sediamo in un tavolino a fare colazione e parlare.

«Allora è qui che vivi?» gli chiedo.

«Beh, non proprio a Central Park, si vivo tra qui e Londra, ma sono sempre in movimento».

«E da cosa scappi Sebastian?».

«Da me stesso e da tutta la mia famiglia».

«Dove vorresti vivere un giorno?».

«Voglio invecchiare come un buon vino in Toscana» mi risponde e io sorrido.

«È fattibile» rispondo.

«Siamo d'accordo allora» mi dice allungando la mano per sigillare una promessa.

«Intesi» rispondo, "chi sei realmente" penso, è diverso da Cabo San Lucas, è come se avesse abbassato le difese dal personaggio sicuro del direttore dell'hotel, forse lui è realmente così, non lo so, ma l'uomo che ho davanti è altrettanto intrigante.

Camminiamo tanto, parliamo di New York, di calcio, di arte e di cibo, lui sostiene di essere in grado di cucinare gli spaghetti meglio degli italiani e io non voglio offenderlo dubitando in modo assoluto della cosa, arriviamo fuori da quella che immagino sia la sua casa, è un palazzo di mattoni rossi con le vetrate ampie bianche, è in zona Meatpacking altra zona che adoro e dove venivo sempre con Nico.

«Hai fame?» mi chiede.

«Certo pensavo di assaggiare i tuoi meravigliosi spaghetti?».

«Mi devi ancora una cena ricordatelo!» mi dice aprendo la porta, entro nel suo mondo, un posto semplice senza tanti gingilli, maschile e curato, luminoso, ma essenziale, soffitti alti di mattoni, un grande quadro al centro di una parete, è un quadro astratto, va interpretato, tipo macchie di Rorschach.

«È un quadro di mia sorella Isabel» è dietro di me, mi porge un bicchiere di Pinot Grigio.

«Cosa le è successo?» gli chiedo.

«È successo che è tornata da lui, ero riuscito a convincere mio padre a farla venire negli Stati Uniti con me a studiare, lui non voleva lasciarla partire, prima di tagliare qualsiasi rapporto con la mia famiglia ho chiesto a mio padre di lasciar partire mia sorella, mi sarei preso cura io di lei, la iscrissi al college e mi assicurai che stesse bene, quando Tommy le chiese di tornare in Messico, io le dissi che non era la scelta giusta, mio padre in Messico l'avrebbe trovata e così è stato, Isabel aveva ventiquattro anni, non era una ragazzina anche se era spaesata e malinconica, non aveva praticamente amici se non la sua compagna di stanza, non era abituata a stare con le persone, mio padre la teneva sotto una bolla di vetro, pensavo di averla liberata, in realtà non sapeva nemmeno lei chi fosse».

«Forse ora è pronta per andare via dal Messico» dico.

«Credo che adesso lei debba prendersi cura di sé stessa, ha avuto coraggio Tommy a lasciarla in ospedale, non ci sarebbe mai andata spontaneamente altrimenti, né mio padre l'avrebbe mai accompagnata, mi dispiace per loro, mi dispiace per lui, ma lei deve curarsi, ora basta parlare di loro» mi sento a disagio a parlare con lui di loro così mi appoggio al bancone della cucina, lui comincia preparare la pentola per la pasta.

«Parlami di te allora» gli propongo.

«Torres non è il mio cognome, l'ho cambiato finita l'università, non vedo la mia famiglia da tre anni, mio padre è un governatore messicano che tiene in pugno tutti i cartelli della droga e io mi vergogno di lui, sono una persona riservata, sto andando verso la mia vita e il mio futuro».

«E cosa vedi nel tuo futuro?» dico, lui si avvicina mi prende in braccio e mi siede sopra il bancone della cucina, dio quanto è erotico, me lo divorerei vivo.

«Beh, in questo momento una donna bellissima».

Mi bacia ovunque, mi spoglia e rimango nuda, si avvicina, è a petto nudo e io ho bisogno di toccalo, ma lui sposta la mia mano che sta cercando quel contatto.

«Mi fai sentire libero» mi dice ingabbiandomi con le sue braccia forti, lo vedo tormentato quanto me.

«Assaggiami Sebastian» ancora una volta uso le stesse parole del nostro primo incontro.

E lui finalmente mi tocca, come se fosse la prima volta, come se dovesse scoprire ogni centimetro del mio corpo, mi porta al limite, emotivamente e fisicamente, abbiamo una connessione rara, mai provata prima.

Distendo il mio corpo sul bancone della sua cucina e mi lascio divorare da una passione talmente forte da farmi rabbrividire.

Lui si trattiene con forza al mio corpo, non smette di guardarmi e toccarmi, è come se anche per lui fosse un sogno esserci ritrovati.

Mi prende in braccio come un vero maschio alfa portandomi in bagno come un sacco di patate, mi morde e mi bacia ovunque.

Ci facciamo la doccia insieme e dopo aver esplorato qualsiasi centimetro dei nostri corpi, torniamo a preparare il pranzo.

Lo aiuto a cucinare, indosso solo una sua camicia, gli insegno un po' di trucchi per fare la pasta come la farebbe un italiano, gli spiego alcuni passaggi base.

Prima di tutto l'acqua va fredda, solo quando l'acqua bolle si aggiunge il sale altrimenti prima evapora, si deve buttare la pasta quando bolle perfettamente e poi calcolare il tempo di cottura da quando riprende il bollore l'acqua. Lui fa come gli dico anche se nel frattempo, le sue mani non si staccano dal mio corpo.

Mangiamo, ci buttiamo nel divano, guardiamo un po' di football, non ci stacchiamo mai, se prima ero preoccupata del fatto che non mi toccasse ora devo dire che non mi lascia respiro.

«Raccontami della tua storia più lunga?» gli chiedo, stiamo bevendo del vino rosso sul divano, siamo rilassati, voglio sapere di più di lui,

«La mia storia più lunga è finita tre anni fa, lei voleva sposarsi, avere dei figli, ma io non ero pronto, forse non volevo quelle cose con lei, è la figlia di un amico di mio padre, nessuno l'ha presa bene quando sono ripartito per New York, ma ho fatto bene, ho investito il fondo fiduciario che mio nonno aveva lasciato per me, i miei amici di Harvard mi hanno fatto fare moltissimi soldi, ho deciso di buttarmi sul business degli alberghi perché era il momento giusto, ora mi hanno proposto un albergo ad Amsterdam e tra sei giorni dovrei essere lì per valutare l'operazione».

«Potresti venire a trovarmi a Milano visto che sei in Europa?».

«Fammi venire voglia di venire a trovarti» ricomincia a baciarmi sul collo poi scende verso i seni, mi sbottona la camicia che mi ha prestato per stare in casa, sotto sono nuda, mi bacia come se fossi la cosa più gustosa del mondo e si fa largo nel mio piacere e nel suo.

Una volta da qualche parte ho letto che se un obiettivo non ti fa paura allora non è abbastanza importante per te, io a questo punto della mia vita sento di aver paura di tutto.

Sono tornata al punto di partenza, provavo le stesse sensazioni prima di partire e ora che devo tornare a casa ho le stesse paure.

Questo viaggio mi doveva aiutare a trovare nuovamente fiducia in me stessa e aiutarmi a lasciarmi andare e devo dire che in questo è stato un successo assoluto, quello che non riesco a capire è il motivo del mio stato d'animo.

Ho trascorso gli ultimi quattro giorni a New York con Sebastian, abbiamo girato la città in bici, fatto gite in barca, mi ha perfino portato a Coney Island, siamo andati a Long Island, abbiamo fatto il bagno in spiaggia, picnic ovunque, cose molto semplici, ma intime, non sono mai andata a dormire nel mio hotel super lusso.

Abbiamo parlato del nostro passato, ci siamo raccontati delle nostre esperienze, gli ho chiesto che fine ha fatto l'uomo scorbutico che ho conosciuto la prima sera nel suo hotel e lui mi ha risposto che io quella sera ho tirato fuori il peggio di lui sfidandolo e provocandolo.

Mi ha raccontato come le donne si comportano con lui e che io sono stata la prima a lasciarlo come un coglione e a non voler aver niente a che fare con lui.

«Quella sera pensai che fossi una donna da sorprendere» mi confessò.

«Ci sei decisamente riuscito cavaliere».

Le nostre vite sono completamente diverse da quelle che stiamo vivendo in questi giorni, entrambi abbiamo un milione di impegni, telefonate, appuntamenti, ma questo limbo di tempo che ci stiamo ritagliando è qualcosa di talmente unico da fare paura.

Gli racconto del mio lavoro, di Milano, della mia famiglia e del mio passato. Lui mi ascolta, quando gli parlo di quello che mi è capitato lo vedo chiudere i pugni come se volesse avere qui davanti il coglione che mi ha ossessionato e stalkerato per anni.

Cerco di fargli capire che non sono più in pericolo e che ho superato quella brutta esperienza, lui mi abbraccia e mi dice che anche se disperso nel mondo io potrò sempre contare su di lui.

Mi racconta della sua infanzia, del rapporto con sua sorella e con il padre, del collegio, delle torture che ha dovuto subire come addestramento nel caso lo avessero rapito, della mafia messicana e della corruzione di cui suo padre è il re assoluto non solo in Messico.

Il giorno della mia partenza mi sveglio e lo vedo in piedi a petto nudo con indosso solo dei pantaloni di cotone nero, sta guardando fuori dall'enorme finestra che si affaccia sul fiume Hudson ha le braccia tese e le mani appoggiate al vetro.

Mi si stringe il cuore.

Lui mi sente arrivare, come sempre si accorge di me anche quando non mi vede.

«Ti ritroverò ancora Olivia» lo abbraccio da dietro e non riesco a controllare la lacrima che mi riga il viso, mi riempio la testa e il cuore del suo profumo, lui si gira, ho lo sguardo basso, non voglio che legga nei miei occhi il mio dolore.

Mi alza il mento come ha fatto la prima sera che ci siamo incontrati, ora sono costretta a guardarlo negli occhi e ho paura che lui capisca esattamente quello che sento così gli dico:

«Suona come una minaccia» lo guardo e gli sorrido.

Penso a come ci siamo inseguiti fino ad ora, lui mi ha visto per la prima volta a Dallas dove io ho fatto una sceneggiata isterica, l'ho incontrato a Cabo San Lucas, ci siamo rivisti ad Acapulco e ora ci stiamo lasciando a New York, sorrido, non c'è posto al mondo dove lui non possa trovarmi a questo punto.

La cosa strana è che quando mi proteggevo allontanandomi dall'uomo che mi perseguitava io vivevo nel terrore che lui mi trovasse, ma ora il fatto che Sebastian lo farà mi mette una voglia matta di scoprire quale sarà la nostra prossima tappa insieme.

Saliamo in taxi, siamo entrambi spaesati e persi nei nostri pensieri, mi accompagna in hotel dove prendo la mia valigia, poi arrivati in aeroporto ho un groppo in gola, indosso una delle sue t-shirt e il cappellino che aveva quando ci siamo ritrovati a Central Park.

Usciamo dalla macchina e davanti alle porte scorrevoli dell'aeroporto mi dice.

«Non fare scenate mi raccomando, qualcuno potrebbe trovarti irresistibile» sorrido.
«Se non ci vediamo presto sarà meglio per te che tu abbia un valido motivo» gli rispondo.
Mi bacia e mi solleva in braccio, come fanno gli innamorati, mai successo in vita mia penso, mi mette giù, entro nella hall, lascio andare l'aria che ho nei polmoni e mi sento già lontano da casa.

Atterro a Milano, sono tornata nel mio mondo, ho un giorno e poi riprenderò la vita di sempre, quella che amo penso.

È domenica e come ogni volta con Zeno andiamo a fare il brunch in un posto diverso, gli racconto quello che è successo, lui è emozionato per me.

«Quindi fammi capire Tommy non è venuto nemmeno a salutarti e Sebastian invece ti verrà a cercare qui, sei sicura di stare bene patata?» detesto quando mi chiama patata, ma non ci posso fare niente, lui è come un fratello, se lui ha deciso di chiamarmi così lo farà per sempre.

«È stato un mese fantastico, meglio di anni di psicanalisi e tranquillanti credimi» gli dico.

Sembra preoccupato, ma voglio rassicurarlo perché mi sento davvero bene, lui era con me quando sono piombata nel baratro, anche lui non usciva di casa, anche lui è tornato a casa sua per scappare dalle mie minacce che Domenico mi rivolgeva, è logico che sia preoccupato non gliene faccio una colpa, ma non dovrebbe perché sto bene, dopo tanto tempo posso dire di essermi sentita davvero libera e serena.

«Ti credo, ma non abbassare la guardia ok» mi dice.

Lui è sempre stato parecchio paranoico, ancora adesso è convinto che io sia seguita, ma io non voglio vivere la mia vita così e lui lo sa quindi con me cerca sempre di essere sereno, poi chiama mia madre e si sfoga con lei angosciandola inutilmente, mi comunica che dopo due giorni partirà per dei lavori importanti a Roma.

«Dovrei già essere là, ma non potevo non salutare la mia sorellina».

«Attento a non innamorarti, so che hai un debole per i romani».

Il giorno dopo torno in ufficio, più o meno carica, il jet lag si fa sentire, non ho dormito molto anche perché ero sola ancora una volta nel mio letto, arrivo in ufficio in anticipo rispetto ad Leo e Ginevra, abbiamo una riunione stamattina in cui dobbiamo decidere che clienti selezionare, vado al mio pc, apro le mail e a sorpresa ne trovo una di Tommy.

TOMMY Y LAS OLAS

I sogni mi rincorrono e mi imprigionano la testa lasciandomi
poi allo svanire completamente svuotato. Perdonami per come
mi sono comportato, ma mi ero perso.
Tommy xxxxx

Decido di rispondergli subito

RE: TOMMY Y LAS OLAS

Caro Tommy, il nostro passato ci insegna a vivere il nostro
futuro, non ci sono azioni giuste o sbagliate, ma ci sono
situazioni che ti possono aprire gli occhi, io ho visto come
la guardavi e ho capito che lo spazio nel tuo mondo non era
abbastanza per entrambe. Non hai nulla da farti perdonare.
Olivia

Mi sembra così lontano quel periodo che mi fa quasi paura.

Mi metto al lavoro, dovrei sentirmi carica ed invece tutto quello che mi
ruota attorno mi sembra futile e inutile, analizziamo i clienti e valutiamo
come dividerci gli incarichi, mi sento parte integrante di questa agenzia
anche se non è mia.

Mi vengono affidate delle campagne pubblicitarie importanti e dovrei
essere contenta, in realtà mi sembrano tutti esagerati, però ci sono in ballo
un sacco di soldi e non posso essere superficiale in questo momento della
mia carriera quindi dedico tutte le mie attenzioni a quello che succede
attorno a me.

A pranzo rimango in ufficio, leggo la mia posta personale, la segretaria
mi porta gli inviti per le sfilate a cui sono stata invitata, questo è un mese
intenso, c'è la Milano Fashion Week e buona parte delle giornate se ne
andranno tra appuntamenti, presentazioni, sfilate e feste mi segno tutti gli
appuntamenti in agenda, poi la condivido online con il resto dell'agenzia,
una volta finiti i briefing chiudo il pc, domani sarò su un set quindi mi
carico le valigie per il servizio fotografico, saluto tutti e vado a casa,
decido di fermarmi da Mimmo e prendermi della pizza al trancio da
mangiare sul divano.

Arrivata a casa l'appartamento è vuoto, Zeno non è ancora rientrato e non
so dove sia, noi siamo abituati così, non siamo fidanzati, di giorno non ci
frequentiamo tranne quando lui passa in agenzia da me, quindi non

condividiamo sempre i nostri programmi, capita che io mi fermi fuori a cena o lui non torni proprio per la notte, quindi non ho idea di dove adesso sia, mi sdraio sul divano, accendo la tv, ma non la guardo, giro per l'appartamento, ma non mi sento a casa, sembro un'anima in pena, chiamo mia madre le racconto del viaggio, stiamo tanto tempo al telefono, mi chiede di Nina e la tranquillizzo dicendole che mi sembra felice, cerco di dormire, ma non prendo sonno, mi sembra di essere in una vita che non è più la mia.

Le persone che vivono eventi traumatici come quello che è capitato a me possono perdere il senso dei loro spazi, sviluppare ossessioni e ansie.

Mi sveglio nel cuore della notte, non so dove mi trovo, non lo capisco subito, sono sudata fradicia e non riesco a respirare mi sembra di soffocare, inizio a tremare, non capisco cosa mi prenda, è la prima volta che mi capita una cosa del genere, chiamo Zeno, ma è come se la mia voce non uscisse dalla bocca, in casa sono sola, mi sale ancora di più l'ansia, potrei morire e nessuno se ne accorgerebbe subito.

Non ho la forza di muovermi dal letto, il mio corpo non risponde ai comandi che gli do, non riesco ad alzarmi e non so cosa fare, chi chiamare, tremo, sudo poi il buio.

Non ho idea di cosa mi stia succedendo, ma vengo svegliata dal rumore di qualcosa che sbatte, mi alzo di scatto a sedere nel letto, ho il cuore che mi esplode nel petto, pompa come un pazzo, il letto è tutto bagnato e non riesco a ricordare cosa mi sia successo stanotte, ricordo solo di aver avuta tanta paura e di essere stata terribilmente sola. Guardo l'ora, sono le sette, sono in super ritardo, non è da me non presentarmi su un set fotografico, devo farmi una doccia e ricompormi, non mi posso mica presentare così davanti ai miei clienti, cerco di scendere dal letto, ma è come se non avessi forze.

Chiamo Leo in ufficio, gli racconto brevemente quello che mi è successo, lui mi tranquillizza per il lavoro e mi dice di stare calma e rilassarmi.

Decido di chiamare la mia psicanalista, è una donna, mi ha salvato quando stavo male ed ero vittima di stalking, ora lei saprà dare un nome a quello che mi succede.

La chiamo in tarda mattinata e mi dice che nel pomeriggio passerà a trovarmi, è diventata una delle mie più care amiche, bene, cerco di rilassarmi, ho un giorno libero dopo un mese di vacanza, mi licenzierei da sola, ma fortunatamente i miei agenti sono come una famiglia, non ho mai saltato un set fotografico in cinque anni, secondo Leo sono solo stressata dal jet lag, ma io sono davvero preoccupata, quello che è successo stanotte mi ha davvero scioccata, neanche nel periodo più buio ho affrontato una simile angoscia.

Trascorro la giornata girando per casa come un gabbiano in gabbia, dopo di che decido di uscire, in fin dei conti prendere un po' d'aria può solo farmi bene, prendo un panino in un bar nella mia via e poi vado a Parco Sempione, compro dei fiori in un chiosco, mi siedo sull'erba e mangio il mio pranzo, ho lo stomaco chiuso, zero fame, inizia a mancarmi il fiato, mi gira tutto, sono da sola, intorno a me poche persone che portano a spasso il cane o fanno jogging, cerco di individuare un punto di riferimento, qualcuno che possa aiutarmi a tornare a casa, cerco di alzarmi in piedi, ma il mondo e la forza che mi ha sempre sostenuto sembrano essersi dimenticati di me, provo a mettermi in ginocchio, la voce non mi esce dalla bocca, forse sto avendo un attacco di cuore, non riesco ad alzarmi, così mi sdraio di schiena, cerco un po' d'aria, ma sembra che attorno a me si sia esaurita, ho paura, piango, inizio a tremare poi, il buio. Mi risveglio in ospedale, qualcuno ha chiamato un'ambulanza e mi hanno portato in pronto soccorso, sono in una stanza ho una mascherina che mi aiuta a respirare e una flebo collegata al braccio, non riesco ad aprire bene gli occhi, sono semichiusi, la luce artificiale delle lampade mi dà fastidio, ho paura, dopo quella che mi sembra un'eternità entra un'infermiera, mi chiede come sto, qual' è il mio nome, sono uscita senza portafoglio e nessuno, in questo momento, sa chi io sia.

«Mi chiamo Olivia Alteri, ma almeno che io non abbia una settimana di vita la prego di non avvertire nessuno che sono qui, se mi dà un telefono ho delle persone da avvisare personalmente».

Chiamo Leo lo avverto che sono in ospedale, gli racconto cosa è successo e lui promette di venirmi a trovare verso sera, metto giù e chiamo la mia psicologa, poi chiamo l'infermiera e le chiedo delle mie condizioni.

«Signora Alteri, lei ha avuto un attacco di panico, le era mai successo?».

«Mi è successo stanotte per la prima volta».

«D'accordo ora si riposi, le abbiamo dato dei rilassanti, cerchi di riposare e l'avvertirò quando arriverà la sua terapista».

«Dott.ssa, quanto tempo mi terrete qui?».

«Signorina Alteri, stiamo aspettando gli esiti degli esami del sangue che le abbiamo fatto, non credo che abbia una patologia che richieda un vero e proprio ricovero, ma le consiglio di prendere questi primi avvenimenti molto seriamente, domani la trasferiremo in psichiatria dove inizierà una cura» nella mia testa sento solo una parola psichiatra.

«Guardi dottoressa la ringrazio, ma io non sono pazza, tra due giorni comincia la settimana della moda, ho l'agenda piena di appuntamenti».

«Non si tratta di pazzia signorina ma di stress, dovrebbe cercare di riposarsi e prendersi cura di sé», sorrido, ma mi riesce più un ringhio.

«Faccia come le pare, ma io in psichiatria non ci vado, sono maggiorenne e posso decidere come affrontare questa cosa», questa donna non ha attirato la mia simpatia e spero che a breve, finisca il suo turno ed esca dalla mia stanza e dalla mia esistenza, così potrò cercare di riprendere le redini della mia vita e uscire di qui.

Cerco di riposare, di rilassarmi, ritorno in Messico con i ricordi, ritorno nel posto dove mi sono sentita bene dopo tanto tempo, forse l'universo mi sta mandando dei messaggi, ripenso a Sebastian, parto da lì con i ricordi, rivivo la sensazione di averlo accanto, ripenso al suo tocco, ad ogni sguardo e mi sento in pace, senza accorgermene mi sono addormentata e quando mi sveglio accanto a me c'è Beatrice la mia psicoterapeuta o per meglio dire il mio angelo custode.

L'ho conosciuta una sera a casa di amici e da quella volta siamo diventate amiche, ma anche medico e paziente, da due anni condivido tutte le mie emozioni con lei, non le ho mai nascosto niente di quello che mi è successo, non mi vergogno di niente con lei, non mi giudicherebbe mai, anzi anche quando io non mi sentivo all'altezza e provavo disagio lei mi ha sempre capito e aiutato.

Quando la vedo, iniziano a scendere delle lacrime, la guardo e mi dice «Ciao Olivia, dimmi cosa ti fa venire voglia di piangere?».

«Vedere te e capire di non essere sola, anche se tecnicamente mi stai costando cento euro, so che saresti qui ugualmente per me» le dico, mi passa un fazzoletto.

«Allora cominciamo da qui, ti senti sola Olivia?», la sua voce è come sempre un sussurro, una carezza.

«Ho pensato che se mi fosse successo qualcosa nessuno si sarebbe preso cura di me».

«E come ti sentivi ieri o la settimana scorsa?».

«Mi sentivo amata e felice, avevo il cuore pieno di amore e amici con cui ridere».

«Ti mancano gli amici e l'amore?».

«Sicuramente sì, ma anche qui ho amici».

«Esatto quindi perché qui ti senti così, cerca di capire questo» chiudo gli occhi, respiro a fondo.

«Pensa ad un ricordo felice, ad una sensazione in cui ti sentivi protetta e aggrappati a quella, se ti capiteranno altri attacchi di panico vorrei che tu chiudessi gli occhi e visualizzassi una bella emozione, falla tua, tienila per te e usala come medicina, questo ci aiuterà a capire cosa sta succedendo» mi accarezza la mano.

«Grazie Beatrice» chiudo gli occhi e comincio a sognare.

Beatrice rimane con me in ospedale, insieme decidiamo che non è il caso che io sia trasferita nel reparto di psichiatria , rimango due giorni in medicina generale e poi mi riaccompagna a casa, non so come farei senza di lei, mi prende per mano anche solo per accompagnarmi in bagno, ho avuto altri attacchi, lei era lì con me ad aiutarmi a uscire dal buio e riemergere, non pensavo fosse così snervante fisicamente e psicologicamente, sto iniziando ad avere paura di fare tutto, non voglio stare da sola, non prendo l'ascensore e considerando che vivo al settimo piano, dovrò farmela passare in fretta questa fobia o dovrò disdire l'abbonamento della palestra visto che mi verrà un fondoschiena meglio di quello di Jlo.

Beatrice non mi asseconda, lei usa sempre l'ascensore e ogni volta che arrivo davanti lei mi guarda e mi dice che non succederà niente di male se lo prenderò, ma io non mi sento pronta, di notte non dormo, lo faccio di giorno quando c'è lei con me, scrivo tutti i miei pensieri e le mie paure e le rileggo con lei, al lavoro la mia carriera è tornata indietro di tre anni, tutti chiedono di me e Leo si rifugia dietro un" sta seguendo un cliente grosso negli Stati Uniti", così dovrò tirare fuori dal cilindro qualcosa che sia interessante e credibile, ma al momento tutti mi dicono di non pensare al lavoro e avere cura di me stessa.

Mi manca la mia vita di prima, intendo la vita di un mese fa quando mi sentivo libera e spensierata, chissà se avrei coraggio ora di affrontare le onde su una tavola, mi domando dove sia finita la sirenetta con cui Tommy amava scherzare.

Dopo cinque giorni dal primo attacco, decido di scrivere a Tommy, lui mi ha aiutato a sbloccarmi, così apro il mio laptop e noto che non ha risposto alla mia ultima mail, penso tutto il giorno a cosa scrivergli, Beatrice mi consiglia di non raccontargli quello che mi è successo, cerchiamo reazioni vere, non compassione.

Caro Tommy, vorrei sapere come stai? Capire come sei andato avanti, come vivi ora la tua vita e perché non sei venuto a salutarmi. Ne ho bisogno per comprendere se le nostre vite si sono incontrate per curarsi dal nostro passato e per aprirci il cuore al futuro o solo per giocare con i nostri sentimenti. Vorrei che tu parlassi ancora con me come hai fatto nei giorni in cui siamo stati insieme, io intanto ti racconterò quello che è successo a me. Prima di arrivare a Sayulita, ho conosciuto a Cabo San Lucas un uomo che mi ha incantato, poi sei arrivato tu e tutto quello che mi ha fatto vivere quella persona è momentaneamente scomparso, l'ho ritrovato per caso dopo che ci siamo lasciati ed ho capito che a quest'uomo dovevo dare una chance, tu mi hai aperto il cuore, lui la testa, non mi sto giustificando, ho solo voglia e bisogno di dirtelo. Lui sapeva di noi e quello che sto dicendo a te l'ho detto anche a lui.
Non voglio perderti Tommy, so che non potremmo mai essere amici e che non sappiamo se ci rivedremo mai più, ma non voglio spezzare quello che c'è stato senza prima aver capito, ci sono delle cose che sono riuscita a dire solo a te, nonostante anni di psicanalisi, tu sei stato la mia miglior medicina. Vorrei trovarmi con te in mezzo al nostro mare, su quella tavola "NUI LOA" che mi ha dato la forza per affrontare paure e insicurezze. Ora è tutto complicato, la mia vita mi è piombata addosso come un macigno non lasciandomi la forza di respirare e io vorrei solo potermi sentire ancora forte come lo sono stata in Messico. Rispondimi.

Beatrice vuole che io torni mentalmente al mese che ho trascorso per capire cosa mi facesse stare bene, Nina mi ha scritto varie mail in cui ha continuato a raccontarmi tutto quello che succede a Sayulita, manco a tutti, lei e Pepe sono sereni, continua a chiedermi come sempre come sto e io cerco di essere entusiasta del fatto di essere tornata a lavorare, non voglio raccontarle cosa mi è capitato perché prenderebbe il primo volo per venirmi in soccorso, nel frattempo ho dovuto avvertire i miei genitori che si sono trasferiti in pianta stabile qui a Milano, vorrebbero che tornassi a casa con loro, ma non voglio lasciare Beatrice e allontanarmi da qui non mi aiuterebbe a rimettere insieme i pezzi del mio puzzle.

È passata una settimana dal primo attacco e non sto facendo grandi progressi, cerco di essere indipendente e affrontare anche le cose più semplici come fare una passeggiata da sola, non voglio essere di peso a nessuno e tantomeno dipendere da un'amica che mi sta aiutando molto di più di quello che professionalmente dovrebbe.

Lei continua a ripetermi che affidarsi a qualcuno non devo viverlo come un limite, ma come un'opportunità.

«Quando si ama e si sta con una persona, a questi affidi fiducia, stima, rispetto, credo che uno dei problemi che devi affrontare Olivia sia il fatto di provare a vivere con un uomo accanto seriamente, a New York per quanto si sia trattato di cinque giorni sei stata bene, vedi io credo che voi due siate riusciti a mettere un piccolo mattoncino importante, scrivi a Sebastian Olivia, raccontagli come ti senti da quando sei tornata a casa».

«Beatrice non voglio, penserebbe che io sia persa senza di lui, io non sono il tipo di donna che dipende da qualcuno e forse è su questo che dobbiamo concentrarci, vedi lui mi ha conosciuto come una donna forte e indipendente e credo che questa cosa lo abbia affascinato, una donna con potere, soldi e indipendenza purtroppo non è facile da incontrare».

«E tu ti senti ancora così Olivia?».

«Affatto».

«Allora torna ad essere quella donna, tira fuori la tua forza e riprenditi il potere che ti sei guadagnata con tanta fatica, non vorrei dirtelo, ma lì fuori sono tutti disposti a prendere il tuo posto e se non reagisci subito, si dimenticheranno di te».

«Un passo alla volta e un giorno alla volta».

«Esatto, così abbiamo imparato, così ha funzionato una volta e così ne usciremo anche questa, ora vado Olivia, tra poco arrivano i tuoi e vi lascio un po' di tempo, parla anche con loro, raccontagli quello che senti non tenerli fuori dalla tua vita».

«Ok capo, ci vediamo domani, ah Bea grazie davvero» mi alzo dal divano che in questi giorni è diventata la mia tana, il mio rifugio sicuro, non sono più tornata a dormire nel mio letto, mi ricorda l'incubo della notte che ho vissuto, dovrò affrontare anche quello, ma voglio fare un passo alla volta.

I miei genitori entrano poco dopo in casa di ritorno dal loro giro per Milano, si divertono a fare i turisti, escono di casa la mattina per lasciarmi sola con Beatrice, poi tornano a tardo pomeriggio quando lei se ne va, ceniamo, guardiamo un po' di tv e poi loro vanno a dormire nella mia stanza, adoro averli qui, sapere che loro ci sono, non mi fanno tante domande, ma è giusto che loro capiscano anche se sono sicura che Beatrice li aggiorni quotidianamente.

Quando rientrano vado in cucina ad aiutare mia madre con la cena, adoro cucinare con lei, mi racconta sempre degli aneddoti sulla nonna o la nostra famiglia e io starei ore ad ascoltarla, chiamo mio padre che ci raggiunge e inizio a raccontargli cosa è successo in Messico.

Loro sono felici per quello che ho vissuto e mio padre mi dice:

«Tu stai buttando fuori tutto quello che ti è successo in questi anni, sapevamo che sarebbe successo, appena hai incontrato uomini buoni e onesti con te hai tirato fuori inconsciamente la rabbia e il veleno che hai ingoiato per anni» mi madre aggiunge,

«È bellissimo quello che hai provato, aver incontrato quelle persone ti ha aperto una nuova prospettiva, in tutti questi anni ti sei rifugiata nel lavoro per non pensare a quello che ti stava capitando, ma ora bimba mia è giunto il momento di affrontare il dolore e di riprendersi quello che quell'uomo ti ha tolto e cioè la forza di amare» ci abbracciamo tutti e tre e io piango come una bambina tra le loro braccia, forse hanno ragione e forse questo dà un senso a tutto.

Rimangono da me quasi un mese, hanno messo la loro vita in stand by per starmi vicino, mi portano fuori, siamo ritornati a casa per un week end lungo e prima di accompagnarmi a Milano ho detto loro che volevo continuare da sola, loro hanno capito, abbiamo prenotato un biglietto del treno, mio fratello mi ha accompagnato, ha fatto il viaggio con me come se fosse una cosa normale e una volta in stazione a Milano mi ha messo su un taxi e poi è ritornato a casa, quando sono arrivata sotto casa sono scesa dal taxi e davanti al mio portone di casa ho trovato un uomo seduto sui gradini con le mani sulla testa, non si accorge subito di me, così mi avvicino a lui con il cuore che quasi mi esce dal petto e quando sono davanti a lui, finalmente alza la testa, indossa un jeans, una t-shirt bianca e un giubbotto in pelle nera, è ancora più bello di come me lo ricordavo, quando mi vede, si alza in piedi mi stritola in un abbraccio e mi dice.

«Te l'avevo detto che ti avrei trovata!» ora siamo uno di fronte all'altro.

«Perché ci hai messo tanto» gli dico, mi prende in braccio e mi bacia e io mi sento nuovamente a casa.

Quando ti senti in balia di una tempesta emotiva come quella che sto attraversando io, dove la zattera su cui sto naufragando si è ormai logorata, hai bisogno di una botta di culo o di un segno premonitore.
Ecco l'uomo che mi sta stritolando in un abbraccio stile Rossella O'Hara è il mio segno premonitore.
Se avessi potuto scegliere un momento a caso nella mia vita in cui poterlo incontrare di nuovo, ecco quel momento sarebbe adesso.
Gli chiedo se vuole salire, è quasi ora di cena, è passato un mese in cui io non ho avuto notizie di lui, pensavo fosse sparito, nessuna mail, nessun indizio da seguire, anch'io non gli ho mai scritto e anche lui si starà chiedendo come mai sia sparita.
Mi dice di sì, così saliamo da me, lui si guarda attorno e si accomoda sul divano, dovrei dire nella parte del divano dove io ogni sera mi rannicchio in posizione fetale per dormire, stranamente non c'è imbarazzo.
«Che cosa hai fatto in questo tempo Sebastian?».
Mi siedo di fronte a lui, è strano vederlo qui nel mio mondo dove ho toccato il fondo in questo mese.
«Dovevo sistemare tante cose Olivia, ho dovuto fare i conti con il passato, non volevo turbarti, sono venuto appena ho potuto», vorrei sapere tutto, ma non mi sembra il momento di tempestarlo di domande.
«E tu Olivia cosa hai fatto in questo mese?» non sono pronta per raccontargli tutto, ho voglia di farlo, ma non ora.
«Anch'io ho dovuto fare i conti con il mio passato», lui si alza e viene verso di me, mi alzo anch'io vorrei toccarlo all'infinito, averlo qui ora è perfetto, ma mi terrorizza, anche se lui in questo mese è stato il mio rifugio felice, quel pensiero che Beatrice mi chiedeva di visualizzare durante gli attacchi di panico, vorrei dirglielo, vorrei che lui si rendesse conto di quanto importante sia stato per me, quando viene vicino non mi tocca, io allungo la mano e gli accarezzo il viso.
«Tu non hai idea di quanto io abbia sognato questo momento» gli dico.
«Ho maledetto tutti quelli che mi hanno tenuto lontano da te» mi risponde.
«Un giorno mi racconterai quello che è successo» mi abbraccia come se volesse darmi tutta la sua forza e io intuisco che lui possa sapere cosa mi

è successo in questo mese e che ne abbia sofferto quanto me, mi tratta come un fiore prezioso, mi aiuta a cucinare, ridiamo perché lui mi comunica che non è più riuscito a cucinare nella sua cucina dopo quello che abbiamo condiviso insieme su quel bancone, stasera però mi aiuta a fare tutto, come se sapesse quanto difficile sia per me sembrare normale davanti a lui, mangiamo e dopo cena guardiamo un po' di tv, gli chiedo dove alloggia e lui mi risponde che sta al Principe di Savoia, hotel storico di Milano, dovevo immaginare che avrebbe scelto il meglio come sempre.
«Ora è meglio che vada» mi dice, io sono combattuta, vorrei che lui si fermasse, vorrei tornare ad avere la nostra complicità, ma ho paura che stanotte possa succedere qualcosa di brutto e non voglio che lui veda come mi trasformo quando la paura e il terrore si impossessano di me, oltre al fatto che da un mese non ho il coraggio di dormire nel mio letto preferendo il divano, sono in imbarazzo, non so cosa dire, mi sento persa e così quando lui prende la sua giacca e va verso la porta mi sale il panico, inizia a mancarmi l'aria e non riesco a respirare, mi siedo sul divano senza accorgermene sono rannicchiata nella mia posizione di sicurezza, quella che mi fa sentire al riparo dal mio mondo vuoto che nella mia testa non mi fa vivere e respirare, lui corre da me e mi dice.
«Olivia amore mio stai bene?» si inginocchia davanti a me, mi fa distendere e io non riesco a respirare.
«Scappa Sebastian» lo dico con l'unico respiro che mi sembra mi sia rimasto nei polmoni, con le lacrime che mi inzuppano gli occhi, come se lui dovesse mettersi al riparo da me, si siede sul divano e appoggia la mia testa nelle sue gambe, non mi lascia non scappa, mi accarezza la testa, e mi canta una filastrocca in spagnolo, sento solo il suo tocco e la sua voce che calma mi culla verso il sonno.
La mattina mi sveglio nel mio letto, accanto a me c'è lui che sta dormendo, siamo abbracciati e lui con il suo corpo mi copre come a proteggermi, non voglio svegliarlo quindi rimango non so quanto tempo a fissarlo finché dorme, fisso i suoi lineamenti, la sua bocca, le ciglia lunghe, i suoi capelli neri lucidi che gli cadono a ciocche nel viso, ne sposto una e lo bacio sulla bocca sfiorandolo appena, lui apre gli occhi e mi guarda, io mi vergogno per quello che avrà dovuto assistere ieri sera, non so come io sia finita a letto, indosso la sua t-shirt e gli slip, lui è in boxer a petto nudo e quel contatto manda mille impulsi al cervello e poi il suo profumo mi invade come una tempesta.

Lui mi guarda e mi chiede solo se sto bene, io mi allontano un po' da lui come a prendere le distanze da quello che provo, ma lui subito mi riporta attaccato al suo petto.

«Non vergognarti Olivia, mi sono spaventato ieri sera, da quanto tempo non stai bene?» mi accarezza la guancia alzando il mio sguardo verso i suoi occhi.

«Da quando sono tornata, prima non mi era mai capitato, ma ora è come se non riuscissi più ad uscirne» i miei occhi sono velati dalle lacrime, mi sento vulnerabile e indifesa in questo momento, lui mi dice.

«Mi prenderò cura io di te adesso, non devi più avere paura».

«Non posso chiederti di fare questo, Sebastian, devo affrontare questa cosa da sola, riguarda cose che mi sono successe anni fa, cose che forse non ho mai metabolizzato, ma che ora devo affrontare».

«Non sei da sola ad affrontare tutto questo, voglio farlo, ho bisogno di farlo, vedi in questo mese sono dovuto tornare in Messico, Isabel ha tentato il suicidio e io mi sono reso conto di non averla più aiutata da quando ha lasciato il college per tornare da Tommy, sono stato con lei quasi un mese, ho parlato con mio padre, dovevo affrontare anche lui, ora sono un uomo e non ho più paura delle sue minacce, poi ho parlato con Tommy e ho capito che l'amore a volte non si può perdonare, ma non si può neanche dimenticare» mi guarda, vuole calibrare la mia reazione a quello che mi sta raccontando, vorrei che continuasse a parlare e che mi raccontasse di tutto quello che ha vissuto con sua sorella, con suo padre e di quello che si sono detti con Tommy.

«Come sta Isabel?» gli chiedo invece, lascio tutte le altre domande chiuse nella mia testa.

«Ha chiuso i rapporti con mio padre, ora vive con mia madre nella casa sulla spiaggia, è tornata dove era felice, a Guadalajara non facevano altro che drogarla di tranquillanti e psicofarmaci, era mio padre che aveva organizzato tutto».

«Vuoi prenderti cura di me perché non lo hai fatto con lei?» ho il cuore che batte a mille, non voglio che stia qui perché si sente in dovere di farlo, non mi risponde così gli dico.

«Tu non sei mio fratello e io non sono Isabel!» mi alzo e vado in bagno, capisco come si sente, ma non voglio essere compatita, devo farcela da sola e per quanto desideri da impazzire che lui non se ne vada, credo che lui voglia rimanermi vicino per non sentirsi nuovamente in colpa.

La porta del bagno si apre, io sono in piedi davanti allo specchio, ho le mani sul bordo del lavandino, lo guardo dallo specchio, lui si mette dietro di me, non stacca lo sguardo dal mio, poi mi dice
«E se invece io volessi rimanere qui perché senza di te mi sento impazzire», le sue mani mi accarezzano le braccia, ho la pelle d'oca, sono eccitata almeno quanto lui.
«Allora smettila di trattarmi come se fossi delicata e fragile» mi giro, i nostri sguardi non si perdono, lui mi sfila la t-shirt, guarda i miei seni in modo famelico, li prende con le mani, li strizza e con la bocca li divora, io mi tengo a lui, si inginocchia davanti a me, mi guarda come se dovesse chiedermi il permesso, poi mi abbassa gli slip e divora la mia essenza vitale, io metto una gamba sulla sua spalla, lo voglio sentire tutto, stacca la bocca, si alza, si sfila i boxer e libera la sua erezione, mi prende in braccio e mi appoggia al lavandino, poi in un attimo ci uniamo e io mi sento nuovamente viva, allaccio le gambe dietro di lui e con colpi secchi e lenti lui mi porta oltre i miei limiti, non smettiamo mai di guardarci negli occhi, la sua lingua si impossessa della mia bocca, è piena e calda, i suoi baci mi mandano in estasi, butto la testa all'indietro, lo sento fino in fondo ad ogni affondo, poi aumenta il ritmo e io non resisto più, mi bacia il collo, i seni, mi morde una spalla, sento che anche lui è al limite, ad un certo punto mi prende in braccio e mi porta nel letto, è ancora dentro di me, si siede nel letto e sono a cavalcioni sopra di lui, comincio a muovermi e il desiderio sale sempre di più, si stende nel letto, io mi appoggio con le mani dietro la schiena, voglio sentirlo il più possibile, voglio che questa sia la mia nuova immagine felice, comincio a muovermi, lui mi tocca i seni e non resisto più, lui lo capisce e mi dice:
«Vieni con me amore mio» e io sparisco, lascio questa terra e sono con lui oltre lo spazio nel nostro piacere.
Siamo a letto, lui è di lato con il braccio piegato che si tiene la testa, io sono nella sua stessa posizione di fronte a lui, ci guardiamo, mi solletica ovunque e io lo tocco, come se avessi paura che possa scomparire e che questa sia stata solo la mia migliore fantasia erotica, mi sfiora il corpo con le dita, ho la pelle d'oca, il suo tocco è come una scossa elettrica, è delicato e tenero e ho di nuovo voglia di fare l'amore, vorrei chiedergli del perché mi ha chiamato amore, ma certe cose si vivono e non si spiegano.

«Sei la donna più tosta che io abbia mai conosciuto» mi dice, le sue parole mi danno la carica, nonostante mi abbia visto in preda alla paura il suo pensiero non cambia.

«Nell'ultimo mese non mi sono sentita così tosta anzi, sono più i momenti in cui ho paura di morire che quelli in cui sono lucida, ho praticamente lasciato il lavoro, non sono in grado di farmi una doccia da sola, non sono uscita di casa per un mese, mi sembra di impazzire e non so come affrontare questa situazione, sono stanca, tanto stanca di stare male» mi guarda.

«"Il coraggio non è avere la forza di andare avanti, è andare avanti quando non hai più forze"» mi bacia dolcemente e io mi sdraio sul suo petto con il viso, sento il suo cuore, seguo quel ritmo, ritrovo il suo profumo e mi addormento in pace.

Nell'ultimo mese ho dormito solo poche ore per notte, e ogni volta che mi svegliavo ero in un bagno di sudore, con il cuore pronto a scoppiarmi nel petto.

Mi sveglio invece che è quasi buio, sono sotto le coperte, accanto a me non c'è nessuno mi agito subito, poi dal salotto lo sento arrivare a tranquillizzarmi, mi abbraccia e mi bacia.

«Tranquilla sono qui» mi tieni stretta a sé come se fossi la cosa più preziosa del mondo.

«Che ore sono?» chiedo.

«Sono le sei, hai dormito quasi undici ore» mi risponde.

«Stai scherzando vero? Non dormivo così tanto dalle medie» lui mi guarda.

«Stamattina hai consumato tante energie» e mi fa l'occhiolino.

«E tu cosa hai fatto in tutto questo tempo?».

«Sono rimasto qui, ho preparato il pranzo» sgrano gli occhi.

«Hai cucinato?» lui mi guarda facendo finta di sentirsi offeso e risponde.

«Ho anche curiosato in tutta la tua casa, sei davvero brava nel tuo lavoro, hai un gusto unico,» deve davvero aver guardato ovunque, sugli scaffali della libreria in sala ho il mio archivio fotografico e le mie ricerche, ho tenuto tutte le riviste per cui ho lavorato, ho tutte le polaroid dei servizi fotografici che ho fatto, non sono per niente infastidita dal fatto che lui ha sbirciato nella mia vita anzi.

«Vieni di là, ho una cosa per te» mi prende per mano e mi porta in salotto dove sopra il tavolino vedo una scatola grande nera con una V in rilievo color rosso, può solo voler dire una cosa quella V quel colore.

«Che cosa hai fatto?» gli chiedo.

«Ti ho fatto un regalo» mi dice con un sorriso da mascalzone, lo abbraccio, se anche in quella scatola ci fosse solo della velina sarebbe già abbastanza, non ho bisogno di regali costosi per innamorarmi di quest'uomo meraviglioso.

«Àprilo sono curioso di vedere che faccia farai quando lo vedrai» mi fiondo sulla scatola e la apro, scarto la velina e dentro c'è un meraviglioso abito rosso Valentino, è lungo, in chiffon di seta, senza spalline, lo sollevo toccandolo solo con pollice e indice, come se fosse il piccolo Simba nella scena del Re Leone quando viene presentato a tutta la savana.

Questo vestito è una favola.

«Grazie, è bellissimo, anche se non ho molte occasioni per un abito del genere» gli dico sorridendo.

«Ne hai una stasera anche se avevo paura che non ti svegliassi in tempo per la cena» mi bacia con la solita passione, capisco quello che sta facendo per me, mi sta facendo sentire unica e speciale e vuole farmi uscire dalla mia tana perché sa che questa per me è una cosa difficile da fare.

«Ora facciamo così, tu ti fai una doccia, io vado in hotel e mi preparo, poi passerò a prenderti alle sette e ti porterò a cena e tu indosserai questo meraviglioso abito per me» questo programma mi spiazza, ma non voglio fargli capire il mio turbamento, così sorrido e gli faccio di sì senza parlare, nella mia testa sto già immaginando uno scenario apocalittico, in cui io morirò sotto la doccia o cose simili, inizio a sudare e non mi piace la situazione, lui si accorge della mia reazione.

«Siediti Olivia, non accadrà niente, respira, voglio che tu lo faccia anche per me, lo so che sei stanca di stare male e voglio che tu reagisca, ce la puoi fare, vorrei poter rimanere qui con te, ma questa cosa la devi fare da sola» mi bacia ancora e poi ancora, lo so che lo fa per me.

«Lo so, ma se dovessi stare male?» respiro come mi ha detto di fare.

«Non sei da sola, non più, vedi oggi finché dormivi io sono uscito un paio di ore, tu hai dormito serenamente e non ti è accaduto niente, non pensare a quello che potrebbe succedere, rilassati».

«Hai detto che sei stato tutto il tempo con me».

«Ho mentito, sono uscito perché volevo andare di persona a scegliere qualcosa per la mia bellissima donna, ora vai a farti la doccia, quando uscirai io andrò in hotel» la cosa mi solleva molto.
«Ok grazio faccio in un attimo» lo bacio, poi corro verso il bagno, apro la doccia e mi immergo sotto l'acqua calda, cerco di fare velocemente, esco dalla doccia, mi metto l'accappatoio, lo chiamo e corro in sala.
«Ho finito!» lo chiamo, ma in casa non c'è nessuno, arrivo in sala e trovo un biglietto scritto a mano sul tavolino, lo apro e lo leggo.

"Nessuno può tornare indietro e ricominciare da capo, ma chiunque può andare avanti e decidere il finale."
Karl Barth

È andato via, appena lo realizzo penso di aver fatto una cosa da sola dopo un mese, mi ha mentito, aveva detto che sarebbe rimasto, questa me la paga, non si fa così, ma sul mio viso mi si stampa un sorriso a trentasei denti, potrei perdere fiducia nei suoi confronti.
Decido di chiamare Beatrice che da ieri non sento, risponde al secondo squillo, la sua voce è preoccupata.
«Olivia stai bene» mi chiede in affanno.
«Si Beatrice stai tranquilla, volevo salutarti e dirti che ho appena fatto la doccia da sola» rido finché lo dico.
«Davvero, non ci posso credere, stai bene?».
«Sì, e oltre alla doccia oggi ho anche fatto l'amore con il mio momento felice» lei rimane in silenzio.
«Mio Dio Olivia, raccontami tutto!» stiamo un po' al telefono, le racconto delle sensazioni che ho provato e che mi sento in gran forma, le dico anche dell'attacco che ho avuto ieri sera, ma lei non sembra preoccuparsene, poi mi ricordo del mio appuntamento per cena, la saluto e vado a finire di prepararmi per il mio nuovo momento felice.
Metto giù il telefono faccio un bel respiro profondo, vado davanti allo specchio e prego ogni Dio di stare bene questa notte, me lo ripeto come un mantra, guardo la mia immagine allo specchio, vedo una donna bellissima, ma fragile, tutt'a un tratto comincio a non sentirmi più le gambe, mi siedo sul pavimento del bagno, vado in iperventilazione, cerco di raccogliere tutto l'ossigeno della stanza, e la forza dell'universo, continuo a ripetermi che devo stare bene e calmarmi, chiudo gli occhi e

mi aggrappo al mio momento felice, in quell'istante sento una mano accarezzarmi come se fossi una bambina, qualcuno mi sta cullando e cantando una canzone le cui parole non riesco a decifrare anche se mi sembra familiare, è come se il mio corpo tremante non fosse il mio, qualcuno mi bacia la testa, mi prende le mani, le bacia e le stringe al petto, percepisco la dolcezza e la paura della persona che mi sta stringendo, giro il volto per vedere la faccia della persona che si sta prendendo cura di me, il volto che vedo è quello del mio papà, mi sta dicendo che andrà tutto bene e che devo reagire al mostro perché sono una donna forte e tenace, lo sento che mi parla, il suo volto è sereno come sempre, continua ad accarezzarmi e a cullarmi come se fossi ancora la sua bambina, cerco di respirare, di concentrarmi su questo momento e sento che mio papà mi sta portando a letto, mi sdraia e io piangendo lo supplico di non lasciarmi.

«Ho tanta paura papà, non riesco a vivere, mi sento morire, io non sono forte, non lo sono mai stata, ho solo fatto finta di esserlo, ho sempre avuto paura di tutto, di non farcela da sola, di non essere all'altezza, volevo andare via per trovare la mia strada, ma quando sono arrivata ho avuto paura di non farcela, ho sempre avuto paura di amare perché pensavo di non essere abbastanza, bella, alta, magra, simpatica, intelligente, le persone non mi vedevano e io mi sentivo sempre più piccola, ho trovato l'amore papà, ma ancora adesso ho il terrore che lui se ne vada perché non sono abbastanza» piango come una bambina tra le braccia del mio papà, qualcuno mi mette sotto le coperte la voce di mio papà mi dice:

«Ascoltami bambina, tu sei andata via perché hai un sogno, quello di farcela da sola e di dimostrare quanto vali, quindi io ti dico di alzarti e farti forza, vai a prenderti la tua vita, non lasciare che nessuno, neanche il mostro possa fermarti, tu sei diventata una donna meravigliosa, non sei perfetta fortunatamente, hai tanti piccoli difetti che ti rendono unica e inimitabile, stai realizzando il tuo sogno e forse è questo che ti fa paura, ricordi Nina cosa ti disse un giorno, attenta ad esprimere un desiderio perché prima o poi potrebbe realizzarsi, e tu ce l'hai fatta amore bello, ora trova un altro sogno e realizzalo».

«Voglio poter amare il mio uomo».

«Allora alzati e vai a prenderti il tuo sogno» apro gli occhi, sono sul letto rannicchiata, sono da sola, ho avuto un'allucinazione anche se mi sembrava tutto così vero.

Ho addosso il vestito che mi ha regalato Sebastian, mi alzo, vado davanti allo specchio e ho quasi paura di guardarmi, respiro profondamente, alzo lo sguardo, vedo una giovane donna bellissima, il trucco tutto sbavato, ma non importa, mi lavo la faccia, mi trucco nuovamente, mi sistemo i capelli, accarezzo il vestito meraviglioso che indosso e sorrido alla donna che mi guarda nello specchio. "Andiamo a prenderci il nostro sogno" esco dal bagno, indosso le scarpe e vado in salotto, sopra il tavolino trovo una rosa con un messaggio scritto a mano.

La vita è fuori che ti aspetta.
S.

Guardo l'ora sono le sette e mezza, mi maledico da sola, allora prendo la borsa, apro la porta e corro giù per le scale, a metà discesa decido che non voglio arrivare giù come se avessi appena corso una maratona, quindi mi fermo e chiamo l'ascensore, non ci penso troppo, quando arriva salgo e schiaccio il piano terra, nel tragitto, mi sistemo i capelli che si sono arruffati e il vestito, arrivo alla meta, tiro un sospiro di sollievo, le porte si aprono e seduto sui gradini del palazzo trovo il mio uomo che mi sta aspettando, quando sente il rumore dietro di sé, non si muove di un passo, rimane seduto immobile, così lo chiamo, lui si alza, si sistema la giacca e si gira.
È di una bellezza sconvolgente, indossa una giacca doppio petto nera sartoriale che lo fa sembrare l'uomo più bello della terra, ha i capelli pettinati con un po' di gel, una camicia bianca senza cravatta e senza papillon, aperta sul suo petto immacolato, quando mi vede si illumina, ha la faccia stanca, così mi viene in mente che deve essere stato seduto ad aspettarmi mezz'ora.
«Scusa il ritardo, non è stato semplice arrivare fino a qui» mi porge la mano.
«Lo so, ma ci sei arrivata da sola, ora potresti continuare con me!». scendo le scale, lui mi sorride e il mio cuore sembra esplodermi nel petto, quando sono di fronte a lui gli porgo la mano, lui la prende con entrambe la porta alla bocca e delicatamente la bacia.
«Un passo alla volta e un giorno alla volta» mi prende sottobraccio e mi conduce verso l'auto che ci sta aspettando fuori dal mio palazzo, apre la

portiera, mi fa segno di entrare, passo davanti a lui, ma mi ferma prendendomi il viso e baciandomi come se fossi un sogno che si realizza. Io mi sento desiderata e potente, come se potessi di nuovo spiccare il volo. Più lo guardo e più penso che la vita sia quella che comanda davvero, non avrei mai immaginato di partire per il Messico e tornare innamorata, di incontrare persone speciali che sono riuscite a rimarginare le mie ferite. Ora mi rendo conto che tocca a me coltivare la guarigione e far in modo che il mostro stia a riposo, ma la mia vita in questo momento mi sta dicendo che le cose belle accadono, che anche il buio più oscuro può essere illuminato e che io se voglio posso fare qualsiasi cosa.

Sembriamo usciti da un film, lui nel suo abito scuro e io che sembro una principessa a fianco al suo principe. Siamo in auto da un po', vorrei chiedergli cosa ha organizzato per la serata, stiamo andando verso Como sulla superstrada Meda-Lentate, non ho idea di dove voglia trascorrere la serata, ma vestiti così le opzioni sono poche.

Guardo fuori dal finestrino, sono rilassata, lui mi tiene la mano, è al telefono, sta parlando in spagnolo, io sono rapita dai miei pensieri, ma una frase mi distoglie dalle mie fantasie riportandomi alla realtà.

«Non permetterti di minacciarmi pezzo di merda?» dice al suo interlocutore con un tono di voce che non ammette repliche, io faccio finta di non ascoltare, mi avvicino a lui e quando interrompe la chiamata mi prende in braccio.

I suoi occhi sono turbati, appena mi accarezza la pelle attraverso lo spacco laterale del vestito io mi incendio al solo tocco delle sue dita sulla mia pelle.

«Cosa ti turba amore mio?» uso le stesse parole che mi ha detto quando ho avuto l'attacco di panico davanti a lui e quando stavamo facendo l'amore la mattina dopo.

Gli accarezzo il suo viso meraviglioso e magnetico, somiglia molto a sua sorella, sia nei colori che negli occhi in grado di incenerirti, adorarti o mandarti in tilt ipnotizzandoti.

Lui guarda fuori dal finestrino e non mi risponde.

«Niente che non possa gestire e controllare» è di nuovo l'uomo del nostro primo incontro, mi prende la nuca e le nostre labbra si avvicinano fino a fiorarsi.

«Stanotte ci siamo solo noi, lasciamo lontani mostri e problemi» mi sussurra.

Poi mi bacia con passione e angoscia.

La nostra reazione al contatto è sempre la stessa, eccitazione e disperazione, ansimo il suo nome nella sua bocca, infilo le mani sotto la sua giacca per cercare il contatto con la sua pelle che è diventata ormai come una droga.

Lui si stacca.

«Rimettiti a sedere o ti strappo questo vestito!» ecco che ritorna il mio maschio egocentrico.

«Non avere fretta Olivia, stasera potrai soddisfare qualsiasi voglia» e il suo sguardo mi manda in tilt.

Mi rimetto al mio posto, lui mi tiene sempre la mano, non interrompe quel contatto come a volermi rassicurare.

Stiamo costeggiando il Lago di Como, siamo in macchina da circa cinquanta minuti il sole sta tramontando sulle montagne dietro il lago e la vista è unica, arriviamo ad un cancello, sto cercando di capire dove siamo esattamente, il cancello dopo pochi secondi si apre ed entriamo in un giardino che sembra stato disegnato da Dio in persona.

«Benvenuta a Villa d'Este Olivia» Sebastian esce dall'auto e viene ad aprirmi la porta come l'ultimo dei cavalieri.

Percorriamo il vialetto d'ingresso a piedi, Sebastian come al solito sembra il padrone del mondo, deve essere abituato al lusso e agli occhi puntati addosso, io invece mi sento come Cenerentola al ballo con il principe, entriamo nella hall dell'hotel, io quasi mi slogo il collo a forza di girare la testa in tutte le direzioni per vedere la magnificenza di questo palazzo.

Lui guarda davanti a sé come se questa fosse casa sua, "oh mio dio non sarà suo anche questo hotel vero", mi indica la strada accarezzandomi con una mano la schiena.

Arriviamo in una veranda piena di tavoli e gente seduta per la cena, saluta con un cenno del capo quello che presumo sia il maître del ristorante, poi come se sapesse la strada usciamo passando in mezzo a tutta quella gente che ci sta guardando come se fossimo i reali di Inghilterra e si dirige fuori nella terrazza che dà sul lago dove vedo un unico tavolo apparecchiato per due.

Arrivati a quello che presumo sia il nostro tavolo mi bacia la mano e sposta la sedia per farmi sedere.

Lui si accomoda di fronte a me, mi sembra di essere dentro una fiaba, mi guarda come la prima sera, con quello sguardo sicuro e magnetico.

Il maître arriva, lo saluta per nome e lui ricambia come se fossero vecchi amici, poi ci dice che quando siamo pronti possiamo cominciare con la cena.

Un cameriere ci porta dello champagne e lui alzandosi e prendendomi per mano mi porta sulla balconata che dà sul lago.

«Rilassati piccola» mi accarezza il viso e mi dà un bacio leggero.

«Questo posto è impressionante, grazie, non dirmi che anche questo hotel è tuo?» lui sorride.

«No, ma ci sono stato parecchie volte, qui si organizzano eventi importanti del settore, per questo lo conosco bene, stasera dormiremo qui, sei contenta?» abbasso lo sguardo.

«E domani cosa succederà Sebastian?».

Giuro che nei suoi occhi vedo solo tormento e angoscia, le sue parole cercano di venerarmi, ma nel suo sguardo vedo altro.

Lui partirà ovviamente e io tornerò alla mia vita o a quello che rimane, continua a dirmi di non avere paura, che ora ci penserà lui a proteggermi, ma la verità è che domani io sarò di nuovo sola a combattere i miei mostri.

«Domani conquisterò il nostro futuro».

Ho un groppo allo stomaco, cerco di cacciare via la malinconia e le lacrime e di godermi la meravigliosa serata che ha organizzato per me.

«Mi hai conquistato già tante volte, pensavo l'avessi capito, mi hai ipnotizzato la prima volta quando sei arrivato a cavallo su una spiaggia a Cabo San Lucas, mi hai fatto sentire viva e desiderata, mi sono persa tra le tue braccia in una spiaggia di una piccola isola di pescatori di fronte ad Acapulco, mi sono sentita spavalda e coraggiosa, ti ho adorato quando sei arrivato vestito da jogging a Central Park, mi sono sentita un'adolescente felice, non c'era il mare, ma il lago di Jackie Kennedy, ora in questo meraviglioso hotel sul lago di Como mi stai facendo sentire importante».

«Pensavo di averti ipnotizzato al nostro primo incontro al Gastro Bar?».

«Oh, mio caro, al Gastro Bar ti ho detestato a morte» gli dico accarezzandogli il collo, il suo sguardo è intenso e so che c'è qualcosa di cui mi vuole parlare.

«Starò via per un po', devo sistemare parecchie cose Olivia, tu hai già tanti pensieri, non è un addio, ma non posso rimanere accanto a te, non in questo momento».

Non mi sta raccontando un sacco di cose, penso dipenda dal fatto che mi ha visto in preda al panico nel gestire la mia vita quotidiana, mi sta proteggendo da qualcosa lo sento, ma non posso pensare che se ne vada ancora.

«Non temere ti ritroverò ancora» mi abbraccia come non aveva mai fatto, mi stringe come se volesse proteggermi dal mondo e io sono preoccupata per lui.

«Ora andiamo a mangiare piccola» e mi accompagna al tavolo dove hanno servito il nostro antipasto, ci gustiamo la cena e l'atmosfera surreale creata solo per noi.

Mi racconta la storia di questo hotel, e io incantata mi lascio trasportare indietro nei secoli ascoltando i racconti di cardinali, conti, marchesi e regine.

Oggi mi dice è considerato tra i migliori hotel di lusso al mondo ed effettivamente tra la cornice del lago, lo stile architettonico e l'importanza dei suoi giardini non credo che ci siano altri posti con caratteristiche simili.

Finita la cena mi porta sulla piscina galleggiante, rimaniamo a contemplare la bellezza del lago, con poche luci sparse sul monte di fronte.

«A cosa pensi amore mio?» mi chiede abbracciandomi da dietro e spostandomi i capelli da un lato.

«A quale sarà la nostra prossima meta».

«Sarà dove tu deciderai di andare, sarà una casa, una spiaggia o un altro hotel» mi giro, ci guardiamo e mi bacia con impeto, mi morde le labbra e mi asciuga la bocca di baci, la passione magnetica che ci spinge l'uno con l'altro la sento nei nostri corpi che si accendono solo a sfiorarci, appena si stacca ci guardiamo come se fossimo posseduti dal demonio.

Gli apro i bottoni della camicia e lui infila le mani tra gli spacchi di questo meraviglioso abito di seta, le mie mani cercano di infilarsi nei suoi boxer, ma lui mi prende la mia mano bloccandola.

«Adesso tu fai la brava, mi segui in camera dove finalmente ti potrò strappare di dosso questo vestito» spalanco la bocca dallo stupore, non fa tempo a finire la frase che si precipita trascinandomi in direzione dell'hotel, sembra una furia, cerco di tenere il passo, ma le mie gambe non riescono a stargli dietro, entriamo nella mastodontica hall dell'hotel dove ad attenderci c'è una scalinata in marmo, arriva davanti al desk e il concierge senza neanche fiatare gli allunga la chiave della stanza.

Ha messo il turbo, a metà scala quando vede che io non riesco a stargli dietro e ho il fiatone si gira verso di me e senza dire niente mi carica ancora in spalla come se fossi un sacco di patate. Emetto un gridolino dalla sorpresa, lui sale le scale due gradini alla volta, quando siamo davanti alla porta della nostra suite passa la tessera e si fionda dentro alla camera.

È su di giri e questo suo atteggiamento mi fa venire voglia di giocare con lui, adoro vederlo in preda alla lussuria è talmente erotico che potrei venire guardandolo solo negli occhi.

Mi appoggia a terra e io mi allontano da lui, gli do le spalle e vado verso la terrazza che dà sul lago.

Lui mi raggiunge da dietro e infila le mani sotto il mio vestito tra i miei slip di pizzo.

«Vuoi giocare con me Olivia, vediamo chi cede per primo?» toglie le mani che mi stavano massaggiando lasciandomi senza aria nei polmoni, così mi giro e senza staccare gli occhi dai suoi vado a sdraiarmi su un divanetto e con fare sensuale inizio a togliermi le scarpe e massaggiarmi i piedi, lui si tiene al parapetto del terrazzo, sta raggiungendo il limite e io godo da morire nel vederlo trattenersi, mi sfilo gli slip e glieli lancio, lui con un solo passo mi raggiunge e come aveva promesso mi strappa di dosso il vestito.

Nei suoi occhi c'è lo stesso sguardo che aveva la prima volta che mi spogliò sulla spiaggia.

Mi prende di nuovo come se fossi un sacco di patate, mi morde il culo e io grido, arriviamo in camera, mi butta sul letto, si toglie la giacca con una sola mossa, poi come se ne andasse della sua salute mentale, si slaccia la cintura, butta le scarpe dall'altra parte della stanza. Io mi godo questo spogliarello e con una gamba gli tocco il petto, lui si libera dei pantaloni e dei boxer, poi mi afferra la gamba e inizia molto lentamente a leccarmi partendo dai piedi.

Io sto impazzendo, cerco di divincolarmi da quella meravigliosa tortura, ma lui non sembra clemente nei miei confronti, si stende sul letto, mi apre le gambe e mi regala il paradiso solo sfiorandomi.

Alza la testa e mi guarda, mi sto contorcendo su queste lenzuola di seta, ho raggiunto il limite e lui se ne accorge, così si stacca e mi dice.

«Attenta bambina a giocare con il fuoco» e nei suoi occhi vedo aprirsi le porte dell'inferno.

Ma a me è passata la voglia di giocare e in questo momento ho il bisogno impellente di trovare il piacere assoluto dentro di lui.

«Assaggiami» gli dico con un filo di voce, uso ancora quelle parole e lui ritorna con me su quella spiaggia dove per la prima volta mi sono persa con lui.

Facciamo l'amore tutta la notte, non ci saziamo mai siamo come dei ragazzini incapaci di contenerci, abbiamo esplorato cento otto metri quadri di suite e novanta di terrazza. In questo momento fuori sulla terrazza sotto una stellata che sembra finta abbracciata a lui mi rendo conto che non c'è traccia della mia paura, ma solo il disperato desiderio di non lasciare andare la mia ancora di salvezza.

Dormiamo sotto le stelle, avvolti da una coperta che sembra ripararci dal mondo, quando inizia ad albeggiare mi sveglio e mi accorgo che lui è in piedi appoggiato al balcone e sta guardando il sole sorgere sul lago.

Mi alzo portandomi dietro la coperta e vado ad abbracciarlo da dietro, respiro il profumo della sua pelle che sa di lui e di noi.

«Devi essere forte Olivia, devi riprendere in mano la tua vita, il tuo lavoro, lottare per i tuoi sogni, lottare anche per noi».

Ho gli occhi velati di lacrime a sentirlo parlare così.

Lui si gira mi prende il viso tra le mani e mi dice.

«Qualsiasi cosa succederà nei prossimi mesi, sappi che io ti sarò accanto, non sarai mai più sola, ci sarò io a proteggerti».

20 - IL NOSTRO FUTURO
Sebastian

Ho girato come una trottola per un cazzo di mese, mio padre non lascia in pace mia sorella e così ho dovuto prendere in mano la situazione e ritornare a vestire i panni del figlio dell'uomo più sadico di tutto il Messico. Mio padre si è dimenticato di quanto anch'io possa essere spietato, ho cambiato vita perché quella che mi offriva lui mi faceva schifo, ma sono stato cresciuto secondo i suoi voleri ed addestrato ad uccidere e sopportare settimane di tortura.

La rete di corruzione che mio padre controlla mi conosce e mi rispetta come il legittimo erede, loro non sanno che io con loro non voglio avere nulla a che fare, ma questo mi ha sempre protetto e ora mi dà la possibilità di scatenare l'assalto definitivo a mio padre.

La facciata di famiglia perbene che mio padre ci ha sempre imposto ora sarà la sua condanna.

Io sarò la sua condanna.

Sono ritornato in Messico ho rivisto Isabel dopo tanti anni e mi sono sentito una merda, quando lei è tornata da Tommy lasciando il futuro che io le stavo costruendo negli Stati Uniti mi sono sentito tradito e l'ho lasciata nelle mani di quell'uomo che sembrava uscito da una favola per bambini, l'ho sempre fatta tenere d'occhio e mi sembrava felice, quindi ho abbassato la guardia e mi sono messo il cuore in pace pensando che lui la potesse proteggere e amare.

Quando mia madre mi ha chiamato un anno e mezzo dopo dall'ospedale dove Isabel aveva partorito e dopo avermi raccontato tutta la storia sono esploso di rabbia nei confronti del pezzo di merda che l'aveva messa incinta.

Mio padre.

Non ho voluto affrontarlo per paura che facesse ancora del male a Isabel, ma non mi ero reso conto di quanto a fondo lui si era insinuato nella sua mente.

Tommy era pieno di rabbia come me e distrutto da quello che mia sorella e mio padre gli avevano fatto, come dargli torto.

L'ho fatta ricoverare in una clinica ignorando quanto mio padre fosse in gamba a corrompere guardie e infermieri.

Ho scoperto che per quasi due anni l'ha fatta drogare e riempire di psicofarmaci, quale padre farebbe questo alla propria figlia.

Lui è ossessionato da lei, il potere che ha lo rende marcio e malato, si sentivano tante di quelle storie sul suo conto e io mi vergogno di aver portato un tempo il suo cognome, in pochissimi fidati sanno che ho cambiato cognome, in Messico sono il figlio di Diego Urguada Malachado.

Lui mi ha sempre immaginato come il suo degno erede facendomi crescere in un collegio durissimo lontano da casa, così mi sono perso i maltrattamenti che mia madre e mia sorella hanno subito per anni. Vivevo in un incubo, venivo punito in continuazione perché ero un leader e un ribelle, stavo diventando violento e spietato come mio padre e questo mi terrorizzava.

Non potevo proteggerle in quel collegio così ho tenuto duro e appena ho potuto me ne sono andato in America lontano da mio padre. Lui mi ha sempre minacciato pensando di potermi fottere se avessi abbassato la guardia, ma io sono diventato un uomo talmente integerrimo che il solo avvicinarsi a me li avrebbe condannati all'ergastolo, in America sono protetto da un gruppo di contractor che lavorano per me da due anni, sono diventati la mia ombra e nell'ombra hanno scavato la fossa per la resa di mio padre, manca poco, sento le sue minacce e mi viene da ridere, ma quando ha capito che minacciare mia sorella faceva più male a lui che a me allora ha cominciato con Olivia.

Quando sono tornato ad Acapulco per il compleanno di Jose mi hanno visto in compagnia di Olivia e da quel giorno non fanno che minacciarmi di fare del male anche a lei.

Sono riuscito a portare a Sayulita mia madre e mia sorella, ho acquistato la casa della nostra infanzia e le ho sistemate lì, mio padre non penserebbe mai di averle tanto vicino, pensa che siano da qualche parte in un'isola deserta in uno dei miei resort.

Ho chiesto a Jose di tenerle d'occhio, e venti giorni fa mi ha chiamato dicendo che Isabel ha tentato il suicidio ingoiando tutte le pasticche che ha trovato in casa, sono corso da lei, abbiamo parlato a lungo, il punto è che rivuole indietro suo figlio e la vita che aveva con Tommy.

Lui però non si avvicina a quella casa, ma so che se qualcuno degli uomini di mio padre dovesse andare da quelle parti lui scatenerebbe l'ira degli dèi Polinesiani per vendicarsi.

Ho portato Olivia con me a New York dove sapevo di poterla proteggere, lì nessuno oserebbe avvicinarsi a me, lei poi è dovuta tornare a casa, tramite Nina e Jose ho avuto il suo indirizzo, promettendo a tutti di non spezzarle il cuore, pena la mia evirazione. Sono arrivato a casa sua, ma lei non c'era, l'ho aspettata due giorni e lei è finalmente tornata trovandomi sui gradini del suo palazzo.

Quella sera a casa sua ha avuto un attacco di panico, l'ho riconosciuto perché mia sorella ne ha sempre avuti, l'ho rassicurata, ma mi sono sentito mancare il terreno sotto i piedi.

Il giorno dopo, finché dormiva beata a casa sua è arrivata una ragazza che quando ha saputo il mio nome e mi ha visto a casa sua mi ha raccontato cosa aveva vissuto da quando era tornata a casa.

Anche lei nel mese in cui non siamo stati insieme ha dovuto affrontare il suo passato e i suoi demoni e io ora devo darle la forza per rialzarsi e combattere, devo sapere che è in grado di badare a sé stessa, perché io devo tornare da mio padre e mettere fine alle sue minacce su Olivia e mia sorella.

Ho parlato con la sua amica quella mattina a casa sua e le ho spiegato la situazione, non voglio che Olivia si senta ancora perseguitata però ho bisogno di sapere che qualcuno vicino a lei terrà gli occhi aperti.

Ho deciso di portarla in un luogo speciale per ritagliarci ancora un altro momento tutto per noi lontano dalle nostre vite e i nostri demoni. In auto finché stiamo raggiungendo il lago di Como mio padre mi chiama per dirmi che o gli riporto mia sorella e mia madre oppure lui si prenderà la mia donna.

Olivia che non è né ingenua né stupida capisce che c'è qualcosa che mi tormenta e io ho solo voglia di torturare mio padre nel modo più doloroso possibile.

Durante la cena sono un fascio di nervi, cerco di rilassarmi guardando la bellissima donna che mi guarda con i suoi meravigliosi occhi grandi che ora sono tristi e preoccupati.

Mi perdo dentro il suo corpo per tutta la notte, facendole capire quanto lei sia importante e preziosa per me, toccando il suo corpo come se appartenessimo l'uno all'altro.

Mi sveglio prima dell'alba, non voglio svegliarla, la guardo dormire e ho una paura fottuta che qualcuno le possa fare del male. Sento quasi un dolore fisico, ripenso a quando da bambino in collegio mi torturavano per ore per temprarmi a resistere nel caso qualcuno mi avesse rapito per ricattare mio padre e ora guardandola vorrei spaccare questa terrazza per la rabbia e il terrore che possano fare del male anche a lei. Quando cresci nel marcio, puoi anche ripulirti e comprarti abiti costosi, costruirti una nuova vita, ma sapere cosa è in grado di fare certa gente per ricattarti ti fa sentire ancora l'odore della paura.

Sto guardando il lago da non so quanto tempo, sento la sua presenza dietro di me, mi avvolge in una coperta e ora devo dirle che deve essere forte e lasciarmi andare a proteggerla. Sento le sue lacrime calde sulla mia schiena e io mi sento precipitare nel baratro.

«Devi essere forte Olivia, devi riprendere in mano la tua vita, il tuo lavoro, lottare per i tuoi sogni, lottare per noi» le dico.

Poi mi giro, la guardo in quei meravigliosi occhi dove vedo il vero me.

«Sei la cosa più preziosa che ho, non dubitarne mai» e la abbraccio come se potessi fonderla con il mio corpo e portarla sempre con me.

«Ho già in mente quale sarà la nostra prossima meta» le dico.

«Riusciremo mai a stare insieme per più di cinque giorni Sebastian?».

«Quando succederà vorrà dire che avremo sconfitto i nostri demoni».

21 - UNGHI E DENTI AFFILATI
Olivia

Abbraccio Sebastian da dietro con la coperta, lo avvolgo nel nostro mondo e vorrei che rimanessimo così in eterno.

La mia testa mi dice che non lo rivedrò più, il mio cuore mi dice che dovrò lottare per noi, non voglio farmi vedere debole, mi sta chiedendo di riprendere in mano la mia vita, il mio lavoro e questo può solo voler dire che ci stiamo separando un'altra volta. Le lacrime iniziano a scendere, questa sorta di caccia al tesoro tra me e lui non è più divertente, vorrei costruire un quotidiano o almeno qualcosa che mi possa portare a pensarmi con lui per più di una settimana, non pretendo dichiarazioni e promesse, vorrei solo una normalissima storia. Si gira e mi riempie il cuore con un abbraccio talmente intenso che mi si mozza il respiro, le sue braccia forti mi fanno sentire nel posto più bello del mondo, tra di noi non c'è solo dell'ottimo sesso, ma anche un'alchimia e una sinergia pazzesca. Respiro a fondo per non dimenticarmi la magia e l'intensità di questo istante, il suo profumo è casa, poi lui mi prende il viso tra le mani e mi dice

«Ti troverò ancora e sarà così finché non mi supplicherai di sparire dalla tua vita» io gli sorrido e abbasso gli occhi.

So che mi troverà, sembra che io abbia un microchip impiantato sottopelle, il punto non sarà ritrovarsi, ma cosa succederà finché saremo separati.

Come se lui mi stesse leggendo nell'anima e nella testa, mi alza il viso sfiorando il mio mento con le dita.

«Lotta per noi Olivia».

Io mi guardo attorno, vedo i monti verdi che si gettano a precipizio sul lago di Como, siamo in uno dei posti più belli del mondo, ma mi rendo conto che la cosa più incredibile siamo noi due insieme.

Mi godo ancora un attimo di questo momento di pace, ma sento di dover essere io a interrompere questo contatto, mi manca l'aria, ho bisogno di respirare, rientro nella suite e vado verso il bagno, lui non si muove ed è come se ci separassero già miglia di distanza.

Il suo corpo mi dice che è in allerta e preoccupato per qualcosa, ma non sono riuscita a capire se c'entri il mio stato d'animo o ci sia qualcos'altro.

Dal telefono del bagno chiamo la concierge e chiedo un taxi per riportami a Como.

Mi infilo in doccia e lui dopo poco mi raggiunge in bagno, lo becco a fissarmi appoggiato allo stipite della porta, ha lo sguardo pensieroso, incrocia le braccia al petto, ha un asciugamano legato in vita e se dovessi descriverlo in questo momento direi che emana forza e determinazione, ma anche disperazione.

Ho voglia di giocare ancora un po' con lui e così lo stuzzico, mi giro dandogli le spalle come se non esistesse e gli sento emettere una risata. Continuo a insaponarmi cercando di sembrare il più rilassata possibile, in realtà vorrei correre da lui, chiedergli di non partire, di smetterla di lottare contro il mondo e di lasciarsi andare nella mia direzione.

Calde lacrime mi rigano il viso, ma voglio tirare fuori le palle e dimostrargli che ovunque sarà io lotterò per me e per noi, mi giro e vedo un uomo fiero e forte, ma anche turbato ed eccitato.

«Non vorrei essere nei panni dell'uomo che turba i tuoi pensieri» gli dico uscendo dalla doccia nuda.

«Chi ti dice che sia un uomo a turbarmi?».

«Oh, interessante, dovrei essere gelosa?» dico e mi avvicino, lui non mi stacca gli occhi di dosso, il modo in cui mi guarda mi fa sentire desiderata e sensuale, io non riesco a staccare gli occhi dai suoi che mi stanno implorando di tuffarmi da lui, resisto con tutte le mie forze, voglio capire cosa lo turba.

Allunga una mano per fermarmi, ma io evito il suo tocco e torno fuori sulla terrazza.

«Olivia non scappare vieni qui!».

Mi sento colta nel vivo, io non sto scappando, è lui che mi sta mollando per l'ennesima volta per correre a risolvere chissà quali problemi.

Mi asciugo guardando il lago, cerco la pace e la serenità di cui ho bisogno, in un attimo lui mi raggiunge e si mette dietro di me incastrandomi con le sue braccia, mi sposta i capelli da un lato e ad un soffio dal mio orecchio mi dice:

«Ricorda quello che siamo» e mi bacia dolcemente la guancia, poi stuzzica il mio lobo sinistro e io mi incendio come la notte scorsa, con il suo viso sfiora il mio ed è di una dolcezza disarmante.

«È meglio che vada» dico, vorrei girarmi, guardarlo negli occhi e perdermi ancora dentro di lui un'infinità di volte, ma è come se non avessi più forze, ho alzato nuovamente la mia barriera di protezione e ora so che non c'è spazio per queste debolezze.

«Ti accompagno io a casa Olivia, dammi il tempo di fare una doccia» mi bacia la guancia e mi stringe in un abbraccio intenso.

Lo sento entrare in bagno, io mi vesto rapidamente con lo stesso abito di ieri sera che ora ha più spacchi di prima ed esco dalla suite e dalla sua vita. Arrivo al molo dei taxi dell'hotel, mi tolgo le scarpe e salgo aiutata dall' autista del taxi boat.

La quiete del lago viene interrotta dal suono disperato del mio nome gridato dalla terrazza della suite da un uomo incazzato e disperato.

Lo vedo appoggiato al balcone, il torso nudo e i capelli bagnati.

Esco dal taxi e sussurro:

«Lotta per noi Sebastian» alzo il braccio nella sua direzione mandandogli un bacio da lontano.

Tornata a casa chiamo Beatrice, non ho particolarmente voglia di condividere con lei la magia del tempo trascorso con lui, ma ho voglia di compagnia e di prendere aria, così mi cambio al volo e ci incontriamo nel nostro ristorante preferito.

Dopo una cena deliziosa a parlare del più e del meno e a bere una bottiglia e mezza di Valpolicella Ripasso mi domanda:

«Olivia perché non riprendiamo a fare kick boxing io e te, ti ricordi quanto ci siamo divertite ad allenarci insieme?» io sorrido ripensando a quel periodo in cui mi sentivo davvero una sorta di Tomb Rider, quando ho conosciuto Beatrice io ero costantemente minacciata dall'uomo che pensavo mi amasse e lei mi ha spronato a fare qualcosa che mi facesse sentire più forte e potente e devo dire che il kick boxing mi ha davvero aiutata.

Sono passata dal sentirmi un agnellino al macello la settimana prima di Pasqua al minacciare la gente per strada che si metteva sul mio cammino o non mi assecondava, ha tirato fuori la mia aggressività e anche se a me non sembrava una cosa positiva, Bea diceva che dovevo smetterla di sentirmi minacciata e indifesa e che dovevo iniziare a combattere.

Non capisco come mai me lo proponga ora.

«Bea magari dovrei provare con il pilates, ora il problema non è più quello di difendersi da una possibile minaccia di aggressione, ora devo ritrovare il mio equilibrio e la mia pace».

«Olivia ascoltami bene, faremo anche pilates, ma voglio che tu tiri fuori il tuo lato battagliero, voglio che tu ti riprenda il lavoro e la vita che avevi prima di partire per il Messico, quindi chiama Leo e ritorna in pista tra i grandi».

«Hai ragione Bea, fanculo alla paura e l'ansia cazzo, ho lavorato più di tutti per realizzare i miei obiettivi, domani vado in agenzia e vedrai che sistemerò tutto».

«Ok allora brindiamo alle donne con le palle che ce la fanno da sole!».

«Alla forza di andare avanti un passo alla volta, anche per merito tuo Bea, grazie non so come farei senza di te».

«Tranquilla, sei la paziente meno complicata che ho».

«Veramente e io che pensavo di essere un disastro!».

«Credimi la tua è una passeggiata di salute».

«Andiamo a casa, domani devo riprendere in mano la mia vita».

Una volta rientrata nel mio appartamento e chiusa la porta mi guardo attorno, mi sembra che Sebastian sia ancora qui con me e mi sento tranquilla e felice.

Ha capito come prendermi e affrontarmi, anche se ingannandomi mi ha costretta a reagire, ora tocca a me dimostrare di potercela fare.

Mi sdraio nel letto respirando ancora il profumo della nostra fusione, infilo la mano sotto il cuscino dove lui ha dormito ieri notte e trovo un biglietto.

"Il giorno più bello? Oggi.
L'ostacolo più grande? La paura.
La cosa più facile? Sbagliarsi.
L'errore più grande? Rinunciare."
Madre Teresa di Calcutta
Lotta per noi Olivia
S

Lo stringo al petto e mi addormento pensando a tutte le battaglie che dovrò affrontare domani.

Se nell'ultimo mese e mezzo la mia vita è stata un incubo a causa dei miei attacchi di panico, ora lo è per quello che ho trovato quando sono ritornata al lavoro.

Leo ha tentato in tutti i modi di proteggermi, ma le direttrici delle più grosse agenzie di comunicazione di Milano, Londra e New York con cui ho lavorato per tantissimi anni non hanno mangiato la foglia del mio progetto oltreoceano.

A quanto pare la notizia dei miei esaurimenti ha fatto il giro dei palazzi della moda e della comunicazione e io sono con il culo per terra, secondo Leo devo tener duro accettare lavori meno importanti e portare pazienza fino a che la situazione non si sarà sistemata.

«Vedi Leo mi stanno mettendo da parte perché è un mondo dove se rimani appena un po' indietro ti schiacciano senza pensieri».

«Ma che dici Olivia nella moda sono tutti esauriti figurati».

«Beh io sono stanca di subire, quando Domenico è finito in galera io ho reagito e farò così anche ora, andrò a bussare tutte le porte dei piani alti e mi riprenderò come ho già fatto una volta».

La faccia di Leo parla chiaro, non ho nessuna speranza, ma mi è venuta in mente un'idea, se vogliono farmi crollare di nuovo, loro verranno a fondo con me.

Ho sempre accettato le sfide che la vita ha messo sul mio cammino con rabbia e decisione.

Sono stata anche molto fortunata perché gli episodi drammatici nella mia vita sono stati forti, ma limitati alla perdita dei nonni e alla storia con Domenico.

Ora però devo rimettermi in carreggiata, ho perso un mese nel delirio delle mie fobie e come dicevo a Leo ora andrò a bussare a tutte le porte se necessario per ritornare sulla cresta. Non è tanto per una questione economica o di rispetto, il punto è che non mi va di essere lasciata indietro per colpa di una mia debolezza.

Forse in tanti erano appostati lungo la riva del fiume in attesa che il mio cadavere passasse, ma questo non accadrà ora.

Mi sono ripresa il mio ruolo e la mia autorità dopo solo tre settimane, è bastato diffondere la voce che mi volevano per un reality show in cui avrei raccontato il dietro le quinte del mondo fatato della moda per far sì che il telefono ricominciasse a suonare e il mio cachet salire vertiginosamente.

Stavano forse pagando il mio silenzio, non lo saprò mai ad ogni modo mi sono ripresa i clienti più importanti, e sono di nuovo in giro per il mondo a scattare le migliori campagne pubblicitarie.

Posso ritenermi soddisfatta di come ancora una volta sono riuscita a riprendermi il posto che mi sono faticata e di come la mia vita sia tornata quella di sempre.

La cosa assurda di questo periodo è che da una parte ho tirato fuori la grinta per rialzarmi ancora una volta, ma dall'altra sono ritornata nella condizione per cui il lavoro è tutto quello che ho nella vita.

Perché questo lavoro ti assorbe veramente e il tempo per amici e amori non ce l'ho. Bea mi chiama tutte le sere per sapere come sto e come procedono le cose, a volte la sento preoccupata per i miei ritmi di lavoro e il più delle volte riesco a tranquillizzarla, ovviamente non abbiamo mai ricominciato il nostro corso di kick boxing e neanche il pilates e mi sento una vera stronza per questo, le cene sono tutte con i clienti o con le persone che ogni giorno vivono il set fotografico con me, ma stasera l'ho chiamata perché voglio parlarle di una cosa che mi sta succedendo da diverse settimane.

Così oggi mi sono ritagliata del tempo per preparare una bella cena tra di noi, finché l'aspetto apro una bottiglia di vino rosso e accendo un po' di musica per rilassarmi.

Alle nove precise lei bussa alla porta, ci abbracciamo e subito ritroviamo la nostra sintonia.

Bea è davvero una ragazza bellissima, lunghi capelli castani sempre acconciati con delle onde sinuose, un fisico da urlo e due occhi azzurri che metterebbero soggezione anche ad Hannibal Lecter.

Il suo lavoro la porta a vestire sempre con tailleur ricercati e tacchi alti, ma quando siamo io e lei è sofisticata, ma casual come stasera.

«Wow Bea sei uno schianto!» le dico appena la vedo aprendo la porta.

«Grazie Olivia anche tu sei in forma smagliante».

«Tu dici, io mi sento esausta e da buttare».

«Olivia stai vivendo un periodo assurdo, non devi esagerare, abbiamo fatto passi da gigante e se penso a come stavi due mesi fa non ti riconosco neanche però non devi tirare troppo la corda, hai bisogno di ritagliarti del tempo per fare cose normali».

«Hai ragione amica mia, ma tu sai come scorre la mia vita se rallenti ti calpestano e io ora non posso permetterlo».

«Beh se tu accettassi la proposta per l'agenzia avresti molto più tempo a disposizione, potresti crearti un tuo gruppo di lavoro e delegare molte campagne o servizi ai tuoi collaboratori?».

Questa è una delle cose strane che sono successe in questo periodo, da New York è arrivata tramite uno studio legale specializzato in acquisizioni un'offerta per creare una società con me.

Mi hanno offerto una cifra importante per aprire un'agenzia di consulenza d'immagine con sede a New York e quello che per me era un obiettivo che pensavo di poter concretizzare nel giro di un paio di anni, tramite la liquidità che mi offrono potrei realizzarla immediatamente.

Quando è arrivata la proposta non potevo crederci, ho chiamato immediatamente Bea e Leo e anche loro sono rimasti a bocca aperta, congratulandosi con me per la meravigliosa notizia.

«Ho una settimana per decidere e non so che fare, a volte mi sento una bambina capricciosa, che vuole e sogna una cosa e quando ha i mezzi e le capacità per realizzarle si scoccia e vorrebbe già fare altro».

«Olivia questo è sempre stato il tuo sogno».

«Appunto, ma ora ho paura di realizzarlo, cambierebbero un sacco di cose e sai come si dice sai quello che lasci, ma non sai quello che trovi».

«Beh, certo per diventare imprenditori ci vuole coraggio, ma tu sei assolutamente in grado di fare questo passo».

«Sai cosa non capisco, come mai un fondo d'investimento di cui non ho mai sentito parlare vorrebbe investire cinque milioni di dollari nel mio progetto, senza mai avermi conosciuto ne visto lavorare, questo non capisco, ovviamente ho fatto fare dal mio avvocato una ricerca anche sullo studio legale che seguirà la trattativa e sembrano tutti super qualificati».

«Ma Olivia tu sei una delle stylist più richieste sul mercato e la voce che tu volessi aprire la tua agenzia è sempre circolata, di cosa ti meravigli, farebbero tutti carte false per lavorare con te».

«Non lo so Bea, comunque ho prenotato il volo per New York per la settimana prossima, voglio andare a sentire e conoscere chi vuole investire su di me, ma ora basta parlare di questo, piuttosto voglio parlarti di un'altra cosa che mi sta succedendo da circa tre settimane».

«Oddio Olivia non spaventarmi, che succede stai bene?».

«Si sto bene, ma mi sento costantemente seguita, non so come spiegartelo, ma mi sento osservata, ho notato un'auto scura non troppo lussuosa in tutti i posti dove vado, la vedo parcheggiata sempre fuori dai set, dall'agenzia, anche dal supermercato, così osservandomi intorno l'ho notata».

«Oh Dio sei sicura?».

«Beh ci ho fatto caso perché un giorno uscendo di casa era parcheggiata su un passo carraio e il portinaio del palazzo mi ha detto che voleva chiamare i carabinieri per fargli fare la multa e che è stufo di trovarseli parcheggiati a tutte le ore del giorno e della notte e mi si è acceso un campanello nella mente e da quel giorno ho iniziato ad osservarmi attorno e si, credo che quell'auto mi stia seguendo, ho anche pensato da cretina che Sebastian fosse preoccupato per me e mi avesse messo alle calcagna qualcuno per controllarmi, ma non credo che sia così visto che non si è più fatto sentire».

«Forse hai ragione, forse è come dici tu, Sebastian farebbe una cosa del genere».

«E tu come fai a saperlo, neanche lo consoci?».

In questo momento vedo la mia amica tentennare e non è da lei, mi alzo dal divano dove siamo sedute e mi metto in allerta, il mio sesto senso che non ha mai fallito nel riconoscere le situazioni mi dice che c'è qualcosa di cui io non sono a conoscenza.

«Vuota il sacco Bea!» e la voragine si apre sotto i miei piedi quando comincia a parlare.

«Olivia siediti, effettivamente qualcosa che non va c'è, ma non devi preoccuparti».

«Cosa succede Bea mi stai facendo andare nel panico?».

«Vedi Olivia quando Sebastian è venuto qui a Milano, io l'ho incontrato per caso, ero venuta qui per sapere come era andata a casa dai tuoi, tu dormivi perché avevi avuto un attacco e lui era qui a casa, così mi ha chiesto di non lasciarti mai sola perché suo padre lo stava minacciando di farti del male, penso che lui sia sparito dalla tua vita per evitare che ti possa succedere qualcosa».

Mi metto una mano davanti alla bocca per non urlare, sono sotto choc, allora è vero che qualcuno mi sta seguendo, scatto in piedi e corro in bagno giusto in tempo per vomitare nel water la mia frustrazione e paura. Sono decisamente nei guai ora.

Inizio a piangere e tremare, Bea corre subito da me e viene ad abbracciarmi, io la scaccio via come se fossi in preda ad una crisi nevrotica o forse lo sono davvero, la guardo come se fosse un'estranea e prego nella mia testa che il mostro mi lasci in pace.

Mi prendo la testa tra le mani, mi abbraccio le gambe per sentirmi protetta non so neanche da chi e cosa, sono sola ancora una volta e spaventata a morte, non riesco a parlare, ma solo a tremare.

Non so quanto tempo rimango così con la mia amica che mi accarezza e mi abbraccia, non sono arrabbiata con lei, sono arrabbiata con Sebastian perché non è qui con me a scatenare una guerra per tenermi al sicuro.

«Olivia parlami?».

«Cosa dovrei dirti, sono nella merda amica mia, la mafia messicana è appostata sotto casa mia e io non me ne sono quasi neanche accorta?».

«Stai tranquilla, loro non ti toccheranno, ora chiamiamo la polizia e facciamo denuncia» mi giro verso di lei e le dico:

«Davvero e cosa gli raccontiamo?».

«Che qualcuno ti segue» mi alzo e mi appoggio al lavandino, mi sento stremata e senza forze.

«Perché non me lo hai detto prima Bea, perché hai aspettato tutto questo tempo?».

«Perché non potevo, Sebastian mi ha scritto una settimana fa dicendo che sarebbe venuto a trovarti per spiegarti tutto».

«Beh peccato che non si sia fatto vivo e io non sappia neanche di chi avere paura, ma ti rendi conto?».

Che situazione assurda, vado in salotto e mi affaccio alla finestra del mio palazzo per capire se l'auto è al solito posto, ma non c'è e mi sento sollevata.

«Forse Bea non è come pensiamo noi, forse si è risolto tutto, l'auto non c'è più!»

Mi fiondo giù per le scale e vado a svegliare Arturo il portinaio del mio palazzo e come una pazza psicopatica inizio a tempestarlo di domande sulla famosa auto, rimaniamo d'accordo che domani se l'auto sarà ancora nei paraggi lui chiamerà la polizia e farà una segnalazione.

Torno in casa da Bea che è seduta nel divano con la testa tra le mani.

Mi avvicino a lei e mi siedo anch'io nel divano, la abbraccio e cerco di confortarla.

«Bea guardami andrà tutto bene, non è colpa tua e capisco il motivo per cui tu non mi abbia detto niente, avrei reagito come poco fa, ma ora ascoltami, Arturo chiamerà la polizia domani se l'auto dovesse essere nei paraggi, credimi i portinai di Milano possono essere meglio di qualsiasi sentinella assoldata dalla mafia».

«Promettimi che starai attenta Olivia?».

«Tranquilla, mi serve una settimana e poi andrò a New York, dove qualsiasi cosa mi succeda so che Sebastian mi potrà raggiungere, anche se credo che tra di noi non possa funzionare so che sarò in un porto sicuro».

«Olivia lui tiene molto a te, credimi ho capito subito che era lui quando l'ho visto qui a casa, vedrai che arriverà il vostro momento».

«Lo so Bea, ma credimi questo non è decisamente il nostro momento, non voglio un uomo che in un mese non mi scrive neanche una banalissima mail».

«E dimmi Olivia, tu quante gliene hai scritte?».

«Bea hai idea di quante cose io abbia fatto in questo tempo?».

«Senti Olivia, non sono affari miei, tanto lo sappiamo che nella tua vita comandi solo tu».

«Dai vai a casa ora, e mi raccomando occhio alle Mercedes nere?».

«Anche tu stai attenta e fatti sentire».

«Ok capo».

Chiudo la porta e mi siedo a terra cercando di non andare nel panico, ma di mantenere la mente lucida e in allerta.

La mattina mi sveglio come se avessi dormito in una lavatrice, chiamo un taxi e raggiungo l'ufficio dello studio legale che mi sta seguendo l'acquisizione.

Riccardo il mio avvocato è un tipo atletico e sexy che ho conosciuto a una festa da Armani anni fa. Abbiamo avuto un paio di notti di passione, ma abbiamo deciso che ci saremo scannati a vicenda se avessimo iniziato una relazione, così quando lui non sa come scaricare una donna o quando io non sono in grado di gestire una situazione interveniamo l'uno per l'altro.

Entro nel suo studio in Brera a Milano e mi accoglie con una colazione di Cova servita sul divano del suo studio.

Quando entro ci abbracciamo e lui palpandomi il culo mi dice

«Un giorno o un altro farò di te una donna onesta» e io rido abbracciata a lui.

«Onesta, sai che noia la vita!».

«Siediti e facciamo colazione, così mi racconti le ultime puntate della tua telenovela».

Mi prende in giro per tutti i casini che sono successi al lavoro, io che minaccio di andare in un reality show, il telefono che riprende a squillare, beh mi fa ridere delle situazioni che mi capitano così inizio a raccontargli della mafia messicana.

«Quindi fammi capire Olivia, la mafia messicana da un mese staziona in Via Tortona sotto casa tua per minacciare il tuo fidanzato?».

«Non siamo fidanzati, sia mai che qualcuno si fidanzi con Olivia Alteri, ci mancherebbe».

«Rambo lo sai che la gente non potrebbe tenerti testa, per quello ti ronzano intorno, ma hanno il timore di essere punti».

Già Riccardo mi chiama Rambo, da quando una notte a casa sua dopo una notte legati come leoni in gabbia gli ho raccontato di quando mia madre il giorno prima della cresima mi ha tagliato i miei meravigliosi capelli lunghi e lisci in un taglio a scodella aggiungendo un tocco di femminilità legandomi un laccetto di velluto bianco in testa.

Non mi dimenticherò mai quando il mio compagno di classe durante la foto dalla panca sopra di me ha detto a tutti ""Oh guardate Rambo in prima fila" e tutti ovviamente sono scoppiati a ridere e io a odiare i tagli di capelli di mia mamma.

Non vi racconto del meraviglioso vestite a balze con coroncina in coordinato aveva mia cugina di tredici giorni più vecchia di me.

Ad ogni modo Riccardo quando vuole prendermi per il culo mi chiama Rambo.

Finita la colazione devo dire come sempre deliziosa, cominciamo a parlare di lavoro e mi aggiorna sulla trattativa con il fondo americano.

«Dunque, Olivia, abbiamo fatto fare una ricerca e non c'è nessun problema in questa transizione, il fondo è a posto finanziariamente, non ci sono intoppi, non hanno posto condizioni, loro non vogliono quote nella tua azienda, ma per la legge americana dove avrà sede l'azienda loro dovranno detenere l'1%, se hai domande chiedi pure».

«Mi sembra tutto perfetto Riccardo, non so che dire».

«Io non potrò venire con te alla firma del contratto perché ho l'udienza per il divorzio con quella stronza di mia moglie, ti seguirà un mio collega di New York, tieni in questa busta c'è la tua copia del contratto, leggila e portala con te».

«Grazie Riccardo, quando tornerò a Milano andremo a festeggiare insieme il tuo divorzio e la mia nuova agenzia ora devo andare, ci sentiamo per telefono».

Mi alzo e lo abbraccio, prendo la busta che hanno spedito per me e torno a casa, oggi ho la giornata libera, voglio organizzare questo viaggio al meglio, devo prenotare l'hotel e sistemare i miei impegni per quando non sarò a Milano.

Quando entro nel mio palazzo Arturo mi dice che della Mercedes che per settimane è stata appostata sotto casa non c'è più traccia, ma che comunque lui continuerà a tenere gli occhi aperti.

Una volta in casa decido di farmi una doccia per rilassarmi e scacciare via i pensieri che mi stanno investendo, ho una brutta sensazione, ma non posso abbassare la guardia, mi asciugo e mi sdraio sul divano per rileggere i documenti che mi ha consegnato Riccardo.

Apro la busta ancora sigillata e subito qualcosa attira la mia attenzione, è un foglio di carta scritto a mano, una lettera.

Olivia amore mio, per prima cosa perdonami, scusa se sono sparito, non sai quanto avrei voluto scriverti, raggiungerti, baciarti, amarti. Sono successe tante cose che non ho voglia di raccontarti ora. Quando leggerai questa lettera non so dove io possa essere, ma sappi che non ti dimenticherò mai, sei stata per me un fiore in mezzo alla tempesta, capace di guidarmi e guarirmi dal male che c'è sempre stato nella mia vita. Un giorno mia madre mi disse che quando avrei trovato qualcuno in grado di strapparmi un sorriso solo pensandola allora quella sarebbe stata la mia guida e credimi quando ti dico che le occasioni per sorridere sono state davvero poche nella mia infanzia. Mia madre non ha mai potuto abbracciarmi, baciarmi, prendermi in braccio o anche semplicemente farmi una carezza, agli occhi di mio padre sono sempre stati segni di debolezza. Tu hai abbattuto tutti i muri che chi mi ha cresciuto e educato aveva costruito per isolarmi da emozioni e sentimenti e quando ci siamo separati la prima volta su quella spiaggia ho avvertito un dolore fisico talmente intenso che pensavo mi fosse esploso il cuore nel petto. Quel

giorno tu hai scelto di continuare il tuo viaggio e io ora voglio che quel viaggio ne sia valsa la pena. Ora devi iniziare la tua nuova avventura con la tua agenzia, so che farai grandi cose ne sono sicuro e anche in questo io ti sarò accanto, come socio. Non è un regalo, ma piuttosto il miglior investimento della mia vita, per la prima volta posso fare qualcosa per qualcuno che amo e che so non mi tradirà mai. Mi piace pensare che ogni giorno costruirai un tassello per qualcosa che è nostro.
Non dimenticarti mai di quello che siamo stati insieme.
S.

La lettera di Sebastian è stata un pugno nello stomaco, ho pianto per due giorni interi in uno stato di trance e smarrimento come non mi era mai successo, mi sono sentita come lui quel giorno sulla spiaggia, come se mi avesse strappato il cuore dal petto.
Tutto avrei immaginato tranne un finale così.
Ad aggiungere ansia e dolore ho ricevuto una mail da Nina che non lascia speranze o dubbi.

Oggetto: Sayulita

Ciao tata, come stai? Domani parto per la Costa Rica con Pepe, è giunto il momento di proseguire questo viaggio, sono felice lui abbia deciso di seguirmi, si può dire che sia una novità per me. Sono cambiate tante cose da quando te ne sei andata ed è come se la magia di quei giorni fosse scomparsa da questo paesino tutto colori e odori meravigliosi. Tommy è praticamente sparito, Pepe dice che è da qualche parte sulla costa a surfare tra le onde, ma il mio pensiero è che sia tornato in Polinesia, prima di lasciare la sua casa ci siamo visti, abbiamo parlato e mi ha detto che voleva tornare a casa costruire una barca chiamarla Nui Loa e girare il mondo alla ricerca di Hina. Jose è andato a vivere nella casa sulla spiaggia dove passava le estati con Isabel e non si è praticamente più visto, James tornerà in California, continuerà a fare il fotografo e Jackie in Canada. Magari ci rivedremo tutti insieme un giorno chissà dove, ma intanto è giusto che ognuno trovi la sua strada.
Ti terrò aggiornata su come andranno le cose con Pepe intanto fammi sapere se stai bene e se sei felice.
Un besos tia Nina.
P.S che fine ha fatto Mr Champagne?

Bene ora le cose mi appaiono finalmente per come stanno.

Chiudo la mail e spero che arrivi presto l'ora per imbarcarmi per New York.

Salgo in aereo e spero solo che questo volo duri il meno possibile.

Sono elettrizzata e terrorizzata, la prima cosa che faccio appena atterrata è prendere un taxi per andare a Central Park dove ci siamo incontrati l'ultima volta.

Quando arrivo, attraverso il vialetto per il lago di Jackie Kennedy e cammino trascinando il mio trolley per i vialetti, è autunno inoltrato e non devo raccontarvi io la bellezza di questo parco in qualsiasi stagione.

Io sono italiana e noi ovunque puntiamo lo sguardo abbiamo secoli di storie e bei paesaggi, ma questo parco come altri posti qui in città mi fanno sentire protetta e felice.

Domani pomeriggio ho l'appuntamento nello studio della banca che gestirà l'acquisizione e beh mi sento emozionata e triste. Ripenso alla lettera di Sebastian e non posso credere al fatto che non lo rivedrò più, mi sembra così assurdo.

Dopo aver passeggiato tutto il giorno arrivo davanti a casa sua, rimango come una statua davanti al suo ingresso per non so neanche quanto tempo, non avendo neanche l'istinto di suonare, come se quel posto fosse un luogo sacro da non sconsacrare, così continuo a camminare nonostante tutti quelli che conosco a New York siano fuori città io mi sento a casa, forse è merito suo se ora giro per le strade sempre con il mio trolley con il naso all'insù ad ammirare l'infinità e l'ambizione che sprigiona questa città.

Domani la mia vita cambierà e sarà per merito dell'uomo che amo e io non credo di meritare tanto.

Raggiungo il Plaza l'hotel che ormai è notte, non ho praticamente cenato, sono stata assorbita totalmente dalle mie emozioni e quando apro la porta della mia stanza a momenti muoio di crepacuore.

Un uomo che riconoscerei tra mille è di spalle che sta ammirando la vista mozzafiato che c'è dalla mia suite.

Io chiudo il mondo fuori e smetto di respirare.

Ha un completo nero con una camicia bianca un po' sbottonata, le mani in tasca e girandosi mi guarda come se io fossi la sua vittima sacrificale.

«Sebastian» riesco a dire con il fiato corto e il magone in gola.

«Respira Olivia» e in tre passi mi sta tendendo la mano per salvarmi da me stessa.

«Toccami ti prego!» e lui mi prende la mano come se fossi una farfalla rara.

«Sono qui amore mio» e io mi perdo tra le sue braccia, comincio a piangere perché non avrei mai immaginato di poter tornare a provare certe emozioni rare.

Lui si stacca dall'abbraccio e accarezzandomi il viso mi bacia come se gli stessi sfuggendo dalle mani.

Lascio il trolley che mi ha tenuto compagnia per tutto il giorno in ingresso e mi avvinghio a lui come un koala ad un eucalipto e mi lascio trasportare sul letto king size con lenzuola Frette della nostra stanza.

Ritrovo con lui la chimica che ci ha sempre attraversato e ci ritroviamo nelle nostre emozioni, per un'ultima infinita notte d'amore.

Domani ci sveglieremo abbracciati e creeremo qualcosa che per il momento sarà la nostra vita insieme.

La nostra rivincita e la nostra rinascita, lui per dimostrare che è capace di amare una donna anche per la sua forza e io per un uomo che non ha mai conosciuto l'amore, ma che è capace anche di gesti grandi.

E la mattina arriva veloce come i miei pensieri, non abbiamo chiuso occhio tutta la notte, abbiamo bevuto champagne, ballato, parlato e fatto l'amore come se esistessimo solo noi, ho visto New York nuda dalla mia finestra su Central Park dalla stessa posizione che aveva lui quando sono entrata nella stanza.

Mi sono sentita parte della vita che vorrei.

Ho vissuto questa notte con lui come se fosse tutta la vita, ci siamo raccontati solo le cose belle che ci sono successe e quelle che vorremmo fare.

Ho scoperto che ha comprato una casa a Monteriggioni in provincia di Siena una piccola proprietà con tanta terra e poche camere e che vorrebbe andare lì per sparire da tutto il mondo, io gli ho confessato che in quella casa ci andrei a vivere domani mattina.

«Siamo d'accordo allora, ti aspetterò lì!».

Mi sposta una ciocca di capelli dietro un orecchio, siamo sdraiati a letto, l'alba mi dice che tutta New York ha goduto dello spettacolo, ma l'unica cosa che mi preoccupa adesso è lasciarlo andare via.

«Cosa succederà ora Sebastian?» lui mi cosparge di piccoli baci in tutto il viso, io chiudo gli occhi per non fargli capire quanto il mio cuore lo stia supplicando di non distruggerlo.

«Succederà che avremo un successo pazzesco con la nostra agenzia» e mi bacia per festeggiare quello che per lui è già un successo.

«Non scappare Sebastian» gli ripeto le parole che lui mi ha detto altre volte.

«Olivia guardami» tengo ancora gli occhi chiusi per non aprire una diga che non saprei placare, ma lui mi supplica di guardarlo e io cerco di memorizzare ogni particolare di quegli occhi che mi hanno distrutto la vita.

«Non abbiamo ancora finito di lottare Olivia, tu oggi aprirai la nostra agenzia e io chiuderò con il mio passato» continua ad accarezzarmi come se non potesse staccare il contatto.

«Non abbiamo scelto un nome per la nostra nuova creazione» chiedo io.

«Sono sicuro che sarai all'altezza anche di questa scelta».

«Sebastian quale sarà la nostra prossima meta?».

«Saprò stupirti con effetti speciali».

Ho sempre inseguito i miei sogni, cercando di mettere un freno alla testardaggine che mi impediva di essere lucida.

Ho lavorato sodo sacrificando tanto, ma ho mantenuto fede ai miei principi denunciando chi voleva manipolarmi e annientarmi, ho perso delle battaglie e goduto delle mie vittorie.

Ho conosciuto uomini capaci di schiacciarmi con le mie paure e altri che hanno saputo esaltarle, i primi mi volevano dominare e controllare, i secondi ci sono riusciti credendo nella mia forza.

Sono sempre la stessa persona che, ora sa distinguere chi mi ama da chi mi vuole diversa, sono in continuo mutamento, ma solo per il privilegio di chi vuole esserne parte.

Sono davanti allo specchio e sto indossando un completo pantalone nero in satin con una camicia in seta bianca di Tom Ford, indosso un paio di scarpe con il tacco per il solo piacere di farlo.

Sto varcando la soglia dell'ascensore, il mio avvocato è rilassato e io sono una centrifuga di emozioni.

Questa mattina come immaginavo lui al mio risveglio era sparito come la mia voglia di vivere, a tirarmi su il morale ho trovato sul divano del mio salottino una scatola nera con all'interno l'outfit che ieri avevo scelto da

Sacks, l'avevo fatto mettere da parte, ma questa mattina l'ho trovato nella mia stanza insieme ad un messaggio.

Qualsiasi cosa succeda io ti sarò sempre accanto.
S.

Deduco che lui abbia approvato la mia scelta e ora come un'ebete sorrido guardandomi allo specchio di quest'ascensore, il mio avvocato mi guarda compiaciuto e mi chiede se va tutto bene.
«Non potrebbe andare meglio lei non crede?».
Le porte si aprono e io a passo deciso entro nella stanza pronta a firmare l'accordo per la nostra creazione insieme.

(Olivia tre anni dopo)

«Bea che ore sono, a che ora arriva l'autista?».

«Rilassati Olivia è tutto organizzato, ora vai a farti un bagno e quando avrai finito Mick e Jake arriveranno per il trucco e l'acconciatura».

«Come farei senza di te Bea, grazie».

In questi tre anni Beatrice è stata il mio faro in mezzo al mare, si è traferita a New York lavorando a tempo pieno come psicologa per tutta la mia azienda.

Mi ha aiutato a mantenere la mente lucida evitando di impazzire, Sebastian è letteralmente scomparso, sparito nel nulla, come un bel sogno quando ti risvegli la mattina.

L'agenzia mi ha tenuto in vita, mi ha dato la forza e lo scopo per svegliarmi la mattina e vivere in questa città che in ogni strada e angolo che percorro mi ricorda l'uomo che ho amato e che mi ha lasciato sola.

Con Bea abbiamo cercato di collegare i puntini, ho anche assunto un investigatore privato che è andato in Messico dove ha scoperto che il padre di Sebastian è morto un anno fa in circostanze misteriose, non è sceso nei dettagli perché non ha ritenuto importante rivelarmi certe informazioni.

A quanto pare per tutti, Bea compresa, è meglio che io non sappia, devo cercare di andare avanti e smetterla di aspettare.

Così mi sono aggrappata come sempre al lavoro, il mio unico rifugio sicuro, ho fatto crescere l'agenzia, ora rappresento negli Stati uniti i migliori stylist, make-up artist, hair stylist e fotografi del mondo, tutti vogliono che io li rappresenti, merito anche del gruppo di lavoro che sono riuscita a mettere insieme. Stasera riceverò il più alto riconoscimento dal CFDA la camera della moda americana.

Mi hanno dedicato un premio speciale come miglior imprenditrice donna nella moda americana.

Mi sono circondata di persone competenti, qualificate e fidate e questo premio è per tutti noi, per i miei ragazzi o angeli custodi come li chiamo io, primo fra tutti Tyler, il mio direttore finanziario senza il quale non sarei riuscita a far quadrare i conti perché se è vero che qualcuno ha creduto in me finanziando questa follia, dirigerla e farla diventare un punto di riferimento come business è un'impresa titanica.

Ora collaborano con me settanta professionisti disposti a qualsiasi cosa per il bene della Hope Inc.

Già alla fine dopo averci pensato per mesi ho trovato il nome all'agenzia ed è appunto Hope, quella che ogni giorno mi ha legato a Sebastian.

La speranza che lui tornasse, mi scrivesse, mi mandasse anche un segno divino sul fatto che stesse bene e non mi avesse dimenticato.

La verità è che ogni giorno mi sveglio nel cuore della notte nel mio appartamento vuoto in preda all'angoscia dopo aver sognato che lo stavano torturando.

È così da tre anni, sono una donna forte, battagliera e determinata, ma quando sono da sola e mi addormento il mio cuore e il mio subconscio mi trascinano sempre nello stesso baratro.

«Olivia devi prepararti», Bea entra in bagno e mi distoglie dai miei pensieri.

«A cosa stavi pensando amica mia?» mi chiede.

«Vorrei che lui stasera fosse al mio fianco», le rispondo sinceramente come sempre, con lei sono incapace di mentire.

«Goditi la tua serata, adesso vai di là, Mick, Jake e Tyler sono arrivati e sarai sorpresa di sapere che anche James è di là».

Esco dalla vasca urlando di gioia, non posso credere che anche James sia qui stasera.

Lui mi ricorda il Messico, quel mese felice, gli amici che ho incontrato lì e la donna che sono stata.

Quando ho aperto l'agenzia l'ho contattato e ingaggiato come fotografo nella mia squadra, non mi avevano detto che sarebbe venuto stasera.

«Oh mio dio James non sai che piacere rivederti» gli corro incontro in accappatoio e lo abbraccio come un fratello.

«Non potevo perdermi una serata così importante».

«Grazie, ragazzi venite qui e brindiamo, Tyler porta il vino» dico ai presenti.

Per la serata abbiamo affittato una suite al Mandarin Oriental un hotel meraviglioso che si trova vicino al nostro ufficio, ma anche al Lincoln Center dove si terrà la serata di gala.

«Eccomi boss ho ordinato il miglior champagne della carta exclusive dell'hotel spero non ti dispiaccia, mi sa che domani avrai un conto salato, ma ho pensato ne valesse la pena».

Credo che la mia faccia descriva esattamente lo shock che sto provando. Non bevo champagne da tre anni, dall'ultima notte che abbiamo passato insieme.

Solo a sentirlo nominare mi sento male.

«Bravo Tyler, Olivia è solo molto agitata per il discorso che dovrà fare» Bea come al solito corre in mio soccorso dal momento che io non riesco quasi a respirare.

«Se è per il conto, beh penso che tu te lo possa permettere, sei una donna delle donne più potenti nella moda americana e dopo stasera avremo il doppio dei clienti».

La sua faccia è terrorizzata, così respiro profondamente e gli dico.

«Stai tranquillo Tyler, stasera affronterò anche lo champagne, non ho più nessun motivo per evitarlo» Tyler si avvicina a James non capendo la mia reazione e all'orecchio gli dice.

«Amico potevi dirmelo che è allergica allo champagne, mi ha quasi incenerito con lo sguardo».

L'atmosfera nella stanza è diventata di ghiaccio, così prendo la bottiglia, verso da bere a tutti i miei collaboratori e amici e faccio un brindisi con loro.

«Amici, stasera è solo per noi, per quello che abbiamo costruito con passione e tenacia, Tyler rilassati, bevevo champagne per consolarmi, ma con il tempo ho capito che la forza per affrontare le situazioni la dobbiamo trovare dentro di noi».

Dopo il brindisi comincio a prepararmi, dopo essermi fatta truccare e pettinare è il momento di indossare il mio meraviglioso abito custom made di Armani Privè.

Ho sempre immaginato che se avessi mai ricevuto un premio avrei voluto indossare una creazione del maestro per eccellenza Giorgio Armani e così quando mi hanno comunicato che mi avrebbero dedicato un premio ho deciso di ordinare una sua creazione e ora che lo indosso, tutta la mia inquietudine e ansia sparisce sotto a strati di tulle e cristalli Swarovski.

Esco dalla mia stanza e i miei amici e collaboratori sono senza fiato, nessuno parla e non fossi certa di essere assolutamente perfetta penserei di avere il trucco colato o cose simili.

È Tyler il primo a parlare venendo verso di me.

«Mio dio Olivia sei assolutamente strepitosa» mi bacia la mano e mi sorride, anche lui è estremamente elegante come tutti d'altronde.

Poi è il turno di James.

«Quando Bea mi ha chiamato per invitarmi stasera, mi ha detto che non avevi voluto nessun uomo al tuo fianco, avevi ragione, nessuno avrebbe potuto essere alla tua altezza, sei stupenda» mi sorride e mi dà un bacio sulla guancia.

«Vedi James non è questione di altezze, ma di meriti e affetti e se non ti dispiace stasera vorrei che tu mi accompagnassi».

Lui non sembra particolarmente sorpreso, lo sguardo di Bea e il suo sorriso mi fa intendere che da vera stratega ha raggiunto il suo scopo.

James si illumina e mi risponde.

«Ne sarei onorato amica mia».

Il nostro cameriere personale ci comunica che la nostra auto è arrivata ed è giunto il momento di andare. James si avvicina, mi prende la mano e mi dice.

«Olivia ricorda che in un luogo lontano c'è chi non è mai riuscito a dimenticarti, sarai sempre amata ricordalo».

Saliamo in macchina e siamo solo io e James, sono rilassata, ma sto ripensando alle sue parole di poco fa.

«Lui dov'è James?».

«È tornato a casa».

«Dimmi di lui».

«Quando Isabel è tornata a Sayulita lui ha capito di dover tornare a casa e mettere più chilometri possibili tra lei e la sua famiglia, quelle persone non sanno amare Olivia, non è necessariamente colpa loro, ma la vita che hanno vissuto e il modo in cui lo hanno fatto ha determinato i loro gesti e le loro azioni».

«Non tutti loro hanno il male dentro James».

«Ne sei convinta, parli di suo fratello, pensi che lui sia diverso da loro?».

«Penso che lui sia in grado di amare qualcuno, tu non lo conosci».

«Olivia non sembri una donna ingenua, credi davvero che lui abbia fatto tutto quello che ha fatto per te solo per amore o perché credeva in te?».

«Che stai dicendo James?».

«Non hai mai pensato che il suo fosse un disegno più ampio, forse voleva tenere anche te lontana da Tommy e aiutandoti con il tuo sogno qui a New York è riuscito nel suo intento».

«Non sai quello che dici».

Il nostro autista ci avvisa che siamo arrivati a destinazione, James scende dall'auto e dopo avermi aperto la porta e allungato la mano per aiutarmi a scendere, mi sorride e mi dice.

«Non pensarci stasera, ma pensaci, devi tornare ad amare Olivia».

«Lo farò, ora andiamo a prenderci questo premio».

I fotografi ci accecano con i loro flash, sembra di stare alla notte degli oscar ed effettivamente questi lo sono per la moda e io stasera sono l'ospite d'onore.

Salgo i gradini del Lincoln Center e quando entriamo il caos è totale, James saluta un'amica e io vengo spinta addosso ad una coppia che mi fa perdere l'equilibrio.

Mi sembra di precipitare a terra se non fosse per delle braccia forti che mi sostengono ed un profumo che mi invade come un uragano.

Quando mi rimetto in piedi una donna mi chiede se sto bene e quando alzo gli occhi e vedo il volto dell'uomo che mi ha sorretto, riesco solo a guardare quel viso che riconoscerei in mezzo ad una tempesta di sabbia e dico.

«Sei tu?».

Non sono pienamente cosciente di quello che sta accadendo e forse quello che vedo non rispecchia la realtà dei fatti.

«Amore, ma sta parlando con te?».

E in quel momento ho davvero la sensazione di essere dentro la tempesta.

«Sebastian sei tu?» lo guardo, lui non parla, ma io lo riconosco nonostante la barba e i capelli più lunghi.

«Amore vi conoscete?» insiste la donna.

Lui rimane immobile come una meravigliosa statua perfettamente scolpita, è lui lo sento, non sto impazzendo.

«Signorina sta bene?» mi chiede la donna accanto all'uomo che non ha proferito parola.

«No, non sto bene, scusatemi devo andare».

Cammino, non ho una meta, non so dove sia il mio tavolo, voglio raggiungere Bea, ma non la trovo, devo andare da lei, devo sedermi al mio tavolo, affrontare la serata, ritirare il premio, ringraziare e tornare a casa per morire definitivamente una volta per tutte.

Sento il panico montare dentro di me, ma non posso davvero crollare ora, cerco la toilette, ho bisogno di un posto isolato lontano da questo caos dove riprendere a respirare.

Quando trovo la toilette entro e chiudo il mondo fuori.

Arrivo al lavandino, ho bisogno di un appoggio che mi sostenga, mi aggrappo con le mani per non cadere su questo pavimento che sembra freddo come la mia anima.

Mi guardo allo specchio cercando di collegare i pezzi del puzzle, poco dopo la porta si apre ed entra la persona che è stata nei miei pensieri ogni giorno in questi tre anni.

È bello da stare male, ma la sua bellezza in questo momento non mi distrae dal mio stato d'animo.

Si posiziona dietro di me e il nostro riflesso insieme in questo specchio mi sembra qualcosa di fuori posto e sbagliato.

Sono incazzata come una iena e non perché lui è qui con un'altra donna, sono incazzata perché lui è qui a New York, ma soprattutto sono furiosa con me stessa per avergli permesso di prendersi gioco di me.

«Ho creduto davvero a tutto quello che mi hai raccontato e scritto, ho creduto che tu potessi essere in grado di amare!» mi volto per affrontarlo faccia a faccia.

«Sei bellissima».

E in questo momento l'unica azione che il mio corpo riesce a fare è tirargli uno schiaffo in pieno volto.

Voglio andarmene da qui, non voglio parlare con lui, ora davvero lo voglio fuori dalla mia vita.

Vado verso la porta, ma lui mi prende il braccio tirandomi verso di sé ed impedendomi di andarmene.

«Lasciami andare o mi metto ad urlare!».

«L'ho fatto per proteggerti Olivia» il suo volto è una maschera, non riesco a capire cosa provi.

«Mio padre ti avrebbe trovata».

«Basta bugie Sebastian, sei davvero un ottimo attore».

«Era l'unico modo per tenerti al sicuro amore mio, tu sei il mio punto debole» lui si avvicina e mi sfiora una guancia con la mano, c'è gentilezza e protezione in questo gesto, ma io non posso più credere a quello che mi dice.

Gli tolgo la mano con uno strattone.

«Non ti azzardare a toccarmi».

«Io sono sempre stato con te in questi tre anni, non sai cosa sia stato per me esserti accanto, non poterti parlare, toccare e baciare, non potevo avvicinarmi, ma sono sempre stato accanto a te» e io ritorno con la mente agli anni bui in cui dovevo difendermi da chi mi pedinava ed ero costretta in casa per paura che questa persona mi trovasse.

Così batto le mani per applaudire le sue doti di attore.

«Sai mi hai aperto gli occhi stasera ed è esattamente quello di cui avevo bisogno per mettere fine alle mie illusioni, l'ultimo che mi ha seguita e stalkerata è in carcere ora, tu certo per il cognome che hai non farai mai questa fine, ma ora ti dico di starmi alla larga. Non voglio essere la tua ossessione come lo è stata tua sorella».

Lui è perso, non pensava che io potessi capire il suo gioco, ma anche grazie alle parole di James in auto riesco finalmente a vedere il quadro completo.

Vado verso la porta lasciandolo in mezzo alla stanza, le braccia lungo i fianchi e l'aria sconfitta.

A testa alta, con un groppo in gola lo guardo per l'ultima volta, apro la porta e prima di uscire dico.

«Addio Sebastian».

Ho la sensazione di essermi liberata dell'ennesimo peso, di aver sconfitto, un'altra battaglia, certo non avrei mai voluto o immaginato un finale così, ma credo che questa serata la ricorderò per sempre.

Mi sistemo al mio tavolo con accanto le persone che in questi anni mi hanno sostenuta e aiutata, guardo Bea che siede vicino a me e le sorrido.

«Stai bene Olivia, dove diavolo sei stata ti stavamo cercando, la cerimonia è iniziata».

«Sto bene amica mia, ora finalmente ho capito».

«Devo preoccuparmi?».

«In quel caso lo capiresti da sola».

«Olivia è il tuo momento ti hanno chiamata sul palco» dice James al mio fianco.

«Ti ricordi il discorso vero?» mi domanda Bea e io sorridendo le rispondo.

«Aspettati il colpo di scena» e tra gli applausi degli invitati salgo sul palco come una vera regina.

Fiera, sicura e finalmente libera.

So che lui è in questa sala, sento il suo sguardo addosso.

Tom Ford uno degli uomini più affascinanti della moda mi consegna il mio premio, lo ringrazio, lo bacio e vado sul podio pronta per il mio discorso.

«Grazie a tutti, per prima cosa voglio ringraziare il Council of Fashion Designers of America per avermi onorata di un premio tanto speciale. Ringrazio la mia famiglia e i miei collaboratori. La moda per me è sempre stata una certezza, sapevo che volevo lavorare in questo mondo da sempre, è stata il mio rifugio e la mia salvezza in tantissimi momenti. Avevo un sogno che sono riuscita a realizzare grazie a qualcuno che ha investito sul mio talento e la mia caparbietà. Ho dedicato tempo ed energie per creare una squadra di eccellenze non solo americane, ma mondiali.

La Hope Inc rappresenta queste persone ed è grazie a loro se io ora sono qui a ritirare questo premio. La vita però a volte ti apre gli occhi e ti illumina la strada, lo può fare in modo delicato o come nel mio caso sconvolgendoti con la dura verità. Siamo ciechi di fronte alle cattiverie e alle falsità, perché a volte è meno doloroso non sapere o non capire piuttosto che ammettere di essere stati ciechi di fronte a chi ci voleva controllare. Ho sempre combattuto con le forze e i mezzi che avevo contro chi cercava di manipolarmi.

Per questo ho fatto passi indietro e ricominciato da capo, perché non potevo tollerare ricatti e ingiustizie. È meglio ricominciare da zero con le proprie forze piuttosto che continuare su strade che non ti rendono libera. La mia famiglia italiana mi ha insegnato i valori del rispetto, della sincerità e del lavorare sodo per raggiungere gli obiettivi. Con il tempo e la psicanalisi ho capito che non basta credere in questi valori, ma bisogna cercarli nelle persone che amiamo. Questa sera ho capito che il mio posto è lontano da qui. Per questo ho deciso di lasciare tutte le mie cariche nella Hope Inc all'uomo che mi ha sempre affiancato e sostenuto.

Il mio amico Tyler Wilson. Vi ringrazio per l'affetto e la stima che mi avete sempre riservato e credetemi con lui la Hope raggiungerà altri traguardi, come io raggiungerò i miei lontano da qui»

La platea applaude, scendendo dal palco noto sguardi esterrefatti e altri complici e solidali, certo nessuno lascerebbe nella mia posizione, ma io non ho mai seguito le strade facili.

Quando arrivo al mio tavolo sono tutti in piedi e mi stanno applaudendo, James si avvicina e mi dice.

«Immagino tu abbia finalmente capito a cosa mi riferivo, brava hai collegato i puntini».

«Sei un vero amico James, grazie».

Arrivo da Bea che mi abbraccia come la sorella che si è dimostrata in questi anni.

«Ed ora cosa succederà Olivia nella tua vita?» mi domanda.

«Ora finalmente posso dedicarmi a me stessa» rispondo.

«Sono sicura che ovunque andrai farai grandi cose».

«Tu promettimi di non spegnere mai il telefono» sorrido e le fa altrettanto.

«Troppo comodo, ora dovrai cavartela da sola» e mi strizza l'occhio. Si avvicina Tyler che abbracciandomi mi dice.

«Mi stai punendo per aver ordinato uno champagne da millecinquecento dollari?» io sgrano gli occhi, sorrido e rispondo.

«La suite è a nome della Hope, quindi grazie a te per aver investito tanto».

«Bastarda» mi dice ridendo.

«Dove andrai ora?».

«Nell'unico posto dove sarò felice».

«È un uomo fortunato, spero se ne renda conto».

«Prega per me, ho tanto da farmi perdonare».

EPILOGO

La vita è troppo breve per lasciare che qualcuno viva i nostri sogni, dobbiamo lottare ogni giorno per difendere quello che amiamo e per proteggere quello che siamo diventati, è una lotta spietata e devastante a volte, ma ne vale la pena. Dove sono ora e chi sono lo devo solo alle persone che ho accanto e che ho incontrato, ho attraversato il dolore e vissuto la paura, ne avrò ancora, cadrò di nuovo lo so, ma cerco di vivermi il meglio che la vita che ho scelto può darmi.
Ho messo migliaia di chilometri dalla vita che avevo prima per costruirne una nuova dove poter essere finalmente me stessa.
Ho nuovi amici e nuovi obiettivi, ogni giorno alzandomi la mattina benedico la vita per quello che mi sta regalando.
Vivo in riva al mare, di giorno faccio surf e la sera l'amore con un uomo che non mi regalerà mai abiti costosi e società, ma che mi ama come la sua dea.
Come sono arrivata fino qui e come mi sono fatta perdonare è un'altra storia.

RINGRAZIAMENTI

Ringrazio la mia famiglia per il supporto e l'amore incondizionato, ringrazio mio marito perché asseconda qualsiasi mia idea e follia, come quella di voler scrivere un libro in pieno lockdown con una pandemia fuori casa.

Non pensavo sarei mai riuscita a terminare questo libro, forse in cuor mio, non volevo immaginarne la fine.

Vi chiedo scusa per errori, refusi, grammatica e sintassi se siete arrivati fino alla fine sappiate che non avevo mai scritto niente di simile.

Siate buoni nei giudizi e costruttivi nella critica, lo apprezzerò molto.

Questo libro non ha avuto nessun editor professionale se non quello di mia madre e alcuni amici che con pazienza lo hanno letto aiutandomi a capire dove potevo migliorarmi.

Ringrazio anche le mie amiche che hanno letto la storia e se ne sono innamorate, ma so che il loro è un giudizio di parte.

Ma soprattutto ringrazio te per essere arrivato fino a qui.

So che scriverò ancora perché come dicevo poco fa questa storia per me non finisce qui, la mia mente contorta ha altre strade da far percorrere a questi personaggi e spero che voi abbiate la pazienza di aspettare e leggere il resto della storia.

Con affetto.

Marta

Teniamoci in contatto:
#nuiloa
Instragram: martitaly1 / marta_maran
Facebook: Marta Maran
Mail: martitaly@hotmail.com

9 791220 089326